HET MINOÏSCHE MANIFEST

NICK THACKER

VOORWOORD

Dit boek is vanuit het Engels vertaald met behulp van een service, om lezers over de hele wereld geweldige verhalen te bieden. We hopen dat je ervan geniet, en vergeef eventuele taalfouten!

Als dank, bezoek nickthacker.com/dutch om een gratis thriller roman te downloaden!

CHAPTER 1

PROLOOG

6.000 jaar geleden

Weddell Zee

De gesmolten dennenhars spoot omhoog en bijna over de wanden van de grote kom. Rusa hapte naar adem en sprong naar voren, greep de zijkanten van de houten schaal vast om hem in evenwicht te houden, net toen een andere enorme deining het hele vaartuig opzij deed kantelen.

Hij spande zich in tegen de zwaartekracht, maar de deining was te groot om tegen te vechten. De kom viel om en morste de hete, trage vloeistof op de linnen vloerbedekking. Stoom ontsnapte onmiddellijk in de lucht, de wrede koude van hun omgeving maakte zich opnieuw van hen meester.

Deze keer waren enkele van hun meest essentiële voorraden het slachtoffer.

"Rusa," schreeuwde de jongeman achter hem. "De golven zijn te veel! We moeten terug naar zee!"

Rusa keek toe hoe het linnen doordrenkt raakte met de hars en hoe het water buiten het vaartuig opnieuw tegen de romp sloeg.

Zoals zijn vader placht te zeggen: "Eenmaal gemorst, kan de hars niet meer terug.

Hun laatste pot dennenhars was zojuist op de vloer van hun schip terechtgekomen, en Rusa wist dat ze geen bomen zouden vinden om hun voorraad aan te vullen als ze hun bestemming bereikten.

Als we onze bestemming bereiken.

De hars was een cruciaal element bij het zeilen - Rusa's eigen neef, een meester-scheepsbouwer, en zijn team hadden het schip gemaakt. Ze gebruikten de eeuwenoude Minoïsche techniek van het schrijnwerk, waarbij ze de vele hardhouten stroken aan de zijkanten met elkaar verbonden, de romp bogen en vorm gaven, en deze steeds weer aandraaiden tot er een enkelvoudige, solide vorm was ontstaan.

Er werd een verflaag van verhitte dennenhars aangebracht, daarna een laag linnen doek, waardoor een gladde vloer van verharde lak werd gevormd waar geen water doorheen kon dringen.

Op deze manier hadden de Minoërs, net als Rusa, de buitenge-wone taak volbracht om over de hele wereld te reizen, en hadden zij geleerd hun zeegod stap voor stap te trotseren, totdat Rusa's voorouders 's werelds beste zeevarende natie waren geworden.

Maar er was een probleem dat alleen degenen ontdekten die zich *ver* van huis waagden: de koudere zeeën in het noorden en hun bittere tegenhangers in het zuiden, waar Rusa en zijn mannen zich nu bevonden, deden het hout van het schip krimpen.

De met water doordrenkte onderkant van het schip was niet genoeg uitgezet om de krimp tegen te gaan door het ijskoude water waarin zij zich nu bevonden - de dennenhars was boven op de stenen vloerput bij de boeg verwarmd en zij hadden het versleten linnen met nieuwe hars overschilderd, in de hoop de onophoude-lijke lekken te stoppen.

En nu was hun laatste beetje hars rond het voorste deel van het schip aan het morsen. Prima om de zeewaardigheid van de vloer daar te versterken, maar Rusa wist dat er niet genoeg lijm zou overblijven voor toekomstige reparaties.

En, het ergste van alles, ze waren pas halverwege hun reis - dit was een rondreis, maar ze waren nog niet eens aan het eind van de eerste etappe gekomen.

Hun eigenlijke bestemming was dichtbij - omringde hen aan drie kanten - maar het leek erop dat er geen veilige oever was om te landen. Eerder die ochtend en de rest van de dag, tot Rusa nauwe-lijks nog de verharde, koude contouren van de zwarte rotsen van de kustlijn kon zien, had hij dit land onderzocht. De gekartelde rotsen sneden door het water, lokten zijn zeelieden met een uitstel van de eindeloze zee en bedreigden tegelijkertijd hun leven.

De bergen doemden boven hem op en omringden deze smalle baai. Tot overmaat van ramp was de zee er niet rustiger op geworden toen ze deze plek betraden - integendeel, de zeegod leek woedender op hen dan ooit. Waren ze te ver gegaan? Misschien waren er nog steeds plaatsen waarheen de mens niet voorbestemd was te reizen.

Nee, dacht hij, de sinistere gedachten van verdoemenis en terreur afschuddend. Ons *was* verteld hier *te komen. Het was het lot dat dit liet gebeuren.*

Hij wist dat ze door moesten gaan; ze moesten doorgaan.

Hun reis was lang geweest - langer dan enige reis die zijn mannen ooit hadden ondernomen. Zes nieuwe manen voor ze het kleine stipje ijs aan de horizon hadden gevonden. Nog een halve maan van het doorkruisen van de kust. Het ijzige stipje was een ware berg van bevroren water geworden, en het was niet het enige dat ze waren tegengekomen.

Rusa had opdracht gekregen van de goden zelf om hierheen te komen. De ouderen van zijn dorp hadden hem voor deze rol uitgekozen, omdat ze wisten dat hij een goede zeeman en leider van mensen was. *En ze zullen geleid moeten worden,* hadden ze hem verteld. *Er zal muiterij zijn om te onderdrukken, honger om te stillen. Het zal de zwaarste reis van je leven worden, en er zullen levens verloren gaan.*

"Nashuja wordt ziek," zei de jongere man tegen Rusa. Rusa had de kom losgelaten en was teruggekeerd naar zijn post aan de boeg van het lage schip, uitkijkend over het ijskoude water naar dit onbekende land. Kleinere stukken ijs bezaaiden de baai voor hen, elk opzwellend en over zijn lijn terwijl de golven met elkaar vochten om de heerschappij.

"Hij zal herstellen," zei Rusa, zonder zijn ogen van de kustlijn te halen. "Er is niets anders voor hem. Geen alternatieven."

"En zo niet..."

Rusa draaide zich om naar de jongere man, de broer van een vriend die hij thuis had. Hij had de vriend een gunst bewezen door de jonge zeeman mee te nemen - een veilige terugkeer zou de man een levenslange betaling en beloning opleveren. "En zo niet," zei Rusa, "dan gaan we door. Zijn offer zal helpen de rest van onze voorraden te verspreiden."

Hun voedsel was uit zee gevangen, eerst gerookt boven de vuren die hun voorraad hout gedurende de eerste drie manen van hun reis hadden opgebrand, en daarna rauw genomen. Ze waren niet ondervoed, maar sommigen waren er bijna. Nashuja was een machtig man, maar de zeegod was meedogenloos. Een ziekte hier zou de dood betekenen.

Rusa vernauwde zijn ogen en probeerde de vorm van de kustlijn voor hem te zien. De golven dansten op en over zijn gezichtsveld, speelden met hem zoals een fata morgana speelt met de ogen van een man in de woestijn, maar toen de zee weer daalde, glimlachte hij.

"Daar," wees hij. "Genoeg strand om te landen."

Er was een scherpe en steile rots tussen twee rotstorens, die uitliep op een even smal strand. Het strand was wit, bedekt met sneeuw, en Rusa hoopte maar dat er geen gevaarlijk scherpe rotsen verborgen lagen onder de kalme en uitnodigende witte laag.

Het deed er niet toe. Ze moesten landen; ze moesten rusten en herstellen en zich voorbereiden op de volgende etappe van hun reis.

Voordat zij zich konden omkeren voor de lange, slopende reis over zee en terug konden keren naar hun huizen, hadden zij Rusa opgedragen één ding te doen, en één ding alleen:

Zoek de Ancient Ones.

CHAPTER 2

PROLOOG

6.000 jaar geleden

Weddell Zee

Rusa en Pamesijos, de verkenner, vertrokken bij het aanbreken van de dag. De nacht was lang en koud geweest, en de zeven overgebleven mannen van de expeditie hadden zich ineengedoken om warmte te krijgen, zich bedekkend met een paar van de massieve huiden dekens die hun vrouwen hadden genaaid.

Rusa had de bemanning maar één opdracht gegeven: bescherm de boot en zorg dat ze zeewaardig was. Hij zou over drie dagen terugkomen. Rusa en Pamesijos hadden weinig voedsel bij zich, maar genoeg voor die tijd: de laatste restjes gerookte vis en inktvis, wat gedroogd zeewier, en een paar verse exemplaren van een mosselachtige schelp die ze in het water bij de kust hadden gevonden.

De tocht naar boven en door de rots was verraderlijk en beide mannen gleden bijna uit over het ijs en vielen hun dood tegemoet, maar na een halve dag klimmen bereikten zij de top.

De wind op grotere hoogte was sterk genoeg om beide mannen

te doen wensen dat ze in de boot waren gebleven, maar Rusa trok zijn huiden strakker om zijn gezicht. De ouderen hadden hen opgedragen meer kleren mee te nemen dan ze ooit nodig dachten te hebben. Rusa had gelachen om het bevel, maar had het toch opgevolgd, in de veronderstelling dat ze wel eens wat overboord zouden kunnen gooien.

Hij had niet verwacht dat de kou zou zijn wat het was. In feite had hij nog nooit kou als deze gekend, en geen van de ouderen had het goed uitgelegd. Zij hadden Rusa slechts meegedeeld dat de zeeën in het zuiden niet van dezelfde soort waren als die van hun eiland; de zeeën waar hij heen zou gaan zouden 'koud' zijn.

Zij hadden hem niets verteld over de bevroren, onbewoonbare rots waarop zij nu klauterden. Zij hadden hem niets verteld over de diepe, eindeloze pijn van de bijtende kou.

En hoe konden ze? Niemand van zijn volk had ooit, voor zover hij wist, kou als deze *ervaren*. Zeker, de wintermaanden in zijn thuisland brachten koele lucht uit het noorden en oosten, maar zelfs dan was het water zwembaar.

Hier leek het land echter vast te zitten onder een vreselijke deken van nattigheid en kou. Het was onverbiddelijk, en de eerste dag van hun expeditie boven op de bergpas was bijna zo erg dat Rusa overwoog om terug te keren.

Op de ochtend van hun tweede dag wees Pamesijos, die vooraan liep in een van de twee rijen, eindelijk ergens naar beneden. "Een bergkam," zei hij, uitroepend boven het gehuil van de niet aflatende wind. "We kunnen er op klimmen. Misschien is het daar warmer."

Rusa knikte alleen maar. Het zou warmer zijn, maar slechts een beetje. Hij zag echter in de richting van hun navigatiester dat de bergkam zich later opende en terugboog naar het noorden.

Zij klommen langzaam naar beneden, hopend op enige verlichting van de kou, maar vonden die niet totdat zij bijna beneden waren. Pamesijos sprong van de laatste rots op de bodem van de vallei waar ze zich nu bevonden en wachtte tot Rusa zijn eigen afdaling had voltooid.

Daar, op de bodem van de klif, keek Rusa om zich heen.

De dalwand aan de overkant had een vreemde vorm, alsof iemand pockets uit de rots had gehakt, kleine enclaves die donker afstaken tegen het omringende wit. Ze hadden een perfecte tussenruimte, en Rusa vroeg zich af welke fantastische god deze plek had ontworpen.

Ze draaiden zich om en liepen door de vallei in de richting van de bocht, geen van beide mannen sprak. Rusa dacht aan zijn mannen en vroeg zich af of zij iets konden vinden om te verbranden voor de warmte. Hij had geen boom of struik meer gezien sinds ze geland waren. Misschien was hier, in deze vallei, het leven doorgegaan.

Pamesijos liep sneller, en Rusa strekte zijn benen om hem bij te houden. Na een dag kniediepe sneeuw en glad ijs te hebben doorkruist, leek hun vooruitgang langs de valleibodem opmerkelijk snel. Ze bereikten de bocht en bleven die volgen.

De vormen op de rotswanden namen toe, en Rusa dacht aan de vogeltjes van zijn geboorte-eiland die vroeger hun huizen bouwden in de modderige heuvels langs de kust. Maar hier waren geen vogels, hier was helemaal geen leven.

We zijn aan het einde van de wereld, dacht Rusa. Hij was een geleerd man, opgeleid in de oude navigatie en zeevaart, en wist dat hun wereld bolvormig was. Begin op één plek en vaar voor altijd in een lijn, en je zult terugkeren naar de plek waar je vandaan komt.

Zijn ouderen en leraren hadden hem op deze manier geleid, net als vele duizenden generaties Minoërs.

Toch had hij niet begrepen hoe enorm *groot* het was, hier te staan op een plaats die zo sterk verschilde van elke plaats die hij had gekend. Hij kon zich niet herinneren zelfs maar iets gelezen of gehoord te hebben over een plaats als deze. Bedekt met wit, de koude poederige substantie - sneeuw, wist hij dat het zo heette - tegelijk mooi en dodelijk in zijn constante onderdrukking van warmte.

De vallei keerde terug in de tegenovergestelde richting. Naar het zuiden. Ze bleven het volgen, ieder zweeg. Rusa dacht aan warmte, aan de zomerzon en aan golven warm genoeg om in te baden. Hij dacht aan zijn vrouw en zoon, de twee mensen van wie hij het meest hield en naar wie hij niet kon wachten om naar huis terug te keren.

Bij een ander bochtig deel van de vallei, stopte Pamesijos. Hij wees. Rusa staarde.

"Wat is er?" vroeg hij.

"Die vorm," zei Pamesijos. "Het is steen, ja?"

Rusa knikte, niet inziend wat de man's punt was.

"Maar lijkt het niet... onnatuurlijk?"

Rusa onderzocht de vorm en begreep het eindelijk. De structuur was van steen, en het was moeilijk om de randen van het ding te zien tegen de witte achtergrond, maar na een paar seconden van focus, Rusa wist wat hij zag.

"Het is een gebouw, Pamesijos."

"Het lijkt zo."

Rusa wilde net meer zeggen toen zijn ogen naar rechts dwaalden en hij voor het eerst *meer* vormen zag, elk half verborgen tegen de met sneeuw en ijs bedekte kliffen.

"Er zijn... er zijn er veel," zei Pamesijos.

Rusa knikte opnieuw. "Ik tel er minstens tien."

"Zou dit de plek zijn waar de ouderen ons over vertelden? De plaats waar de Ouderen eindelijk tot rust kwamen?"

Rusa wist het niet. Hij wilde niet beslissen zonder meer informatie. Deze plek was duidelijk een soort nederzetting. Maar hoe? In dit klimaat?

En het leek verlaten te zijn. Alleen de gebouwen gaven de twee mannen de indruk dat hier iemand woonde. Dat hier *ooit iemand had gewoond.*

Pamesijos en Rusa liepen voorwaarts, sjokten door de sneeuw die steeds dieper werd, en naderden het eerste van de kleine gebouwen. Net als bij de bouwwerken van zijn eigen volk, had degene die deze had gebouwd rotsblokken uit steen gehouwen en die op de een of andere manier aan elkaar bevestigd. De daken waren plat, maar Rusa kon niet zien waar ze van gemaakt waren.

Rusa zag dat er aan één kant een deur was gelaten, maar die was bedekt met een laken dat al lang bevroren was. Hij reikte ernaar, in de hoop het zachtjes los te wrikken.

In plaats daarvan viel hij van het plafond, landde scherp op de stenen vloer en barstte in duizend scherven uiteen. Pamesijos wankelde, en Rusa deed een stap achteruit. Ze wachtten. Het geluid van de krakende deur galmde door de hard ommuurde vallei, maar daarna werd het weer stil in de lucht.

Rusa haalde adem, keek hoe het zich oprolde en omhoog zweefde, toen bevroor en op de grond viel.

Hij stapte terug op de stenen fundering en in het gebouw.

Pamesijos zat vlak achter hem en Rusa deed nog een stap naar voren om zijn verkenner het bouwsel binnen te laten. Het was een enkele kamer, klein, niet groter dan de boot zelf, als die dezelfde vorm had gehad.

Rusa nam de donkere, ijzige muren in zich op, en zijn ogen vielen uiteindelijk op de vloer van de ruimte, juist toen Pamesijos Rusa's arm vastpakte. Hij hoorde hoe de man naar adem hapte.

Rusa's ogen vielen op de vloer. Zag de bedachtige stapel stenen in de hoek. Zag de verwrongen, misvormde vorm van het ding dat er bovenop lag - een mens, en toch niet menselijk.

En Pamesijos schreeuwde.

Drie weken geleden

Weddell Sea/Ronne Ice Shelf, Antarctica

Evgeni Volkov trok de 4x4 dicht bij de andere twee. De grote, aangepaste cruisers waren krachtig genoeg voor korte afstanden over sneeuw en ijs, en op deze locatie waren er genoeg van beide. Volkovs partner, Luka, zat achter hem op de cruiser, kijkend en wachtend.

Evgeni trok zijn handschoenen hoger over zijn handen. Het was een warme dag vandaag - rond 0 graden Celsius - maar de zon zou over ongeveer een uur onder gaan. Hij knikte naar de vier inzittenden van de twee andere cruisers toen hij uit het voertuig stapte.

"Is dit waar je het gevonden hebt?" vroeg hij.

Tatiana, de arts en klimatoloog van het team, knikte. Evgeni hapte naar adem toen de mooie vrouw sprak. Hij probeerde zijn gezicht te verbergen, zodat ze het niet zou merken als hij begon te blozen. "Ja, daarginds." Ze wees in de richting van een scherpe rotswand - het topje van een bergtop. "Daar is een klif, maar het is niet steil. We kwamen bij de rand en onderzochten de vallei aan de overkant. Het object steekt uit een gletsjer, zo'n vijftien meter boven de dalbodem."

Evgeni knikte, en strekte zijn schouders wijd uit. Hij wist dat ze geconcentreerd was op haar werk, voorzichtig om geen onprofessioneel gedrag toe te laten, maar terug op de *Rezak*, dacht hij dat hij haar had zien kijken. Misschien kon er iets zijn, of misschien was hij gewoon gek op aandacht.

Hij keerde terug naar zijn eigen observaties. Zonder betere uitrusting konden ze de gletsjer en de werkelijke leeftijd op de diepte van het object niet testen totdat de *Rezak*, het onderzoeksschip van hun team, terugkwam van zijn eigen expeditie aan de overkant van de baai. Die was gepland voor morgenochtend, maar er waren ook tekenen van slecht weer die de terugkeer van de *Rezak* konden uitstellen.

Wat betekende dat er meer nachten in de kleine, claustrofobische cabines geslapen zou kunnen worden.

De pods waren de nieuwste en grootste uitvinding van de Russische wetenschapsgemeenschap - volledig geïsoleerde, op zichzelf staande woonruimten die plaats boden aan één persoon. De pods konden met elkaar worden verbonden via tunnels die waren gemaakt van hetzelfde vinyl-reflecterende materiaal als de podschalen, en de vloer in het geheel was met klittenband aan de wanden en tunnels bevestigd.

Zij testten de eenheden voor Roscosmos, de Russische ruimtevaartorganisatie, om na te gaan of zij een levensvatbare methode waren om een kolonie op Mars te bouwen.

Evgeni's laptopdagboek bevatte zijn gedachten dat de tests

precies bewezen wat Roscosmos wilde weten: de pods werkten feilloos, waren erg krap en ellendig om lang in te leven. Een bijna perfecte score in hun wereld.

Zijn team had nu bijna acht dagen in de peulen gewoond, sinds ze van de *Rezak waren* ontscheept. Ze hadden het pod dorp opgezet in een stervormige opstelling, elk verbonden met een centrale, grotere 'hub' en dan elke kant met een andere pod. De centrale hub was groot genoeg voor drie mensen, dus er waren geen gemeenschappelijke diners of bijeenkomsten - de meeste van hun interacties tijdens de uren dat ze binnen zaten gebeurden via web conferencing.

Het ironische van hun isolement hier was dat Evgeni een snellere internetverbinding had dan hij thuis had. Hoewel de dienst satellietgebaseerd was, waren er geen andere mensen dan zijn teamleden in een straal van 500 km om de verbindingspunten te verstoppen. Hun webconferenties verliepen zonder vertraging, en zelfs zijn telefoontjes naar zijn familie verliepen relatief snel.

"Kunnen we het onderzoeken, Evgeni?"

De stem kwam van Mila, een mooie twintiger die op één of andere manier genoeg indruk had gemaakt om in Evgeni's team te komen. Haar doctoraat was in de toegepaste scheikunde, wat niet echt een nuttige vaardigheid was voor dit veldwerk, maar ze had een briljante geest en speelde goed met anderen.

Evgeni knikte. "Ik geloof het wel. We hebben de klimuitrusting, en het weer lijkt het te zullen houden. Wat is de schatting om het object te bereiken?"

Hij wendde zich tot een andere man van het team, die het woord nam terwijl hij naar Evgeni toe liep. "Ik denk dat het slechts een uur zal duren. Zoals Tatiana zei, de klif is niet steil. Ik geloof zelfs dat er al een perfect parcours is, uitgehakt in de bergwand."

Hij volgde de vinger van de man toen die naar beneden wees.

"Ik begrijp het," zei Evgeni.

Het team werkte samen langs de berg, maar zoals ze hadden voorspeld, was de route niet verraderlijk. Evgeni wist dat ze van de afleiding zouden genieten. Het was dit of het ontleden van gegevens in de pods, alleen en verveeld. Zelfs Luka, de inwonende glacioloog, in een wereld omringd door de dingen waar hij het meest van hield, was moe geworden van het verzamelen van gegevens.

Toen ze de bodem bereikten en de smalle vallei overstaken, nam Evgeni de details van de bergpas in zich op en waardeerde een nieuw perspectief. Hij was een kenner van de geologie van Antarctica, en hoewel elk gebied anders was, met enorm rijke topografieën en spannende openbaringen, had het hele continent geleden onder dezelfde verwoestende calamiteiten.

Deze vallei leek iets toe te voegen aan het verhaal.

Op een bepaald moment in de recente geschiedenis - Evgeni dacht dat het ongeveer 10.000 jaar geleden was, plus of min 2.000 jaar in beide richtingen - had Antarctica zijn reis naar het zuiden beëindigd, en was boven de Zuidpool terechtgekomen, met een vergrote kustlijn van puur ijs. Het eigenlijke continentale land was nu verborgen onder die ijslaag, en het verborg ook de geschiedenis van de plaats net buiten het zichtbare.

Het continent was bezaaid met vulkanen - bijna 100, hadden wetenschappers onlangs ontdekt - de meeste niet meer actief. Elke vulkaan was ontstaan toen de landmassa's zich verplaatsten over de hotspots langs de route.

Op het eerste gezicht leek deze vallei te zijn ontstaan doordat de twee naburige bergtoppen over een geologische frustratie waren geschoven, waardoor een diepe, smalle kloof was ontstaan. Het ijs en de gletsjers aan weerszijden waren doorgegaan met naar beneden te duwen, de enorme krachten van de universele wet voortdurend en nooit eindigend.

Het was een prachtig gezicht om te zien, en het was nog wonderlijker dat Evgeni er nu in stond, op een plek waar waarschijnlijk nog nooit een mens had gestaan.

En toch, tegen alle verwachtingen in, leek het object dat ze nu achtervolgden onnatuurlijk, alsof mensen in het verleden deze vallei hadden bereikt. Toen zijn team het had ontdekt, had hij het afgedaan als een truc van het oog, een illusie. Een grap van het lot, vaak uitgehaald door het normaal kritische oog dat te lang opgesloten had gezeten in een Russisch wetenschappelijk experiment.

Maar nu, staande op de valleibodem en omhoog kijkend naar het ding, leek het erop dat zijn team gelijk had.

Dit object was door mensen gemaakt.

Het was onmogelijk, zeker, maar Evgeni kon de waarheid niet van zich afschudden, zelfs niet met rede en logica. Hij staarde naar een *ding* dat op ongeveer driehonderd meter afstand uit het ijs stak, en dat *ding* leek, ongelooflijk, door mensen gemaakt te zijn.

"We moeten dichterbij komen," zei hij, terwijl hij nog eens aan zijn handschoenen frunnikte. De temperatuur op de dalbodem, ook al was die beschermd tegen de harde wind op de vlakte, was een paar graden gedaald.

Ze marcheerden in de richting van het object, en Evgeni voegde de details ervan toe aan de database van zijn geest terwijl hij dichterbij kwam. *Zwart of donker. Puntige, maar afgeronde basis. Of afgeronde top. Een soort van -*

"Volkov!" riep een man. Evgeni's hart ging tekeer. Het team gebruikte standaard voornamen. Alleen in tijden van stress, opwinding, ernst, of een andere verhoogde staat van emotie namen ze terug naar hun 'officiële' namen en titels.

Hij haastte zich naar de plek waar Tatiana en Mila stonden. Direct onder het object. Hij kon nu zien dat het bijna drie meter uitstak, ongeveer halverwege deze smalle vallei.

Het was, in feite, puntig. *En* rond. De punt van het ding rees omhoog en liep toen schuin terug in de wand van de gletsjer, en het werd breder toen het ook in het ijs viel.

"Evgeni, het lijkt te zijn -"

De wetenschapper maakte haar verklaring niet af. Dat hoefde ze ook niet. Evgeni staarde ook recht omhoog en zag hetzelfde wat de anderen zagen. Het was moeilijk te geloven, en toch onmogelijk te ontkennen.

Evgeni wist, zelfs vanaf vijftien of twintig meter diepte, dat hij naar een boot keek die uit een blok gletsjerijs op het continent Antarctica stak.

"Zou het uit de diepte gelicht kunnen zijn?" vroeg Luka. "Misschien meegesleurd en tot dit ijs gevormd toen het op de kustlijn tot rust kwam?"

Een onmogelijke zaak, wist Evgeni. "Nee," zei hij. Hij hoefde het niet uit te leggen. Deze gletsjer - zoals alle gletsjers die ze tijdens hun reis waren tegengekomen - was evenzeer een deel van Antarctica als de aarde diep onder het ijs. De gletsjer was in de loop van de tijd verschoven, maar er was geen twijfel over mogelijk dat *dit* object alleen in de romp van de gletsjer kon zijn terechtgekomen als het hier was geweest toen de gletsjer was gevormd.

"Ik geloof het niet," zei Mila, buiten adem. "Het lijkt onmogelijk."

"Het *is* onmogelijk," zei een andere wetenschapper.

Maar Evgeni was het daar niet mee eens. Hoewel hun kennis van deze plaats, van de geschiedenis zelf, tot nu toe had bewezen dat zoiets onmogelijk was, wist hij dat de onmogelijkheid van een bewering afhing van de afwezigheid van nieuwe, tegenstrijdige informatie.

"Het schijnt oud te zijn," zei Luka. "Niet eens van deze eeuw."

En dit is zeker wat ik zou noemen tegenstrijdige informatie, dacht Evgeni. Hij probeerde er wijs uit te worden, uit de aanwezigheid van het ding hier.

Hij knikte. Het *was* oud. Ze zouden moeten wachten op de terugkeer van de *Rezak* om de kernen van de gletsjer zelf te testen, maar als datgene waar ze naar keken authentiek was, en niet op een of andere manier een ingewikkelde en verspilde truc, dan zouden die kernen zijn vermoedens alleen maar bevestigen.

Hij draaide zich om en sprak tot zijn bemanning. "Ik begrijp niet hoe het hier is gekomen, of waarom, maar ik weet precies wat dit is. Ik heb dit type schip eerder gezien."

"Is dat zo?

Hij knikte. "Het schip doet denken aan een beschaving die ik een beetje bestudeerd heb, of het is er in ieder geval nauw aan verwant. Een mediterrane beschaving die bijna 2500 jaar geleden ophield te bestaan. Waar we naar kijken, mijn vrienden, lijkt een schip te zijn gebouwd door de Minoërs."

CHAPTER 4
BEN

"IK... IK KAN NIET GELOVEN DAT JE NIET EENS ZOU BELLEN."

De zin was technisch gezien volledig, maar Bens geest ontleedde hem traag, alsof een ouderwetse cassetterecorder met lege batterijen de woorden had uitgesproken.

"Jij - hoor je me?"

Ben knikte, en de wereld ging opzij. Hij trok zijn ogen naar voren, in een poging om beide dezelfde kant op te laten kijken, maar hij zag nog steeds drie mensen voor zich.

Drie Reggies.

Natuurlijk, er was er maar één. Hij *wist* dat, maar het was nog steeds...

"Hey," zei Reggie weer. "Jij, uh, ik heb, uh..."

Reggie probeerde op te staan en struikelde opzij, één voet bijna struikelend over de andere. Alles wat Ben zag waren drie wazige, onscherpe mannen die synchroon hun weg strompelden naar de kleine keuken. Ben wist niet of Reggie het zou halen of niet.

Het maakte niet uit - Ben ging echt niet opstaan om te helpen. In plaats daarvan grinnikte hij, wat veranderde in een schaterlach, die veranderde in een brul van vermaak, geëvenaard door Reggie zelf.

Ben opende zijn mond om antwoord te geven op de vraag die hij veronderstelde dat Reggie stelde, maar terwijl zijn lippen bewogen en zijn kin zakte, kwamen er geen woorden uit.

Hij had het gevoel dat hij helder nadacht, maar de wereld om hem heen leek vreemd, onrealistisch. Het was alsof hij in een vat met heldere smurrie zat en zijn omgeving zag door een stroperige vloeistof.

Het zou morgen als de hel voelen, maar morgen was nog vele uren weg.

riep Reggie vanuit de keuken van het kleine appartement. "En? Wat... wat ben je aan het drinken? Hetzelfde... ding?"

Ze waren al twee uur bezig, en hadden weinig tijd verloren nadat Reggie Ben van het vliegveld had afgehaald en hem naar het huis van zijn vriendin in de stad had gebracht. Dr. Sarah Lindgren was op dit moment op de universiteit in de buurt, drie presentaties aan het voorbereiden, waarvan de laatste vanavond om 19.00 uur zou zijn.

Reggie had de presentatie al een paar keer gehoord, dus had ze hem laten weten dat hij vrij was en bij Ben in haar appartement kon logeren terwijl hij in de stad was. Ben was net terug uit Zwitserland en stopte een week in Anchorage voordat hij naar St. Louis ging om Reggie te bezoeken.

De fles bourbon die Ben voor Reggie had gekocht, stond ongeopend op het bijzettafeltje in de woonkamer. Hoewel Reggie net zo'n fan was van nieuwe bourbons als Ben, had de man zich de laatste tijd meer toegelegd op wat meer obscure smaken.

De twee vrienden waren op dit moment een selectie van Jamaicaanse rum aan het doornemen die Reggie de laatste maanden had opgepikt. Sarah, die deels Jamaicaans is, had hem op de fruitige, wildachtige spirit gezet. Gewoonlijk wordt het gebruikt in mixdrankjes en rum punches, waar Jamaica beroemd om was, maar Reggie mengde er wat van met elk vruchtensap dat ze voorhanden hadden.

Ze hadden hun laatste sinaasappelsap al opgedronken en werkten zich een weg door de ananas en een aardbei-bananenconcoctie die hij achter in de koelkast had gevonden.

Ben glimlachte en probeerde zijn lachen te onderdrukken, maar merkte dat één oogbol consequent naar links leek te hangen, waardoor nog meer Reggies ontstonden dan er voordien al waren geweest. Hij deed zijn best om te spreken. "Ik, uh, de ananas..."

Zijn hoofd kantelde, en de zin was inderdaad kort, maar Reggie begreep de boodschap blijkbaar. Hij bracht Ben een hoog glas half-rum, half-sap, en hield een roze uitziend drankje omhoog om te toosten. "Op... op ons," begon hij. "Ik bedoel... op wat, op wie we... en Julie en Sarah en zo."

Ben klinkte met Reggie's glas, en beide mannen namen een slok. "Ik zou het zelf niet... niet... beter gezegd hebben."

Ben voelde zijn telefoon trillen in zijn zak en fronste zijn wenkbrauwen, in een poging de onwerkelijke gevoelloosheid rond zijn gezicht weg te duwen. Hij zette het drankje op het tafeltje naast hem, zijn tong stak uit zijn mond toen hij probeerde het gevaarlijk instabiele drankje op het onderzettertje te krijgen dat Sarah daar had neergezet. Ze was relaxed, maar Ben wist dat ze een paar ergernissen had. Waterkringen op haar gloednieuwe meubels was er daar zeker één van.

Zijn telefoon was klaar met trillen, maar hij haalde hem toch uit zijn zak en trok zijn ogen samen om zich op het kleine schermpje te concentreren. Hij knipperde een paar keer met zijn ogen, terwijl hij zijn wenkbrauwen op en neer bewoog om het sms-bericht te begrijpen.

Het was van Julie, zoveel was duidelijk. De rest, zo leek het, was volledig onleesbaar.

"Heb net..." begon Reggie, terwijl hij zijn eigen telefoon uit zijn zak haalde. Hij maakte de verklaring niet af, en Ben keek op om te zien hoe alle drie Reggies zich koortsachtig concentreerden op het begrijpen van zijn eigen bericht.

Ben ontgrendelde het scherm en navigeerde naar het bericht, hopend dat de heldere achtergrond zou helpen bij zijn begripsniveau. Tot op zekere hoogte deed het dat. Hij haalde het drankje weer van de onderzetter en hield het tegen zijn lippen terwijl hij zich concentreerde op elk woord, een voor een.

"Van Julie," zei Ben. "Wil... wil je ontmoeten..."

Hij sloot zijn ogen. Het had geen zin. Wat de boodschap ook was, ze zou tot morgen moeten wachten - waarschijnlijk tot morgenmiddag. Hij had Julie verteld dat hij en Reggie de komende dagen wat gingen rondhangen en bijpraten, en zij was het ermee eens dat hij een paar dagen vrij nodig had om te ontspannen en bij te komen van zijn avontuur in Zwitserland.

Ze kan me toch niet nu al terugroepen, dacht hij. Hij wist dat ze ook naar St. Louis had moeten vliegen, om Sarah te zien en met de rest van hen rond te hangen. Het was te gemakkelijk voor haar om in haar eigen hoofd over werk te kruipen.

Reggie gromde iets als antwoord, en Ben keek naar hem op. Reggie's hoofd - alle drie - bewoog in langzame cirkels. Of misschien was het zijn eigen hoofd; Ben wist het niet zeker.

"Niet Julie," zei Reggie. Hij ontmoette Bens ogen. In een

moment van helderheid keek Reggie naar zijn telefoon, las het bericht nog eens, en keek weer op naar Ben. "JSOC."

Ben fronste zijn wenkbrauwen, maar toen merkte hij dat Reggie gelijk had. Het was een bericht waarin om een ontmoeting werd gevraagd, maar het was niet van Julie. Zijn ogen - en zijn verstand - hadden hem voor de gek gehouden. Hij had de 'J' gezien en de rest aangenomen. Reggie had gelijk.

"Wat - wie is dat?" vroeg Ben, zijn woorden onduidelijk.

Reggie was al aan het opstaan. "JSOC - United States Joint Special Operations Command."

Dr. Sarah Lindgren's hakken klikten op de betegelde vloer toen ze zich van het kleine kantoor naar de collegezaal haastte. Haar rok zat comfortabel; de kousen die ze eronder had aangetrokken vanwege hun conservatieve uiterlijk niet. Haar schoenen, monstruositeiten met enkele gesp die ze speciaal voor dit lezingencircuit had gekocht, waren nog slechter.

Ze blies met een haaltje lucht langs haar onderlip om de verdwaalde bos krullen terug naar de top van haar hoofd te brengen, waar ze wist dat hij precies zeven seconden zou rusten voor hij weer voor haar ogen viel. Ze had een goede dataset om te bewijzen: het was een proces dat ze die dag al zo'n veertig keer had herhaald.

Haar drie lezingen vandaag waren rug-aan-rug. De eerste lezing had ze slechts een paar keer eerder gegeven, over de geschiedenis van religie - meestal gebaseerd op onderzoek dat ze samen met haar vriendin en leeftijdgenoot, Victoria Reyes, had ontwikkeld. Ten tweede, de lezing die ze net had gegeven ging over een onderwerp waar ze in haar slaap over kon jammeren: Oude filosofieën van prehistorische beschavingen. Het was een leuke toespraak, maar het was ook iets waar niemand in haar vakgebied haar over kon aanspreken. Filosofie op zich was niet iets dat gemakkelijk vast te pinnen was, en aangezien 'prehistorie' letterlijk betekende 'alles wat gebeurde voordat de mens het begon bij te houden', was het spreken over geloofsovertuigingen en filosofie van het menselijk leven voordat iemand het bijhield, meestal een eenvoudige klus.

Haar derde lezing zou over zevenendertig seconden beginnen, en zij was nog minstens een minuut verwijderd van de tweede collegezaal van de universiteit waarin zij moest verschijnen. Helaas bevond die collegezaal zich in een heel ander gebouw. Waarom men Antropologie naar het gebouw van Chemische en Biologische Wetenschappen had verplaatst, zou ze nooit begrijpen.

Ze minderde vaart en haalde diep adem. Ze zou hoe dan ook te laat komen - geen reden om zich druk te maken en haar hartslag te verhogen. Alle aanwezigen waren gekomen om haar te zien en haar te horen spreken; ze konden wel een minuutje langer wachten.

Ze voelde haar telefoon zoemen in het kleine zakje van haar rok, maar ze negeerde het en drukte op het knopje aan de zijkant van het apparaat. Ze was van plan hem in het geleende kantoor te laten liggen, maar ze wist niet zeker of de gedeelde ruimte bezet zou zijn tijdens haar colleges.

Sarah waaide het pluizige haar nog eens uit haar ogen en vervolgde haar slordige route door de gangen. Ze had meer dan genoeg tijd doorgebracht in universiteitsgebouwen over de hele wereld, en ze kon nooit begrijpen waarom die allemaal hadden besloten collegezalen te bouwen op de bovenste verdieping en aan de achterkant van elk gebouw.

Als dochter van een gewaardeerd archeoloog, Dr. Graham Lindgren, was Sarah geen onbekende in het universiteitsleven. Al op jonge leeftijd blonk zij uit in academische vakken, zowel in het klaslokaal als in de politieke wereld waarin de meeste professionele onderwijzers uiteindelijk terechtkomen. Ze was een gedreven vrouw met een harde aanpak, maar ze had ook een delicate, lieve kant waardoor ze haar mannelijke collega's vaker vertederde dan van hen afstootte.

De dubbele deuren van de collegezaal stonden open, en ze kon een volle zaal zien. Een paar studenten op de eerste rij draaiden zich om en zagen haar aankomen, fluisterend onder elkaar. Ze wist dat de helft van de aanwezigen hier alleen maar zou zijn om studiepunten te verdienen, maar degenen op de eerste rij waren hier waarschijnlijk omdat ze haar echt wilden horen spreken.

Haar telefoon zoemde weer, en ze tikte er snel op toen ze de collegezaal binnenstapte. *Geen goed moment*, dacht ze, terwijl ze meteen de drie trappen opliep en het podium opliep toen ze eenmaal de zaal was binnengekomen. De assistenten van de leraar die deze lezing in dit gebouw hadden voorbereid, hadden het goed gedaan: een volle fles water stond op een tafeltje naast het podium, de koude inhoud zorgde voor condensvorming aan de buitenkant van de plastic bak. De microfoon was zelfs op haar hoogte gebogen, een kleinigheid die boekdelen sprak of gewoon een toevalstreffer dat zij even lang was als de vorige presentator was geweest.

Ze stapte op het podium en schraapte haar keel, terwijl ze snel haar hoofdpunten nog eens doornam. Sinds haar ervaringen met de Civilian Special Operations, waar haar vriend Reggie bij betrokken was, was ze een veelgevraagd spreekster geworden.

Twee contracten voor het uitgeven van boeken en meer dan vijftig spreekbeurten later, was ze een expert geworden in spreken in het openbaar.

Haar vaders faam in archeologiekringen deed haar zeker geen kwaad, maar zij was er trots op dat de meeste vraag naar haar te danken was aan haar eigen succes. Ze had er jaren voor gewerkt, haar strepen verdiend, en nu had ze ook nog de ervaring.

Ze keek uit over de menigte, de individuele gezichten veranderden in schaduwen en vervolgens in duisternis na de vierde rij. Als ze het licht niet aandoen, zal het moeilijk worden om vragen te stellen. Ze wilde net beginnen met haar openingsrede toen ze haar telefoon weer voelde rinkelen.

Serieus? Reggie weet precies waar ik ben. Wat de hel doet hij -

Ze haalde de telefoon uit haar zak, met de bedoeling hem ondersteboven op het podium te leggen, maar toen ze naar de naam van de beller keek, werden haar ogen wijd opengesperd.

Het was geen *beller*, maar een sms. Ze kon niet anders dan het bericht scannen; haar ogen dwaalden over de korte tekst.

>> Dringend: heb uw hulp nodig met een zaak van extreem belang. Potentiële kwestie van nationale veiligheid.

Het telefoonnummer van de afzender was er een die ze niet herkende.

Ze fronste, haar mond bewoog, maar er kwamen geen woorden uit. Het moest een grap zijn. Een soort sms of junk message.

Tevreden dat dit het antwoord was, plaatste zij het telefoongezicht op het podium en begon haar discussie.

"Goedenavond, en welkom. Mijn naam is Dr. Sarah Lindgren, en ik weet waarom jullie allemaal hier zijn: het is een makkelijk krediet."

Ze pauzeerde voor de voorbereide vijf seconden van gegrinnik en gelach, voornamelijk van de studenten op de eerste rij, toen haar telefoon weer zoemde. Deze keer trilde haar telefoon zo hard op het podium dat de microfoon het oppikte, en ze hoorde de galm van het gezoem door de luidsprekers in de zaal.

Haar ogen konden weer eens niet om het bericht heen dat op haar scherm flitste, maar zij zag onmiddellijk dat als het een grap of een soort spambericht was, de afzender het naar een ander niveau had getild.

>> *Gareth Red en CSO zijn al onderweg naar het hoofdkwartier. Reageer alsjeblieft zo snel mogelijk.*

In plaats van verder te gaan met haar inleiding en zich een weg te banen naar de kern van haar presentatie, deed ze een stap terug van het podium en pakte haar telefoon. "Het - spijt me, ik... blijkbaar moet ik deze opnemen."

Een van de assistenten van de leraar die in de voorste hoek van de zaal zat, sprong op en begon naar het podium te lopen. Hij vroeg of ze in orde was, maar Sarah was al de trap aan de overkant af en op weg naar buiten, de telefoon aan haar oor.

Generaal Nathaniel Rollins forceerde een glimlach toen hij met zijn handen op zijn rug geklemd voor het bureau van de directeur stond. Hij hoopte dat de permanente frons van de meeste generaals en andere militairen van zijn kaliber niet aan de Directeur was verspild, maar Rollins had het vage gevoel dat alles behalve het geluid van de stem van de Directeur aan hem voorbij zou gaan.

Directeur Stephen Williams, een beroepspoliticus, staarde de generaal aan met ogen die Rollins precies vertelden wat hij moest weten. *Je dient naar mijn goeddunken, en elke insubordinatie op welke manier dan ook zal onmiddellijk politieke gevolgen hebben.* Maar SecDef directeur Williams wist niet dat Generaal Rollins weinig gaf om politieke manoeuvreerbaarheid.

Generaal Rollins, een uitgesproken *niet-politieke* militaire tacticus, gaf alleen om resultaten en resultaten. Wat de nationale veiligheid betreft, wenste hij niets liever dan dat de zetel van het op één na hoogste commando zou worden ingenomen door iemand die tenminste begreep wat het betekende om zijn land te dienen.

Maar dat was een strijd die hier vandaag niet gevoerd kon

worden. In plaats daarvan was de strijd van generaal Rollins iets meer uitgesproken en opzettelijk.

"Als ik u goed begrijp," begon Rollins, "wilt u vijandelijk gebied binnenvallen zonder toestemming van het Congres of de president."

Williams kneep zijn ogen dicht en kneep zijn kin samen, keek toen weer op naar zijn militaire commandant. "Het is niet per se een *invasie*. Niemand bezit het land, en als we snel en stil zijn, zal niemand weten dat we er zijn."

"Ik ga ervan uit dat de mensen die er al zijn, weten dat we er zijn," zei Rollins.

Williams knipperde twee keer met zijn ogen. Hij negeerde de opmerking volledig. "En wat de betrokkenheid van de president betreft, hij concentreert zich liever op zijn golfspel dan zich zorgen te maken over bepaalde artefacten die hun weg naar Amerikaanse bodem vinden."

"Is dat een verklaring van onwetendheid of aannemelijke ontkenning?"

"Verandert het uw werkwijze, generaal?"

Rollins grijnsde. "Ik denk het niet. Maar geen enkele procedure is ooit zo schoon als we hopen of bedoelen, directeur. Geen plan..."

Williams stak een hand op en zwaaide er afwijzend mee in de lucht. "Ik weet het, ik weet het. Geen plan overleeft het eerste contact met de vijand."

"Dat is niet wat ik wilde zeggen," zei Rollins. "Toch heb je het niet mis. Geen plan overleeft *het meeste* contact met de vijand, vooral wanneer er, althans op papier, geen plan *is*, en er geen vijand *is*."

Williams glimlachte, grinnikte toen een beetje, stond toen

eindelijk op en slenterde rond zijn bureau. Generaal Rollins was bijna een kop groter dan de korte, gedrongen man, en hij voelde hoe hij zich opspande en zijn volledige lengte bereikte toen de Directeur hem naderde. Het was een onvrijwillig machtsvertoon, een soort 'meting naar boven'.

"Generaal Rollins, u heeft dit land goed gediend. Niemand zal dat ooit betwisten. Uw soort leiderschap is een 'laarzen op de grond, raketten in de lucht' soort leiderschap. Dat is ongetwijfeld nuttig in vele situaties. Maar het is niet het enige soort leiderschap dat nodig is om een land te leiden."

Generaal Rollins voelde de preek van de tong van de minder gekwalificeerde man rollen, en toch kon hij niets doen om het te stoppen of te negeren.

Williams vervolgde. *"Mijn manier* van leiderschap is het tegenovergestelde: Ik geef er de voorkeur aan om dingen achter een bureau af te handelen, memo's te tekenen en e-mails te versturen en dingen te laten gebeuren zonder ooit echt een vinger uit te hoeven steken. Ik begrijp dat het overkomt als luiheid, maar wat *u* moet begrijpen is dat het nog steeds de klus klaart. *Zonder* een slapend Congres en een vermoeide militaire macht wakker te maken."

"Dat snap ik," zei Rollins. "Maar vertel me eens *wie* precies jouw kleine oorlog voor je gaat uitvechten? Als ik nergens een bataljon heen stuur, en ik vraag mijn tegenhangers bij de marine niet om een vliegdekschipgroep of twee te herpositioneren, wie bent u dan wel van plan in te zetten?"

Williams glimlachte weer eens. Van alle spelletjes die Washington graag speelde, vond Rollins dit het minst leuk. Het was er een die hij het 'Ik weet iets wat jij niet weet, en ik hoopte op een kans om het boven je hoofd te laten bungelen' spel noemde.

"Er is een groep in Anchorage, Alaska, waarvan ik hoop dat ze de baan nemen."

Rollins fronste zijn wenkbrauwen. "Een particulier beveiligingsbedrijf? Huurlingen? Je kunt niet zomaar..."

Opnieuw hief Williams hand en keek naar Rollins. En weer voelde Rollins zich van binnen een beetje sterven toen hij zichzelf onderbrak en zich liet onderbreken door dit plebejer.

"Rustig aan, generaal. Niemand zei iets over particuliere beveiliging of huurmoordenaars. Nee, waar ik het over heb is een heel andere groep. Het is een groep die naar zichzelf verwijst als de Civilian Special Operations.

Dat kun je niet menen, dacht Rollins. "*Burgers?*"

Williams knikte. "We hebben al enige tijd vertegenwoordigers van de strijdkrachten in hun raad van bestuur, maar dat zijn geen stemgerechtigde functies. Meer als adviseurs, maar ze helpen ook om een vinger aan de pols te houden van waar de groep zich momenteel mee bezighoudt. U gelooft het misschien niet, Generaal, maar deze groep heeft een ongelooflijke belofte getoond in hun zaken, en ze hebben succes na succes geboekt in het oplossen van bepaalde problemen waar de Amerikaanse regering liever niet bij betrokken is."

"Dus, het *gaat* over aannemelijke ontkenbaarheid?"

"Is het niet altijd?" vroeg Williams. "Als je de dingen gedaan kunt krijgen die je gedaan wilt krijgen en gedaan moet krijgen zonder dat je ooit de kans hebt om door iemand anders beschuldigd te worden van vals spel, zou je het dan niet op die manier doen?"

Generaal Rollins begreep wat de man bedoelde, voor een keer. Maar hij kon nog steeds het idee niet bevatten dat burgers een operatie als deze leiden. "Zijn ze getraind? Hoe dan? Als ze hier goed in zijn, kan ik me voorstellen dat een kleinere, chirurgische militaire eenheid alleen maar beter zou zijn."

"Ja, dat zou het zijn als alleen een inbraak nodig was. Maar je hebt de brief gelezen. Er zit veel meer nuance in de situatie dan alleen maar schietend naar binnen rennen. Zelfs een chirurgische operatie, iets wat de Rangers zouden kunnen doen, zou een verkeerd signaal zijn als het bekend zou worden."

"Toch denk ik..."

"Ik weet precies wat u denkt, Generaal, maar de kwestie ligt buiten uw handen. We hebben geen *soldaten* nodig, we hebben *wetenschappers* nodig. Een gezonde mix van beide is precies wat de CSO biedt."

Rollins beet op zijn tong. Hoewel de directeur hem erg kwaad maakte, was het moeilijk niet toe te geven dat Williams gelijk had. Als zo'n groep bestond, en als die zo goed was als Williams beweerde, zou het een perfecte groep zijn voor de missie.

Hij stak een olijftak uit. "Oké, het klinkt veelbelovend. *Als* wat je me vertelt waar is. Ik zou graag meer over ze willen lezen, hoewel ik het gevoel heb dat je de trekker al overgehaald hebt."

"Ik wil graag dingen gedaan krijgen, maar ik ben geen lul. Begrijp dat mijn handen hier gebonden zijn. JSOC is al een paar uur bezig om een team samen te stellen. Ze zullen verwachten dat ik er iets over zeg, dus ik stel voor dat we onze betrokkenheid aannemen. Ja, ik heb de beslissing al genomen, maar je zult een lang voorstel en beschrijving van deze groep en hun vroegere successen op je bureau vinden. Mijn assistent is al op weg naar beneden om het af te geven."

Rollins haalde zijn schouders op. "Fair enough. Wat heb je dan van me nodig?"

Williams aarzelde, keek uit het raam naar de campus, draaide zich uiteindelijk om en zuchtte diep voor hij weer sprak. "Ik wil dat je doet waar je goed in bent, Generaal. Laten we ter zake komen: de CSO groep is goed, ik geloof in hen. Maar wat we hen vragen te doen - wat we *denken* dat we hen kunnen vragen te doen - is in het beste geval een ondoordacht en halfbakken plan dat we gedwongen zijn uit te voeren zonder genoeg tijd om alternatieve opties te testen, en in het slechtste geval, een volwaardige zelf-moordmissie."

Generaal Rollins knikte. Eindelijk begreep hij de essentie van wat de Directeur vroeg.

"Ik wil dat je die alternatieven voorbereidt. Test ze indien mogelijk, en als de tijd het toelaat, maar wat er ook gebeurt, wees voorbereid met die laarzen op de grond en die raketten in de lucht."

Rollins glimlachte weer, maar deze keer meende hij het. "De oude 'als Amerika het niet kan hebben, kan niemand het hebben' routine?"

Williams lachte echter niet. "U hebt de brief gelezen, maar er zijn meer details die u moet weten. Er staat hier veel meer op het spel dan wat een vluchtige blik zou kunnen suggereren. Ik wil dat u klaar bent voor alle opties, Generaal."

CHAPTER 7

PETROKOV

VLADIMIR PETROKOV STOND IN DE HOEK VAN DE KAMER, in de houding, terwijl zijn chef zijn geoefende monoloog hield. De man was woedend, maar Petrokov wist niet waarover. Hij keek toe hoe zich spuug op zijn mondhoek vormde en hoe de man doorging zonder zelfs maar de tijd te nemen om het af te vegen.

Hij wilde glimlachen. Al deze politieke onzin maakte hem vroeger kwaad, maar nu was het gewoon theater - slecht geacteerd theater, maar theater desalniettemin.

Zijn baas was eindelijk klaar, en staarde naar zijn ambassadeur voor het project dat nu gewoon bekend stond als *Het Project*.

"Begrijp je me, Petrokov?"

Petrokov knikte. "Natuurlijk. Je hebt jezelf duidelijk gemaakt. *Het project mocht* niet worden onthuld tot u en de raad hadden getekend voor de voltooiing."

De man staarde kogels aan.

"En u heeft die proclamatie nog niet ondertekend."

"Nee, Petrokov," zei zijn baas. "Dat heb ik *niet*. En dat zal ik ook niet binnen een *jaar*, tenminste. Ik dacht dat je dat wel begreep."

Petrokov zuchtte, keek even naar de vloer en toen weer naar de man die achter het enorme bureau zat, het bureau dat Petrokov alleen maar kon bewonderen omdat het zijn baas zoveel kleiner deed lijken. "Dat begrijp ik meneer Mikhail. Maar zoals in mijn rapport over deze zaak staat, was deze 'gedragsovertreding', zoals u het per se noemt, niet zoiets - hun mandaat daar beneden was om te bestuderen en te onderzoeken *in aanvulling op* de verklaarde missiedoelen voor *Het Project*. En aangezien het uploaden en verspreiden van de informatie op geen enkele manier in verband stond met het eigenlijke -"

Mikhail hield een kleine, gebobbelde hand omhoog. Hij had de vorm van een haak, omdat hij als jonge jongen een slopende ziekte had gehad die een deel van zijn lichaam had verminkt. Hij was klein en zag er in Petrokovs ogen wat grotesk uit, maar waar Petrokov een gebrek aan fysieke kracht zag, zag de rest van zijn land politieke slagkracht.

Dankzij het geld van zijn familie en hun connecties met Vladimir Poetin zelf, was Mikhail opgeklommen in de rangen van de Russische bureaucratie en had hij een begeerde, beschermde positie in het Kremlin gekregen. Hij had nu de leiding over vele geheime projecten die in het belang van de nationale defensie werden geacht.

Het Project was precies zoiets. Een glibberige, vreemd gevormde reeks taken en doelen die weinig met elkaar te maken hadden, naar Petrokovs mening, allemaal verpakt in een enorme list die slechts bij enkelen bekend was. Waarschijnlijk was slechts één man op de hoogte van het hele project, en Petrokov had op dat moment met die man te maken.

"Petrokov," onderbrak Mikhail, "daar heb je het mis. Ik houd u niet *persoonlijk verantwoordelijk* voor de onoplettendheid, want de informatie over dit facet van *Het Project* valt niet onder uw bevoegdheid. Het volstaat te zeggen dat ik wil dat de zaak wordt opgelost. Ik verwacht dat u het oplost, en ik verwacht dat het snel en stil gebeurt."

Petrokovs wenkbrauwen dansten op zijn voorhoofd. "Ik begrijp het." In al zijn jaren als Russisch patriot had hij getraind voor vele klussen en uitdagingen. Hij had echter niet veel training gehad in het spelen van onwetende ondergeschikte voor een man die nooit zijn gelijke zou kunnen zijn. "Als u me meer details over dit 'facet' zou kunnen geven, zou ik misschien - "

"Ik heb u verteld wat u moet weten: Ik heb een probleem met de wetenschappers die de informatie over hun ontdekking van het Minoïsch artefact onthullen, en ik wil dat dat probleem wordt opgelost."

"Ze zullen binnen een dag in hechtenis zijn, Mikhail. Wat anders is er voor mij om -"

"Ze *zullen* in hechtenis worden genomen," zei Mikhail. "Maar *zij* zijn nu niet mijn zorg. Ik heb een team klaar staan om ze op te halen bij de *Rezak*, maar het is de partij die zij mogelijk hebben *gealarmeerd* die mij zorgen baart."

Petrokov fronste zijn wenkbrauwen. "De Amerikanen?"

"Wie nog meer?" Mikhail glimlachte, een kwaadaardig uitziende grijns van slechts de zijkant van zijn mond die tandheelkundige implantaten mengde met echte, rottende tanden. "Ze hebben ongetwijfeld de live stream van de presentatie van de *Rezak* gezien, evenals een kopie van het eerste rapport dat de bemanning naar de universiteitsservers van Moskou heeft geüpload."

Petrokov haalde zijn schouders op. "Prima. Maar wat moet ik dan doen, gewoon in Amerika rondlopen en hopen dat iemand *Het Project* noemt? Ik heb geen aanwijzingen."

"Nee," zei Mikhail, zijn stem verlagend. Petrokov wist hoe het werkte. Hij wist wat zijn baas op het punt stond te zeggen. "Je hebt geen aanwijzing - want *ik* heb een aanwijzing, en die heb ik je nog niet gegeven." Hij snoof en veegde zijn neus af. "Beschouw dit als een waarschuwing, Petrokov. Ik wil dat deze klus op tijd wordt geklaard, zonder vertraging, om naar de volgende fase te gaan. Er mogen geen vragen *meer* worden gesteld, geen gedrags- of vertrouwensbreuken meer.

"Ik geef je deze aanwijzing voor jou en je team om de Amerikaanse betrokkenheid bij *Het Project te* zoeken en te vernietigen voordat het van de grond komt, maar - en ik kan dit niet genoeg benadrukken - ik wil dat je begrijpt dat dit *mijn* project is. Het zal altijd *mijn* project zijn, Petrokov. Uw medewerking wordt op prijs gesteld, maar het is ook geheel op mijn verzoek. Begrepen?

Petrokov was niet verbaasd dat hij een formele afranseling kreeg. Dat had hij al verwacht toen hij de dagvaarding had ontvangen. Maar hij was zeer verbaasd over hoe sterk Mikhail's argument was verwoord. Petrokov had niets verkeerds gedaan - hij had toegestaan dat informatie over de ontdekking van de wetenschappers online werd gezet - maar hij wist nu dat dat voor de machthebbers onverteerbaar was.

Goed. Daar kon hij mee leven. Top-secret, eyes-only, codenamen voor alles. Zo had hij eerder gewerkt.

Maar het was Mikhail's bestelling die hem het meest had verrast. Hij was niet boos.

Mr. Mikhail was *bang*.

Hij werkte voor een man die *ook* voor iemand werkte, en die iemand was *zeer* geïnteresseerd in het produceren van een resultaat dat zonder hapering slaagde. Die iemand had zijn ongenoegen geuit over Mikhail's behandeling van *Het Project* en Mikhail gaf het gewoon door aan de keten.

Petrokov zou de details van Mikhail's tip ontvangen voor hij het kantoor verliet. Het zou direct naar zijn beveiligde lijn worden gestuurd, via een versleutelde mobiele telefoon, zoals altijd, een die hij in de prullenbak zou gooien zodra het gesprek eindigde. Het zou hem een richting geven, een doel.

Dit deel was eenvoudig, en het was het deel waar hij van genoot. Hij zou de laatst bekende locatie van een agent of een cel ontvangen, en het zou zijn taak zijn om die stukken uit het speelveld te verwijderen.

Petrokov was *erg* goed in dit deel van zijn werk.

Hij verliet het kantoor en hield de telefoon tegen zijn oor om zijn tweede man te bellen: zijn beste vriend en een man aan wie hij zijn leven toevertrouwde.

"Broeder," begon hij, "maak het vliegtuig gereed. We gaan naar Amerika."

BEN'S TELEFOONTJE NAAR JULIE WAS GEGAAN ZOALS HIJ HAD VERWACHT. Om eerlijk te zijn had hij weinig verwacht - hij was nog aan het bekomen van de alcohol die hij en Reggie hadden gedronken, en hij wist dat het minstens vier of vijf uur zou duren voor hij een zin kon vormen.

Julie, van haar kant, leek niet onder de indruk. Zij had ook het bericht van JSOC ontvangen, waarvan Ben had ontdekt dat het was geverifieerd en doorgestuurd door Mr. E en zijn communicatieteam onder leiding van zijn vrouw. Ben had van Julie vernomen dat het bericht legitiem was en dat het, wat de reden ook was, dringend leek.

Ben had zijn best gedaan om zijn verbijstering tijdens het gesprek uit te leggen, maar de meeste woorden die uit zijn mond waren gekomen, waren eenmalige, sporadische uitbarstingen van taal geweest. Hij begreep nu niet veel meer, en hij kreeg het gevoel dat Julie ook niets meer van wat hij zei begreep.

Reggie leek het beter getroffen te hebben met zijn telefoontje naar Sarah. Ze was uit het begin van haar presentatie weggelopen en had hem gebeld, en de twee hadden het grootste deel van een half uur gekletst. Tegen de tijd dat ze klaar waren met het telefoongesprek, lag Ben bijna te slapen op de bank en was Sarah een minuut van huis.

Reggie deed zijn best om het huis op te ruimen en de vele kussens op de stoelen en banken in de kleine ruimte op te kloppen - ook die waar ze niet eens op hadden gezeten - en hij zakte in elkaar op zijn oude plek op de bank, net toen Sarah de voordeur opendeed.

Ben stond op en werkte zich langzaam en methodisch naar zijn voeten. Hij stond daar als een dwaas, terwijl hij probeerde te beslissen welke kant hij op moest lopen.

Sarah glimlachte naar hem en wuifde met haar hand. "Zit, zit," zei ze. "We hoeven niet te knuffelen. Het is goed je te zien, Ben. Blij te zien dat je veilig bent aangekomen en je een beetje kunt ontspannen."

Ze gooide haar tas en tas op een tafeltje in de hal en ging de woonkamer binnen. Ben merkte dat Reggie zich ook wat leek te ontspannen, zich realiserend dat zijn vriendin in opperbeste stemming was. Hij opende zijn mond, maar Sarah snoerde hem de mond.

"Niets uit jou, Red," zei ze, grijnzend. "Jij bent, in tegenstelling tot Ben, *niet* halverwege de Verenigde Staten gevlogen om mij op te zoeken, dus er is geen excuus voor *je* om je als een idioot te gedragen."

"Maar we hebben net gepraat," zei Reggie, en stopte toen. Hij fronste naar de stervende resten van zijn drankje en probeerde het opnieuw. "Hij kwam niet om jou te zien, hij kwam -"

"Blijf je daar gewoon zitten alsof je tong eraf is gevallen, of ga je een drankje voor me maken?"

Reggie glimlachte en knikte. Het kostte hem een paar seconden om weer op de been te komen, maar de manoeuvre was geslaagd. Hij zette elke stap voorzichtig op zijn weg terug naar de keuken.

Terwijl hij weg was, richtte Sarah zich tot Ben. "JSOC, huh?" vroeg ze.

"Blijkbaar wel," zei Ben.

"Ik ben verbaasd dat ik de boodschap ook kreeg.

Ben schudde zijn hoofd. "Dat hoeft niet. Wat het ook is, het is ernstig als ze ons op deze manier benaderen. En ze weten toch niet echt wie we op de loonlijst hebben staan, dus meneer E was waarschijnlijk op de hoogte om het naar ons allemaal te sturen."

"Heb ik iets gemist?" vroeg Sarah, terwijl ze een grote haarlok over haar oor duwde op een manier die Ben deed denken dat ze precies die beweging de hele dag al had gemaakt. "Hebben ze nog iets gestuurd?"

"Nee, en dat zullen ze waarschijnlijk ook niet doen. Het is regeringsspul, militair. Je weet hoe het werkt - *als* het werkt, werkt het langzaam. Ze zijn waarschijnlijk nog steeds bezig met het samenstellen van een brief en ruziën over wie de leiding heeft over deze hele zaak."

Reggie kwam terug met nog drie drankjes, waardoor Ben's hart zonk. Hij wist niet zeker of hij meer aankon, en hij wist dat het waarschijnlijk niet in zijn beste belang was om het te proberen.

Hij greep naar het glas en voelde de koude troost van een gloednieuw brouwsel dat binnenin op hem wachtte.

"Dit is een Appleton Estate 25-Year," zei hij. "Het is op zijn minst een proeverij waard. Zeker niet zo funky als de rest van het spul waar we mee hebben gerommeld."

"Jullie lijken nuchterder dan toen we elkaar aan de telefoon spraken, Reggie," zei Sarah.

Reggie haalde zijn schouders op. "Er is iets met de aanwezigheid van mooie vrouwen waardoor we onze branie kunnen opvoeren," antwoordde hij.

Ze trok een wenkbrauw op en nam een slok van de drank. Toen sloot ze haar ogen, en ze genoot van de nieuwe rum. Ben volgde zijn voorbeeld en merkte dat Reggie hem in feite had achtergehouden. Wat er ook in zijn glas zat, het was *veel* beter dan wat Reggie hem had voorgeschoteld voor Sarah's aankomst.

"Opschepperig, huh?" vroeg Sarah. "Roodkapje, ga je onlangs nog naar het toilet?"

"Ik, uh... Ik heb net geplast, waarom?"

Ben en Sarah keken naar de man die nu tegenover hem op de bank zat.

"Die 'branie' die je denkt te hebben - verhindert dat het vermogen om je broek dicht te ritsen als je klaar bent?"

Ben lachte en keek toe hoe Reggie met zijn broek worstelde. Sarah draaide zich weer naar hem om. "Wat is nu het plan?" vroeg ze. "Ongeacht hun ongeorganiseerdheid, neem ik aan dat ze elkaar snel willen ontmoeten?"

"Wel," zei Ben, "ze willen elkaar ontmoeten zodra we allemaal samen op één plaats kunnen zijn. Julie en Mrs. E zijn nog in Anchorage, maar we zijn bijna bij hen voor de deur. Ze komen uit North Carolina, en ze zullen hier morgen zijn. De vergadering is morgenmiddag om 15.00 uur, de briefing komt morgenochtend zodra ze het rond kunnen krijgen."

"Het klinkt niet alsof ze erg ongeorganiseerd zijn," zei Sarah. "Ik neem aan dat Julie hierheen komt vliegen?"

Ben knikte. "Ja, precies. Dat betekent dat Reggie en ik de rest van de avond kunnen rondhangen en drinken."

CHAPTER 9
BEN

BEN KEEK AAN DE ANDERE KANT VAN DE TAFEL NAAR REGGIE. Voor zover hij kon zien, was Reggie helemaal in orde. Of hij was een uitstekend acteur, of de alcohol was er tussen gisteren en vandaag afgebrand.

Ben voelde zich alsof hij door een vrachtwagen was aangereden.

"Mr. Bennett," keerde de stem terug, "kunt u me iets meer vertellen over de CSO?"

Hij fronste en schudde toen zijn hoofd. "S - sorry, ik -"

"Ik spring er wel bij, als dat goed is," zei Julie. Ze kneep in zijn hand van onder de tafel.

Ben zat aan de vergadertafel van dezelfde universiteit waar Dr. Lindgren de dag ervoor haar presentatie had gegeven. Ze had haar situatie kunnen uitleggen aan het afdelingshoofd, en toen een hooggeplaatste militaire functionaris met de naam Generaal Rollins een cryptische maar intrigerende uitleg had gegeven over hun verzoek om een ontmoeting, was de decaan er zelf bijgeslopen om een en ander in gang te zetten.

De bijeenkomst werd door de zwart gebande mannen die de zaal hadden voorbereid omschreven als een "gesloten-deur, geen communicatie, alleen oren" evenement. Blijkbaar betekende dat geen notities maken, geen computers of telefoons, en de enige camera in de kamer was afgeplakt met zwarte elektrische tape.

"De CSO is een groep gewijd aan het behoud van de mensheid door de verkenning van -"

De man aan de overkant van de tafel - die eerder door een van de zwarte pakken was geïdentificeerd als een generaal met drie sterren - stak zijn hand op, en Julie viel stil. "Hou op met die onzin. Ik waardeer de moeite, maar ik wil dat jullie de onzin laten voor wat het is en ter zake komen."

Ben keek naar Julie en merkte dat hij zijn hoofd iets te snel had bewogen. Hij knipperde met zijn ogen van vermoeidheid en de kater.

Julie gaf geen krimp. Ze zette haar kaak op en staarde naar de lange man tegenover haar. "Ter zake komen, *meneer*, zou betekenen dat u en uw team moeten *uitleggen* wat u in godsnaam hoopt te bereiken tijdens deze bijeenkomst."

Ben ontmoette Reggie's blik, en hij zag dat zijn beste vriend naar Julie lonkte toen ze de opmerking liet vallen. Ben begreep het; Reggie was ooit een beroepsmilitair geweest. Een scherpschutter, beste van zijn klas, hotshot, gezocht, dat alles. Zijn diensttijd was verkort door een slechte beslissing en een missie die verkeerd afliep, maar Ben wist dat de soldaat altijd in hem zou blijven.

En een soldaat wist *altijd* wanneer hij bevelen moest opvolgen.

Ben twijfelde niet aan Reggie's loyaliteit; hij stond aan de kant van de CSO, wat er ook gebeurde. Maar Reggie voelde zich ook ongemakkelijk bij Julie's onmiddellijke en nonchalante verdediging.

Ben grinnikte. Julie - en de rest van de CSO - was *geen* militair. Hij was niet van plan geen respect te tonen, maar hij had er ook geen moeite mee zijn mannetje te staan. Zijn vrouw, Jules, zou er net zo over denken.

De generaal overwoog haar verklaring een ogenblik langer dan normaal, maar toen zoog hij op zijn tanden en wendde zich tot zijn adjudant - een van de zwart geklede mannen die hem vergezelden.

"Wij, uh, juist," begon de adjudant, die zich duidelijk niet in zijn element voelde om tegelijkertijd naast een man te zitten die een groot deel van het leger van de Verenigde Staten controleerde en een groep waarvan hij moest denken dat het niets anders dan ordinaire schurken waren. Hij schraapte zijn keel en begon opnieuw. "Zoals u zich kunt voorstellen, is dit een onderwerp dat een zekere nationale aangelegenheid met zich mee kan brengen.

"'Kan een bepaalde manier van nationale veiligheid impliceren?" Zei Reggie, onderbrekend. Hij giechelde.

"*Kwestie*," zei de man.

"Juist. Kwestie. Maakt niet uit."

Ben wierp hem een blik toe. *Dus misschien is het* niet *Reggie's ingebakken militaire retoriek die hem op scherp houdt,* dacht hij.

De generaal draaide zijn hoofd om en staarde naar Reggie. Voordat de geachte militaire commandant iets kon zeggen, opende Reggie zijn mond weer. "Ik zeg alleen dat we nog niet eens... bij de *kern* van de zaak zijn gekomen - van deze... deze shit - en je doet nu al vaag en 'regeringspraat'y."

Julie leek geschokt. Ben moest toegeven dat het een beetje ongemanierd was, zelfs voor Reggie, van wie hij wist dat hij altijd al een randdebiel was geweest.

Sarah leunde voorover en pakte Reggie's arm, maar die schudde hij van zich af. "Je komt hier binnen," begon hij, maar verloor toen zijn gedachtegang. "Je komt hier binnen en begint... Ik weet het niet. Begin te praten met de regering zonder ons -"

"Reggie," zei Ben, luid hoestend om de aandacht van zijn zwaaiende vriend af te leiden. "Reggie, ik denk dat we ze gewoon moeten aanhoren." Bens hoofd zwom, maar zijn woorden leken zich tenminste in de juiste volgorde aaneen te rijgen.

Het pak schraapte nogmaals zijn keel, ongetwijfeld geërgerd en verbijsterd over het gedrag van deze mensen. "Dank u, meneer Bennett," begon hij. "Ondanks de onhandige manier waarop uw, uh - *vriend* tot een punt komt, heeft hij gelijk. De specifieke details van de reden voor deze bijeenkomst liggen gevoelig omdat we nog niet zeker weten waar we precies mee te maken hebben."

Ben knikte. Aan de andere kant van de tafel, deed Reggie dat ook, zij het met een halve grijns nog steeds over zijn gezicht gesmeerd.

Het pak ging verder, de generaal fronste bij elk woord. "Een van onze kiezers heeft ongeveer twee dagen geleden vernomen dat er iets abnormaals is gebeurd op coördinaten die we later zullen onthullen."

De generaal sloeg met een vuist op tafel. "Genoeg!" blafte hij. "We hoorden dat er iets echt - en als je de woordspeling niet erg vindt - *visachtig* was in de oceaan. In het zuiden."

De zwart geklede drager van het pak keek om zich heen alsof alleen al het noemen van onopvallende details op zijn horloge hem gevangenisstraf zou opleveren.

"Hoe ver naar het zuiden?" vroeg Sarah.

"Zover als het zuiden komt," zei de generaal.

Reggie's ogen dwaalden af naar de tafel. Ben wist niet zeker wat hij moest denken, dus keek hij naar Julie.

Haar blik was nog steeds direct op het voorhoofd van de generaal gericht. Ze leunde voorover, haar borsten drukten tegen de tafel. "Zoals, *Antarctica* zuid?"

"Is daar een probleem mee?" Vroeg de adjudant.

Ben keek om zich heen, knipperde een paar keer met zijn ogen. "We... uh, we zijn er al geweest."

"Dit is geen vakantie die we je aanbieden, zoon." De generaal keek Ben aan. "Dit is een door de VS goedgekeurde militaire verkennings- en onderzoeksmissie."

Ben slikte. "Juist, het is gewoon... ja, slechte herinneringen daar. Maakt niet uit - wat is het werk? "

De generaal pauzeerde even. Hij was een man van geoefende nuance, en hij wachtte tot iedereen in de zaal voorover leunde, onwillekeurig wachtend op zijn volgende woorden.

"De baan, toegegeven, is een gok," begon hij. "We hebben iets gevonden, en we weten niet zeker wat het is. Maar we kunnen het niet verantwoorden om een logo-gekleed team of zelfs geheime troepen erheen te sturen, uit angst dat het ongewenste kritieken zal veroorzaken. In plaats daarvan willen we een team van getrainde professionals sturen, onder het mom van onderzoekers, om een team van gespecialiseerde bouwvakkers te helpen. Het doel zal natuurlijk zijn om wat rond te neuzen voor antwoorden op een paar specifieke vragen."

Hij keek nogmaals de tafel rond en zag dat ieders ogen - zelfs die van Reggie, die droop en wazig was - op hem gericht waren.

"We willen iemand sturen die de klus kan klaren, maar vergis je niet: als het *niet lukt*, is er waarschijnlijk geen weg meer terug."

CHAPTER 10

SARAH

ER IS GEEN WEG TERUG VAN DEZE.

Dr. Sarah Lindgren hoorde de woorden uit generaal Rollins' mond en keek onmiddellijk naar Reggie. Als er een moment was waarop ze wilde - *nodig had* - dat haar ex-militair vriendje niet dronken was, dan was het nu. In plaats daarvan keek hij haar met een grijns aan.

Ze schudde haar hoofd terwijl ze luisterde naar Rollins' uitleg.

"Ongeveer drie dagen geleden ontvingen we satellietbeelden van een gebied tussen het Antarctisch Schiereiland en Coats Land," begon de generaal. Hij knikte met een snel en ernstig gezicht naar de zwarte adjudant die links van hem zat, en de jongere man sprong snel op en liep naar een aktetas.

Sarah keek toe hoe hij het opende en er wat geniete documenten uithaalde.

"Dit gebied, met inbegrip van de enorme bevroren zee bekend als de Ronne Ice Shelf, die zich uitstrekt van de Zuidpool tot de oceaan, is Brits geclaimd grondgebied."

Ben fronste zijn wenkbrauwen. "Ik dacht dat het niet mogelijk was om een gebied op het continent te 'claimen'," zei hij.

De generaal gromde. "Ja, zeer scherpzinnig. Dus u bent allemaal bekend, Jacobsen hier deelt documentatie uit, inclusief kaarten en juridische uitleg van precies dat. Ja, meneer Bennett, u hebt gelijk. Sinds 1961, zijn er 53 ondertekenende landen betrokken bij het Atlantisch Verdragssysteem, of ATS. Het ATS regelt - zij het losjes, naar mijn professionele mening - de mogelijkheid voor elke natie om bepaalde belangen op het continent Antarctica te controleren."

Sarah voelde hoe een uitdraai van vijf bladzijden met een nietje in de linkerbovenhoek in haar hand werd gelegd. Ze zag dat op het voorblad simpelweg stond: *MINISTERIE VAN DEFENSIE: ANTARCTISCHE COMMISSIE.*

Er hoefde geen stempel *'Top Secret' op te staan:* zij was niet van plan de persoon te zijn die zou uitlekken waar deze vergadering over ging.

"Wat ik nu beschrijf, zie je op de tweede pagina van het handboek. Het volstaat te zeggen dat, hoewel het technisch tegen de regels van het ATS is, het Verenigd Koninkrijk en zes andere naties in feite grondgebied voor zichzelf hebben opgeëist."

Reggie wiebelde een beetje, maar hij leek uit zijn verbijstering te glijden. "Hoe - hoe hebben ze dat voor elkaar gekregen?"

"Wel," zei de generaal, "op dezelfde manier waarop je iets claimt: ze hebben gewoon besloten dat het van hen was, en ze hebben het de wereld verteld. De ondertekenende landen in het ATS, waarvan Engeland deel uitmaakt, pleiten tegen de aanspraken van hun gelijken en voor hun eigen aanspraken, maar aangezien er eigenlijk geen handhavingsarm van het verdrag is..."

"Het is aan hen om te claimen," eindigde Ben.

"Inderdaad. Een van de bepalingen van het verdrag is dat er absoluut geen militaire betrokkenheid mag zijn op het continent, van *geen enkel* land. En hoewel Argentinië en Chili het meest uitgesproken zijn over de Britse aanspraken op Antarctica, is er niet echt een internationaal belang om hen eruit te schoppen. Antarctica wordt tenslotte alleen bewoond door tijdelijke wetenschappelijke gemeenschappen en mensen die met onderzoeksbeurzen rondzwaaien. Het is niet zo dat Groot-Brittannië iemand onderdrukt door twee onderzoeksbases in het gebied te hebben."

Sarah knikte mee, en toen er een stilte viel in de monoloog van de generaal, nam zij het woord. "Dus, wat *is precies* het probleem?"

De generaal bekeek haar en gromde opnieuw, ditmaal een lichte grinnik half verhullend. "Bladzijde drie," zei hij, een lange zucht slakend. "Zoals gebruikelijk dezer dagen, is het probleem een geheel andere natie: Rusland."

Ze bladerde naar pagina drie en zag een ondertitel bovenaan de pagina: *MOGELIJKE RUSSISCHE INFILTRATIE.* Ze fronste haar wenkbrauwen. "Ik dacht dat de Russische Federatie ook een ondertekenaar was?" vroeg ze.

De adjudant, Jacobsen, was teruggekeerd naar zijn stoel en schraapte zijn keel. "Ja, dat klopt. En aangezien de Britten eigenlijk geen grondgebied op Antarctica voor zichzelf kunnen opeisen, staat het Rusland technisch gezien vrij om dit gebied ook te verkennen en te onderzoeken. In het ATS zelf staat zelfs dat 'alle gebieden van Antarctica, met inbegrip van alle stations, installaties en apparatuur binnen die gebieden... te allen tijde openstaan voor inspectie.'"

"Het probleem," vervolgde de generaal, "is dat het *Rusland is.* Ze zijn berucht om hun politieke trucjes, en nog beruchter om militaire middelen binnen te smokkelen waar ze niet zijn uitgenodigd. Een paar dagen geleden betrapten we een onderzoeksschip, de *Rezak,* een Russisch poolonderzoeksschip, voor de kust van Ronne, op weg naar het schiereiland en de Rothera-basis."

"En je hebt het gevoel dat deze Russen geen onderzoekers *zijn?*"

"Nee, we weten dat ze dat doen. Maar het lijkt erop dat Rusland een veel *groter* belang heeft in het gebied. Toen we informatie opvroegen over de *Rezak's* manifest, bleek dat ze niet nieuw waren in het gebied."

"Wat bedoel je?" hoorde ze Ben vragen. "Rusland is al een tijdje aan het rondneuzen in die regio?"

"'Al een tijdje' is een understatement," zei Julie. "Kijk op pagina 4. *Satellietbeelden tonen meerdere schepen en goederen van de Russische Federatie bij het Ronne Plat.'*"

"Ik begrijp het," zei Ben. "Dus, je wilt dat we gaan kijken waar ze naar zoeken."

De generaal hield zijn hoofd scheef en grijnsde. "Niet echt. De Britten hebben zelf een team onderzoekers die kant op gestuurd, zo'n 150 mijl van Rothera over de pas naar de andere kust."

"En?"

"En we hebben sindsdien niets meer van hen gehoord."

Sarah's ogen dwaalden af. "Dat klinkt als een grote zaak," zei ze. "En ik ben verbaasd dat we er nog niets over gehoord hebben."

"Dat zul je niet, buiten deze kamer," zei de generaal. "En dat is de bedoeling." Hij pauzeerde, leunde achterover in zijn stoel en keek naar elk van de mensen in de kamer. "Luister, mensen," begon hij opnieuw. "Ik ben mijn hele leven al militair, en mijn vader en grootvader waren dat voor mij. Er zijn bepaalde manieren waarop ik gewend ben dingen te doen, en dat houdt zelden in dat ik de civiele sector om hulp moet vragen."

Hij snoof. "Dat gezegd hebbende, ik weet *ook* verdomd goed wanneer er iets broeit, iets echt verdachts. Ik weet niet zeker wat het is, maar ik ben al voorbij de spelletjes en diplomatie. Rusland is daar *iets aan het* doen. De Britten proberen contact te krijgen met hun verloren team, en we hebben satellietbeelden van schepen van de Russische Federatie overal.

"Ze rotzooien met iets, en ze houden hun lippen gesloten over wat het is. Ik hou niet van dat soort dingen, en ik wil het beëindigen."

Ben wachtte om te zien of hij verder zou gaan voordat hij sprak. "Dus, je wilt dat wij uitvinden hoe we kunnen stoppen wat ze aan het doen zijn."

"Officieel, ja," zei de generaal. "Het zijn jullie, als burgeronderzoekers. *Onofficieel* - en niet kwaad bedoeld - denk ik dat jullie wat hulp nodig hebben. Dat is waar pagina zes over gaat."

Sarah voelde bezorgdheid op haar gezicht terwijl ze naar het einde van het pakje bladerde. "Maar er zijn maar vijf pagina's hier."

De generaal keek haar aan en knikte toen heel lichtjes. "Dat is juist. Ik denk dat we hier klaar zijn. Pagina vijf bespreekt uw volgende stappen en timing. Ik neem nog contact op, maar ik wil voor het eind van de dag een antwoord."

CHAPTER 11

EVGENI

HET EXTRACTIEPROCES VERLIEP ZO GOED ALS EVGENI VOLKOV VERWACHT HAD. Dat betekent, natuurlijk, dat het nog niet eens begonnen was.

Zijn land was net als elk ander modern land - er waren stapels bureaucratie waar talloze lage regeringsambtenaren zich doorheen moesten worstelen voordat hier iets uit het ijs zou worden gehaald. Het schip bleef vastzitten in de gletsjer, en het zou daar blijven tot iemand hoog genoeg in zijn regering het belangrijk genoeg vond om het te verwijderen.

Evgeni zuchtte. Ze waren tenminste niet meer in de pods. Zijn onderzoeksteam had zich teruggetrokken in de warmere en ruimere vertrekken aan boord van de *Rezak*, waar ze werden vergezeld door de achtkoppige bemanning van het schip. De kapitein was naar beneden gekomen om met hen te debriefen, maar in plaats van zich te mengen, waren de onderzoekers en de bemanning tot nu toe gescheiden gebleven.

Dat gaf Evgeni de tijd om zijn notities over de vondst te bekijken. Hij was er zeker van dat het uit een pre-Grieks tijdperk was, hoewel hij niet zeker kon zijn zonder meer van het schip te zien. Hij was ook geen expert in dat soort dingen, dus een van de dingen die hij had gevraagd tijdens zijn debriefing de dag ervoor was om iemand die getraind was in oude maritieme geschiedenis en navigatie op zee.

Toch was het vreemd dat ze het object uitgerekend *hier* hadden gevonden. Elke zoektocht die hij met de beperkte internettoegang van het schip kon vinden, had alleen maar documenten opgeleverd die 'bewezen' dat geen enkele pre-beschaving ook maar in de buurt was gekomen van een wereldomzeiling. Hoewel de volkeren van de Middellandse Zee onderling handel dreven over hun relatief grote zee, geloofden de meeste deskundigen dat prehistorische zeevarende beschavingen zich hadden beperkt tot drijfachtige boten, nuttig voor het afleggen van korte afstanden.

En dat verklaarde nog niet Evgeni's grotere vraag: hoe was het schip tot rust gekomen waar het nu lag? Zijn team had een paar kernen genomen uit het ijs in de buurt van het schip, en elk monster kwam terug met een leeftijd van ongeveer 6.000 tot 7.000 jaar geleden, met een kleine foutmarge voor elk resultaat.

Het was griezelig - op de een of andere manier was een zeevarend volk naar dit continent gekomen, millennia voordat het in de moderne tijd was 'ontdekt', en was toen halverwege vast komen te zitten in een bevroren muur van ijs. Dat kon alleen mogelijk zijn als er op het moment van aankomst van de boot geen muur van ijs *was*.

Het mysterie was merkwaardig, maar Evgeni was opgewonden om het te bestuderen. Zijn levenspassie was leren. Studie, verkenning, wetenschap, geschiedenis - dat was de reden waarom hij een Antarctica-wetenschapper was geworden. Hij stond op het punt om naar zijn computer te gaan en opnieuw verder te zoeken naar alles wat hij kon vinden over deze boot, toen een klop op zijn cabinedeur hem deed opschrikken.

Hij nam op en vond de kapitein buiten staan. "Er is hier iemand voor je, Volkov," zei de norse, geharde man.

Evgeni fronste zijn wenkbrauwen. "Wie is het?"

"Iemand van de Verkenningscommissie van de Federatie, geloof ik. Ik heb hem gezegd dat u hem over vijf minuten in de voorste mess zou ontmoeten."

"Juist - zeker," zei Evgeni. "Heeft hij - heeft hij gezegd wat hij nodig had? En waar kwam hij vandaan?"

De kapitein vernauwde zijn ogen. "Alle vragen kunt u hem zelf stellen. Hij wacht nu."

De kapitein draaide zich om en vertrok, met zijn gestalte bijna tegen de muren aan weerszijden van de smalle doorgang, terwijl hij terugliep naar zijn brug.

Evgeni trok een dikke trui aan, maar deed geen moeite voor een jas of vest. Hij zou niet naar buiten moeten gaan om de rommel te bereiken, en de temperatuur in het schip was op een redelijk niveau.

Hij liep in stilte, zich afvragend wie de persoon was en wat ze wilden. En waarom ze hem niet van tevoren hadden gemaild. Het was vreemd om zonder waarschuwing zomaar op een ander schip voor de kust van Antarctica op te duiken.

Hij bereikte de mess en zag meteen dat de man die op hem wachtte niet gewend was aan ontmoetingen op plaatsen als deze. Hij droeg een pak onder een overjas, en behalve de dikke wollen muts en zware handschoenen die op de tafel voor hem lagen, leek hij totaal niet voorbereid op het Antarctische weer.

"H - hallo," zei Evgeni, terwijl hij de kamer binnenstapte. "De kapitein vertelde me dat -"

"Ik moet u en uw bemanning van de *Rezak halen* en u binnen het uur terugbrengen naar de *Aleandra*. Er wacht een helikopter."

"Een helikopter?" Vroeg Evgeni. "Ik heb hem niet eens horen aankomen. Staat hij nu op het dek?"

Hij kon zichzelf niet helpen. De eerste gedachte die hij had was: *Waar is Tatiana?* Hij wilde haar controleren, om te zien of ze veilig was.

De man knikte en stond al op. "Kunt u uw bemanning binnen tien minuten klaar hebben?"

Evgeni stond op het punt te knikken, maar hield zichzelf tegen. "Ik - uh, nee. Dat is niet genoeg tijd om zelfs maar te pissen. Waar gaat dit over? En wat is die *Aleandra*?"

"Een tanker ongeveer vijf zeemijl van hier. Er wacht een belangrijke boodschap van ons leiderschap op u aan boord."

"Als het zo belangrijk is," zei Evgeni, "waarom stuur je het dan niet met je mee? Is het zo gevoelig dat je moet -"

"Je hebt nu negen minuten. De helikopter is warm, maar het weer komt dichterbij. Mijn piloot zal vertrekken, met of zonder ons. Ik vertrek echter niet zonder *jullie*."

Evgeni slikte. *Federatie Verkenningscommissie*, dacht hij. Nu hij langzaam elk woord op zijn beurt overwoog, besefte hij dat hij er nog nooit van gehoord had. *Is dit een soort grap?*

Evgeni Volkov staarde naar de man die voor hem stond, de situatie aftastend. Hij zag uit het kleine patrijspoortraampje dat het weer inderdaad dichterbij kwam. Zwartachtige wolken vormden zich boven de lange, vlakke vlakte van wit, en ze kropen langzaam uit in de richting van de zee. De *Rezak* kon elke storm doorstaan die moeder natuur hem wilde toewerpen, maar hij wist dat een helikopter het aanzienlijk slechter zou doen.

Wat dit ook is, het lijkt ernstig, dacht hij. *En ik wil het uitzoeken.*

De leerling en ontdekkingsreiziger in hem won het van zijn beter oordeel. Hij knikte naar de nieuwkomer. "Ik heb mijn bemanning over negen minuten aan dek."

"U heeft nu acht minuten, Mr. Volkov."

DR. LINDGREN HING DE HOORN OP. Haar mobiele telefoon lag op te laden op het nachtkastje in de kleine hotelkamer, dus had ze gebruik gemaakt van de gratis interlokale gespreksfunctie en haar vader gebeld.

Het gesprek was kort. Hij had het excuus gebruikt dat hij zich aan het voorbereiden was op zijn eigen lezingenreeks om hun tijd te bekorten, maar Sarah wist dat haar vader meer dan graag een minicollege voor haar hield wanneer daarom werd gevraagd.

Nee, Sarah wist wat de *echte* reden was waarom de man zo opgewonden was: hij had verkering en ze had eerder die dag op zijn TownHall-profiel gezien dat hij die avond een diner had gepland met een 'dame die hij wel zag zitten', in zijn eigen woorden.

Hij was altijd al een uitzonderlijk woordensmid geweest, die woordspelingen en woordspelletjes verkoos boven puzzels en grappen, en sinds zij een kind was, had hij de tijd genomen om haar met de hand geschreven brieven te schrijven, die hij telkens opende met een bezwering of een aanroeping uit een of ander historisch citaat, en ondertekende met een lang, breedsprakig naschrift.

Zij glimlachte toen zij aan haar vader dacht - een ongelooflijk begaafd opvoeder en redenaar, wereldberoemd om zijn ontdekkingen en theorieën, en algemeen beschouwd als 's werelds beste levende archeoloog.

En, volgens Sarah, 's werelds *slechtste* dater. Hij droeg zijn haar rommelig en slordig, zijn overhemd zat vaak half uit de plooi en zijn sokken pasten zelden bij elkaar. Hij was charmant maar onhandig - het toonbeeld van een volleerd professor die niet genoeg tijd doorbracht met het schone geslacht.

Nadat haar moeder was overleden, dacht Sarah dat de man niet eens uit *kon* gaan. Ze waren een toonbeeld van liefde en adoratie geweest, en het had hem bijna het leven gekost toen haar moeder aan de ziekte was bezweken. Maar zij - en hij ongetwijfeld - waren aangenaam verrast toen hij een paar jaar geleden tegen haar had gezegd dat hij 'misschien weer eens zou overwegen de mogelijkheden van interactie met de vrouwelijke soort te onderzoeken'.

Toen ze van het hotelbed rolde en op haar voeten stond, ging de deur open. Het was Reggie, die de kamer met haar deelde terwijl ze in St. Louis waren. Ook al woonde ze in de stad, de CSO had besloten dat het verstandig was de leden onder één dak te verzamelen tot ze hun Antarctische reis gepland en begonnen hadden.

Ze wist nog steeds niet zeker of er een zou komen, maar Reggie leek zeker dat Ben de generaal zou helpen. Er was niet echt een andere optie, had hij uitgelegd. De regering van de VS bemoeide zich zelden met de zaken van de CSO, maar als ze dat deden, had Reggie gezegd, was het meestal het beste om te luisteren.

Ben zelf was net terug uit Zwitserland, maar Reggie en Julie stonden te popelen om nog wat meer actie. Sarah moest toegeven dat een korte onderbreking van het lezingencircuit wel leuk klonk, ook al was haar idee van een 'snelle vakantie' niet naar een plek als Antarctica.

Zij was opgeleid als antropologe, en op Antarctica was er gewoonlijk een gebrek aan onderwerpen om op dat gebied te bestuderen.

"Hé," zei Reggie, strompelend de kamer in.

"Ben je nog steeds dronken?"

Zijn ogen werden wijder. "Ik was *nooit* dronken, mijn liefste. Ik was gewoon *blij* je te zien. En nee. Ik struikelde over het tapijt. Waarom denken deze plaatsen dat het plaatsen van een 3-inch hoog tapijt vlak voor de deur een goed ontwerp is?

Ze rolde met haar ogen. "Al iets van Ben gehoord?"

Hij grijnsde. "Ik probeerde te kloppen, maar de kamer was stil. Ik neem aan dat hij en Julie druk *aan het overleggen* zijn."

Hij trok een wenkbrauw op om de insinuatie te onderstrepen, alsof hij het nodig vond het uit te leggen.

Weer rolde ze met haar ogen. "Nou, ik heb honger. Zullen we beneden een hapje gaan eten?"

Reggie haalde zijn schouders op. "Ik zou kunnen eten. Het restaurant hier is naast de lobby, dus als Ben en Julie besluiten mee te gaan, zien ze ons daar."

Ze knikte. "Natuurlijk, maar ik dacht dat het wel leuk zou zijn om *alleen* met jou te eten." Ze sloeg haar ogen op naar haar vriend.

Hij verstijfde, rechtte zijn rug, en knipperde een paar keer met zijn ogen. "Oh," zei hij. "Juist, ik - ik denk dat dat leuk zou zijn. En dan kunnen we hier terugkomen, en, uh... dingen *bespreken*?"

Ze klikte met haar mond en keek omhoog naar het plafond,

waarna ze de haarlok die haar verdriet had gedaan over haar oor wierp. "Je weet altijd hoe je een leuke tijd moet verpesten, Roodkapje," zei ze.

Hij lachte terwijl hij haar de kamer uit volgde. "Baby, ik *ben* de goede tijd."

Hij lachte nog steeds om zijn grap toen ze het restaurant bereikten. Het was een schilderachtige, kleine plaats, maar het hotel had er goed aan gedaan om het luxueus te laten lijken. Een maître d' begroette hen met een reusachtige glimlach en vroeg naar de grootte van hun gezelschap, en juist toen Sarah op het punt stond Reggie het restaurant in te volgen, hoorde ze een stem zijn naam roepen.

"Red?" vroeg een man. "Gareth Red?"

Ze draaide zich om en moest onmiddellijk naar adem happen. Recht voor haar stond de *grootste* man die ze ooit had gezien. Stevig van top tot teen, zijn gezicht en hals gebeiteld uit graniet. Zijn ogen waren doordringend blauw en zijn haar was kortgeknipt en gekamd in de richting van zijn linkeroor, een lange, harde scheiding aan de rechterkant van voor naar achter.

"Ik, uh..." zei ze. Ze moest zichzelf eraan herinneren haar mond dicht te doen.

"Ik ben Red," zei Reggie, terwijl hij naast haar ging staan. Ze voelde hoe hij lichtjes tegen haar aanleunde, alsof hij haar beschermde.

Of alsof hij zijn relatie met mij bewees.

De man stak een hand uit. Hij droeg een spijkerbroek en een geruit overhemd met lange mouwen, beide goed passend maar toch strak tegen zijn uitpuilende spieren, en ze zag dat hij legerlaarzen droeg.

"De naam is Freddie," zei hij tegen haar. Toen keek hij naar

Reggie en voegde eraan toe: "Korporaal Frederick Grant, Korps Mariniers, hoofd van het aanvalswapenteam dat generaal Rollins had besteld. Hij zei dat ik jullie hier kon vinden."

Sarah fronste haar wenkbrauwen toen ze elkaar de hand schudden. "Heeft generaal Rollins u gestuurd?" vroeg ze.

Hij kantelde zijn voorhand. "Ja, mevrouw," zei hij. "Vertelde me dat u me kon verwachten."

Reggie grijnsde. "Deed hij dat, nu? Ik neem aan dat jij en je mannen ook in dit hotel verblijven, in ieder geval tot we Rollins onze bevestiging hebben gegeven?"

Freddie knikte, een hele kopstoot die zijn kin meer naar voren dan naar beneden leek te bewegen. "Dat klopt."

"Interessant," zei Reggie. "Ik dacht niet dat we veel hulp zouden hebben bij deze kleine missie van ons."

Freddie glimlachte. "Oh," zei hij. "Ja, maak je er geen zorgen over. Het stond allemaal op pagina zes."

BEN SPRONG DE LAATSTE TWEE TRAPPEN OP EN HAASTTE ZICH DOOR DE LOBBY NAAR HET RESTAURANT.

"Ben," zei Julie. "Wacht even. Ze gaan nergens heen."

Ben hoorde haar, maar negeerde de opmerking. Hij ging niet al te snel, en hij wilde er zeker van zijn dat hij niet zou blijven wachten op het groepje toeristen dat in de lobby was verschenen.

Hij bereikte het restaurant, en een glimlachende jongeman stelde hem een vraag. "Ik heb een afspraak," zei hij. "Binnen."

De jongen stond op het punt ruzie te maken, maar Ben was hem al gepasseerd en was in het atrium van het restaurant. Hij zag Reggie en Sarah aan de overkant van de tafel zitten van wat de grootste, sterkste man ter wereld moest zijn.

De man had een geruit overhemd aan, de mouwen zo hoog opgestroopt als maar mogelijk was: nauwelijks voorbij zijn polsen. Toch kon Ben de bolling onder het hemd zien toen hij met zijn ellebogen op de tafel rustte.

Ben minderde eindelijk vaart en liet Julie inhalen, en ze pakte zijn hand toen ze de tafel naderden.

Ben dacht aan het bericht dat hij van Reggie had gekregen: *Breaking news: giant marine here to steal our women.*

Het was grappig, maar Ben was meer bezorgd dat Generaal Rollins hun hand had gedwongen. Hij had de man gezegd dat *hij* zou beslissen of de CSO de regering zou helpen met hun Antarctica probleem. De generaal was akkoord gegaan en had Ben verteld dat ze tot het eind van de dag hadden om te beslissen.

Dus, wat was dit? Ben had gedacht. *Hij stuurt versterking om ons over te halen?*

Ben kwam naar de tafel, verwachtend dat het monster van een man hem zou bekijken, hem zou inschatten, en het testosteron spel zou spelen. Ben was geen kleine man, en hij kon zijn mannetje staan in een gevecht. En soms leken mannen als deze bijna op zoek naar een reden om te slaan.

Wat had Rollins hem verteld? Dat ik koppig was? Dat we weigeraars zouden zijn, en hij het hard moest spelen door een pezige, verscheurde marinier te sturen?

In plaats daarvan werd Ben begroet met een van de warmste glimlachen die hij ooit bij een menselijke man had gezien. Het kind - en hij was zeker een kind, niet ouder dan dertig - stond op en stak zijn hand uit.

"U moet Mr. Bennett zijn," zei de man. "Hoe gaat het ermee? Ik ben Freddie."

Ben fronste zijn wenkbrauwen, maar hij trok een stoel voor zichzelf en Julie, en ze gingen zitten. "Bedankt," zei hij. "Ben is in orde."

"Ben. Geweldig. Nou, Generaal Rollins wilde dat ik je

vanavond zou ontmoeten. Het spijt me dat ik zo binnenval, maar ik ben opgewonden om te beginnen."

Reggie leunde voorover. "Ja, het lijkt vreemd dat een *generaal* je directe bevelen geeft, huh?"

De jongen haalde zijn schouders op. "Zeker. Ja, misschien. Ik ben maar een korporaal, maar ik werd naar een detachement gestuurd dat hier terechtkwam, onder zijn direct gezag." Hij haalde zijn schouders op. "Ik bedoel, het is het leger. Ik ben een marinier, maar het is niet echt anders - alles kan gebeuren als je hoog genoeg in rang bent."

Reggie leek geënthousiasmeerd door dit antwoord. "Daar weet ik wel wat van," zei hij. "Dus waarom jij dan? Ik bedoel, je lijkt... een capabele kerel, maar je bent..."

"Jong?"

"Ja."

"Juist," zei Freddie. "Nou, twee theorieën daarover."

Ben keek naar Julie, die een stille grijns op haar gezicht had. Ben vroeg zich af of ze het wist of niet. Het kind was charmant, dat moest hij toegeven.

"Ten eerste, dit hele ding - een 'beperkte operatie,' noemen we het - het is vrij off-the-books. Tenminste mijn betrokkenheid. Toch is het meer voorzorgsmaatregel, of zo is mij verteld. Je kunt niet altijd SpecOps sturen, zeker niet als er voor het hele continent een strikt verbod op militairen geldt. Er is niet veel voor nodig om een stel SEALs of CCTs op te merken tussen een stel nerd onderzoekers." Hij grinnikte, en zijn hele gestalte schoof vijf centimeter omhoog en weer omlaag. "Alhoewel CCT's per definitie onopgemerkt zouden moeten blijven...", viel hij stil.

"Ja," zei Reggie. "We kunnen ze uit een menigte plukken."

"Juist, precies."

"...maar ik denk dat we *jou net zo* makkelijk uit een menigte kunnen pikken, zoon. Hoe oud ben je? Zes-zeven?"

"En een half, ja," zei Freddie. "Mamma zei dat het dit of basketbal was."

"Ze *zei dat* je bij de marine moest gaan?"

"Nou, zo'n beetje. Ik was een eerstejaars toen 9/11 gebeurde, en ze zei, 'nou verdomme, iemand zou er iets aan moeten doen,' dus hier ben ik."

Ben kon het niet helpen, maar glimlachte toen hij de woorden van zijn moeder verwoordde.

"Ik weet zeker dat ze dat bedoelde," zei Reggie. "Hoe dan ook, het punt is dat ik niet zeker weet of iemand van jouw grootte ooit op Antarctica is *geweest*. Ben je niet een beetje bang dat mensen dezelfde vragen zullen stellen als wanneer we een stel Groene Baretten zouden sturen?"

Hij haalde zijn schouders op. "Misschien. Maar ik ben ook best goed met computers. Ik kan waarschijnlijk doen alsof ik gewoon een programmeur ben of zoiets. Ik denk dat ze daar altijd computerhulp nodig hebben."

Julie hoestte, en de ober bracht een rondje water. Ben was geneigd om een glas bourbon te vragen, maar hij was niet zeker of zijn gestel wel klaar was voor nog een drinkgelag, en hij wist niet zeker wat nu het protocol was - of ze op tijd waren.

"Hoe dan ook," zei Freddie, "ik denk dat ze een team wilden dat niet zo in de belangstelling stond. Makkelijker aannemelijk te maken, dat soort dingen. Mensen zullen een korporaal niet zo missen als een kolonel, weet je?"

Het was sadistisch, maar Ben moest toegeven dat het waar was. Laat het maar aan de Amerikaanse regering over om de best gekwalificeerde maar meest wegwerpbare eenheden te sturen. Het was een kleine verrassing dat Freddie een marinier was, en niet zomaar een soldaat.

"Wat is de tweede reden?" vroeg Julie. "Je zei dat je dacht dat je was afgeluisterd om een van de twee redenen?"

"Oh, juist," antwoordde Freddie. Hij leunde een beetje voorover, alsof hij dit delicate stukje informatie niet wilde delen, maar toch verscheen de glimlach weer op zijn gezicht. "Het is waarschijnlijk deze, maar ik weet het niet. Hoe dan ook, Generaal Rollins heeft me altijd een beetje gesteund. Hij zou nooit toegeven aan een voorkeursbehandeling, maar hij is tenslotte mijn oom."

Reggie spuugde bijna water uit. "Is hij je *oom?*"

Freddie lachte. "Ja. Nou, stief-oom, of wat dan ook. Als dat een ding is. Maar hij is familie. Ik denk dat dat er iets mee te maken kan hebben."

Ben schudde lichtjes zijn hoofd. Hij wist niet zeker of Rollins dit kind hierheen had gestuurd om op *hen te passen*, of dat zij nu op *hem* moesten passen.

BEN STOND OP VAN TAFEL EN OVERHANDIGDE DE REKENING AAN DE MANAGER VAN HET RESTAURANT, die was langsgekomen om te controleren of hun maaltijd naar wens was. Ze hadden alleen wat gedronken en een paar lichte voorgerechten gedeeld, en Ben betaalde de rekening met de bedrijfscreditcard.

Reggie en Sarah trokken zich terug van de tafel en gingen staan, net als Julie en Freddie. Ben zag hoe Freddie ongeveer twee koppen groter was dan zijn vrouw, en hoe stijf en welgevormd zijn armen en bovenlichaam waren. Hij kon het niet helpen te denken dat hij geen schijn van kans zou hebben tegen dit gedrocht van een mens, of het nu op het slagveld was of in een spelletje vrouwen versieren.

Ben schudde het gevoel van zich af - er was geen reden om te vermoeden dat Julie in iemand anders dan hem geïnteresseerd was, en hij moest toegeven dat Freddie nogal jong leek om zich met de zaken van oudere vrouwen te bemoeien.

Toch was er een deel van Ben dat het kind wilde laten zitten en uitleggen hoe het zou gaan... dat hij de leiding had, en wat er ook zou gebeuren...

Een krakend geluid deed iedereen rond de tafel opkijken in de richting van de voordeur van het restaurant. Ben reageerde op het geluid van geweervuur voordat hij het goed en wel in de gaten had. Links en rechts van hem schudden de tafels door de inslag van de kogels die op hun tafelblad insloegen.

De klanten gilden en sprongen op, maar bukten en vielen van angst op de grond. Julie gilde, en Reggie greep haar pols en trok haar opzij. Ben en Sarah vielen ook op de grond, en hij zag Freddie vanuit zijn ooghoek.

De grote man kroop onder de tafels door in de richting van het welkomststation bij de ingang. Ben keek op en zag dat daar een man stond, met een subcompact machinegeweer dat op een Uzi leek, starend in de diepte van het restaurant.

Het duurde niet langer dan twee seconden voor Ben begreep wat de man zocht.

Hij is hier voor ons, dacht hij.

Freddie kroop naar voren, en Ben wendde zich tot Reggie en Julie en gaf een bevel. "Jullie blijven allemaal hier. Draai een tafel om als je kunt; ik ga deze klootzak flankeren en hou zijn ogen weg van jou en Freddie."

Hij wilde er zeker van zijn dat de schutter op hem lette terwijl hij naar voren kroop, in plaats van op de man die naar hem toe sloop en de rest van de CSO-groep die in de hoek was samengedreven. De man leek op zoek naar een doelwit, maar hij naderde hun tafel niet.

Ben vond dat vreemd - de man had bijna onmiddellijk het vuur geopend toen hij binnenkwam, en de schoten waren geland rond de tafel van de CSO toen zij hun rekeningen stonden te betalen.

Ben wist dat de man hen gezien had, anders zou hij het vuur niet geopend hebben.

Wat betekende...

Shit.

Ben begon sneller te kruipen, tafels, restaurantbezoekers en andere voorwerpen tussen hem en de schutter houdend, in de hoop ongezien te blijven. Maar hij realiseerde zich nu waarom de man vooraan in het restaurant niet van zijn positie was afgeweken.

Omdat hij niet de enige schutter is.

Ben drong naar voren en bereikte het einde van een rij zitjes in het midden van het hotel-restaurant, waar hij een beter uitzicht had op de ruimte. Er waren nog zo'n vijf of zes andere mensen in het restaurant geweest toen Bens groep zich opmaakte om te vertrekken, en de meeste van hen waren met z'n tweeën. Die mensen zaten nu met grote ogen en doodsbang onder de tafels, achter pilaren en bij de deuren naar de keuken, samen met ander personeel van het restaurant.

Ben voelde de woede in zich opkomen. Hij was beschoten, geslagen en door de strijd gehard, en hoewel hij zich zorgen maakte over zijn eigen veiligheid, was hij kwader over de schaamteloze terroristische aanval en de angst die deze zou veroorzaken bij de andere onschuldige burgers hier.

En toen zag hij hem. De *tweede* man, degene die op de CSO-groep *had* geschoten toen hij voor zijn teamgenoot was binnengekomen.

Deze man wist precies waar hij op richtte - recht op de CSO's tafel, wachtend tot een van hun hoofden zou opduiken. Hij miste de eerste schoten, rende naar het midden van het kleine restaurant, draaide zich toen om en richtte opnieuw op de groep. Zijn partner, die bij de ingang stond, zou ook op de hoek met de zitplaatsen richten.

Geen van beide mannen keek naar Ben.

Ben zou de schutter van opzij benaderen in plaats van helemaal achter hem, maar het was beter dan niets. Hij hoopte op zijn minst de aandacht van beide schutters te krijgen om Freddie een kans op een tegenaanval te geven. De beer van een man kroop - hopelijk - nog steeds geruisloos onder de tafels door, gebruik makend van stoelen en gedrapeerde tafelkleden om uit het zicht te blijven.

Nog drie seconden, dacht Ben. Hij stond op het punt de rand van de rijen te bereiken, waardoor hij binnen bereik was om naar de eerste schutter te sprinten voordat die zijn geweer omhoog kon krijgen en goed kon richten. Ben bereidde zich voor op een sprint van twee meter door op zijn hurken te gaan zitten en één been naar achteren te strekken als een loper op een startblok.

En toen hoorde hij een commotie rechts van hem.

De schutter voor hem draaide zich opzij net toen Ben zijn hoofd omhoog bracht om te kijken. Freddie had de afstand tussen de tafels en zijn doelwit - de tweede schutter - verkleind en was de positie van de kleinere man volledig aan het innemen.

Freddie botste, sloeg de man achterover en uit de deuropening van het restaurant. De eerste schutter begon te rennen.

Ben volgde hem en sneed hem af op het kruispunt van twee rijen tafels. Hij tackelde de schutter, en beide mannen vielen op de grond.

Ben kroop over de man heen, net toen hij naar zijn wapen greep, dat een paar centimeter van zijn uitgestrekte arm vandaan was neergekomen. Ben manoeuvreerde zich over hem heen en drukte zijn hand op de achterkant van de man zijn hoofd en op de harde tegelvloer.

De schutter gromde van de pijn, en Ben herhaalde de beweging, trok aan het haar van de man om hem wat afstand te geven, voordat hij hem nog een keer neersloeg.

Deze keer zuchtte de man, en zijn ogen werden donker. Ben rolde van hem af, net toen Reggie en de anderen aankwamen.

Julie begon rond te kijken naar de andere klanten en vroeg of iedereen in orde was, en Sarah deed mee. Tot nu toe was er niemand neergeschoten.

Ben keek neer op de bewusteloze schutter, zich afvragend waar dit allemaal over ging. Hij was gewend aan partijen die tegen zijn eigen belangen in werkten, maar die aanvallen begonnen meestal ruim nadat het CSO-team aan hun missie was begonnen.

Deze keer, zo leek het, was de missie naar hen gekomen.

BEN SLEEPTE DE BEWUSTELOZE SCHUTTER NAAR DE VOORKANT VAN HET RESTAURANT. Reggie had aangeboden om te helpen, maar Ben gaf de voorkeur aan het slepen; het zou alleen maar eindigen met meer gewonden, dus Ben was blij om zijn woede te dienen en te rukken aan de arm van de man, voorzichtig om elke omvergeworpen stoel en tafelpoot te raken met het hoofd van de man op zijn weg.

Reggie grinnikte, liep achter de man aan en genoot van het handwerk van zijn vriend. Toen ze de voordeur van het restaurant bereikten en de lobby van het hotel binnengingen, werden ze begroet door vier andere mannen.

De eerste twee die Ben zag waren bewakers van het hotel, met de wapenstokken aan hun middel en fronsend naar Ben. De andere twee waren Freddie en zijn nieuwe gevangene, de tweede schutter die het restaurant was binnengekomen.

De ogen van de man puilden uit zijn hoofd, en hij stond met zijn armen op zijn rug gedraaid, recht voor Freddie. Freddie's mond was neutraal, een gelijkmatige lijn over zijn gezicht, maar

Ben zag de strakheid in zijn biceps en wist dat hij veel pijnlijke druk uitoefende op de schutter.

Het pistool van de man lag opzij, een paar meter verderop. Geen van beide bewakers leek zich er veel van aan te trekken.

De bewaker aan de rechterkant sprak Ben aan. "Meneer, we moeten u vragen hier te komen terwijl we..."

"Restaurant is duidelijk," zei Ben, onderbrekend. "Er zijn mensen binnen die hulp nodig hebben. Geruststelling. Dat is jouw taak."

"Maar, meneer, we moeten -"

"Deze jongens werken niet alleen, maar ze zijn hier ook niet voor iemand anders. Ze wilden *ons*, en gezien het feit dat *we* nog allemaal verantwoord zijn, denk ik dat we het beste kunnen vertrekken en een andere plaats vinden om te slapen vannacht."

"Weet je wie ze zijn?" vroeg de bewaker links.

"Geen idee," zei Reggie, terwijl hij het gesprek van Ben oppikte. "Ze begonnen te schieten en wachtten toen tot wij opdoken en rondkeken. Ze zullen geen problemen meer geven, en ik betwijfel of ze zullen gaan praten, maar als je de grote jongens kunt roepen om ze weg te halen, kunnen we misschien iets -"

Voordat Reggie kon uitpraten, barstte er meer geweervuur los van achter Freddie en zijn gevangen schutter.

Ben voelde zich op de grond vallen en werd in de richting van de Uzi gelanceerd voordat hij wist dat hij reageerde. Hij trok er dichter naar toe en greep er met een hand naar, net toen Freddie en zijn man ook op de grond vielen.

Meer geschreeuw uit het restaurant toen de klanten, die dachten dat ze veilig waren, reageerden op de nieuwe schoten.

Ben zag hoe Freddie zijn hand terugtrok naar zijn onderrug, hij huilde van de pijn.

Er klonken nog drie schoten, en Ben zag de romp van de eerste schutter oplichten met rode nevel. Zijn ogen verwijdden zich van verbazing, maar hij viel voorover en op de vloer.

De bewusteloze schutter, wiens arm Ben had laten vallen toen hij het restaurant verliet, lag een meter rechts van hem op de grond.

Ben greep het pistool en trok het omhoog, maar hij was te laat. Een andere uitbarsting van geweervuur scheurde door de lobby, weerkaatste tegen de harde muren en vloer, en zeilde naar de schutter.

Zijn lichaam schokte bij elke schok, en onmiddellijk begon een bloedvlek onder hem zich naar Ben te verzamelen.

Ben trok het pistool naar zijn borst en duwde zich met zijn benen achterover in een zittende positie tegen de glazen wand bij de ingang van het restaurant, in een poging de *nieuwe* schutter te zien.

Het enige wat hij kon onderscheiden was het silhouet van een man met een gelijksoortig wapen in zijn hand, dat werd afgeschermd door de heldere buitenkant van het hotel door het binnenvallende zonlicht.

Niets dan een schaduw.

Ben gericht.

Voordat hij kon schieten, draaide de nieuwe schutter zich om en rende door de open deuren van de hotellobby naar buiten. Binnen vijf seconden hoorde hij gierende banden en zag hij de vorm van een busje verdwijnen rond de gebogen afrit van het hotel op de parkeerplaats aan de voorkant.

Wie het ook was, ze zouden al lang weg zijn.

"Stuur iemand naar buiten!" schreeuwde hij. "Ze ontsnappen. Nu - de politie zou gewaarschuwd moeten zijn, toch? Ze zullen...

"Het is goed, broer," zei Reggie's stem. "Ze zijn weg. We moeten hergroeperen, uitzoeken wat er net gebeurd is."

Ben was ziedend. Julie en Sarah waren nog in het restaurant geweest tijdens de tweede aanval, maar ze stonden nu met grote ogen te kijken bij de ingang. De twee bewakers leken totaal niet in hun element, waarschijnlijk waren ze nooit getraind voor een dergelijke situatie. Degene links, niet ouder dan twintig, had een slappe uitdrukking op zijn gezicht. Zijn partner was aan het rommelen met zijn telefoon.

"Ze - ze kwamen voor ons," zei Ben, terwijl hij probeerde de gebeurtenissen van zonet op een rijtje te krijgen.

Niets van dit alles was logisch. Niets leek een doel te hebben, maar Ben wist dat er een doel was - ze begrepen het alleen nog niet. Waarom zij het doelwit waren. Waarom nu?

En toen zag Ben hem. *Freddie.*

De jongen lag op zijn zij, zijn hand achter zijn torso geduwd. Er was bloed rondom hem, maar Ben wist niet zeker of het zijn bloed was of dat van de eerste schutter die hij vasthield.

Zijn ogen waren gesloten.

Reggie haastte zich, en Ben volgde, de twee bewakers in het midden van de lobby ontwijkend.

Reggie tikte op Freddie's arm, net toen de reus zijn ogen opende. Hij knipperde een paar keer en keek toen op naar Ben en Reggie.

"Hé daar," zei Reggie.

"'Sup."

"Mooie bewegingen, maar het lijkt erop dat je vergeten bent de kogels te ontwijken. Is dat niet Battle Shit 101?"

Freddie's mond brak open in een grote glimlach, net zo groot als die van Reggie, en hij rolde zich om. Voordat hij kon spreken, kokhalsde hij. Ben en Reggie sprongen achteruit. "Ik denk dat het me alleen maar geschampt heeft, eerlijk gezegd," zei Freddie.

"Ben - ben je in orde?" vroeg Ben.

"Oh, ik ben in orde. Het blijkt dat ik eigenlijk *doodsbang ben* voor bloed." Freddie haalde zijn schouders op, nog steeds liggend op de grond, en hij bracht zijn hand omhoog om zijn mond te bedekken. "Het is een vreemd iets, echt. Ik ben er niet per se bang voor; ik moet er gewoon van kokhalzen."

Ben snoof, en Reggie schudde zijn hoofd.

Ik denk dat we wel weten wie hier is om op wie te passen, dacht hij.

Sarah zat gebogen over de sofa in de hotelkamer en verzorgde een miniatuurwond in een been zo groot als een boomstam. Freddie grijnsde van oor tot oor terwijl ze werkte, en ze merkte dat Reggie, die in de andere hoek van de kamer stond, helemaal niet grijnsde.

"Trek je broek wat hoger als het nodig is, schat", zei Freddie.

Sarah hield het gaaskompres dat ze had gebruikt om zijn been strak in te pakken in haar ene hand en streek toen met haar andere hand over de wond. Freddie's bovenlichaam schoot omhoog, en hij snakte van de pijn.

"Verdomme," zei hij. "Waarom moest je dat doen?"

"Ten eerste," antwoordde Sarah, "je bent dan wel 1,80 meter lang en gebouwd als Angus rundvlees, maar mijn vriend daar heeft al met een paar binken als jij te maken gehad." Ze trok het gaas nog eens rond het verhoogde been en trok het toen strak aan en stopte het uiteinde onder zichzelf. "Ten tweede, noem me nog eens 'schat', en je zult zien hoe goed *ik* een hengst als jij aankan."

Freddie's grijns verdween, en Reggie gniffelde.

"Oké," zei Ben van achter haar, terwijl hij de kamer toesprak.

"Deze jongens waren Russisch. Allemaal specifiek hier voor ons. Wil iemand die veronderstelling betwisten?"

Hoofden schudden.

Ben ging verder. "Dus de volgende logische stap is dat ze hier kwamen om te *voorkomen* dat wij naar Antarctica zouden gaan.

Julie kwam binnen. "En *dat* betekent dat er absoluut iets daar beneden is dat we niet mogen zien."

"Juist," zei Ben. "Maar hoe hebben ze ons gevonden? Hoe wisten ze zelfs van ons?"

"Maakt niet uit," zei Reggie. "Ze waren hier om ons te doden. Dat betekent, in mijn boek, dat ze dood zijn."

"Zeker, maar het zou helpen om alles te begrijpen achter de motivatie om ons uit te schakelen."

"Dat zou zo zijn," antwoordde Ben, "maar we hebben die informatie nu niet. Wat we hebben is een bevel - Generaal Rollins wil dat we zo snel mogelijk vertrekken. Er staat al een vliegtuig te tanken en te wachten.

"Dus, we gaan *nu* uitrollen?" vroeg Reggie. "Ik dacht dat er, weet ik veel, nog een briefing of zo zou zijn?"

"Die zullen er zijn," zei Julie. "Mevrouw E stuurt ons alle nuttige informatie over de bestemming, maar we kunnen ons in het vliegtuig voorbereiden op de eigenlijke missie. We hebben hier twee uur, dan gaan we naar het vliegveld. Hopelijk zijn onze *booboos* dan helemaal genezen?" Ze zwaaide haar hoofd naar Freddie.

Sarah had niet gewild dat ze hard zouden zijn tegen de nieuweling, maar hij kon het aan. Plus, het voelde goed om een andere vrouw te hebben die haar rug dekte.

Freddie zwaaide zijn enorme been van de bank en stond op. Hij gaf een geveinsde rilling toen hij gewicht op zijn voet zette, en glimlachte toen. "Zo goed als nieuw," zei hij. "Ik waardeer het echt, mevrouw."

Sarah huilde, en die van haar was helemaal niet geveinsd. "Je kunt 'mevrouw' toevoegen aan dezelfde lijst als 'lieverd'."

"Genoteerd, mevrouw - sorry. *Sarah*," zei hij. "Hoe dan ook, ik ben klaar om te gaan. Mijn tas staat nog bij de piccolo. Alleen een plunjezak voor mij."

"Een Antarctische reis met alleen een plunjezak?" vroeg Reggie.

Freddie haalde zijn schouders op. "Ben er nog nooit geweest. Is het er koud?"

Sarah grijnsde, en Ben lachte hardop. "Daar hebben we een plan voor," zei Ben. "Je oom zorgt voor militaire uitrusting, inclusief de juiste buitenkleding voor een koud klimaat. We zouden al onze maten moeten hebben; we hoeven alleen maar naar het vliegveld te gaan."

"Is er reden om aan te nemen dat er meer Russische agenten onderweg zijn?"

"Naar het vliegveld?" Vroeg Ben. "Dat betwijfel ik. Dit was een gerichte aanval, en als ze meer agenten hadden voorbereid, hadden ze die wel gestuurd. Ik denk dat we goed zitten tot we op de grond zijn in Antarctica, maar - zoals altijd - laten we waakzaam blijven. Wie weet waar ze nu weer vandaan komen?"

Sarah knikte mee, maar ze kon het niet helpen dat ze zich ongerust voelde worden. Ze was een antropologe, geen soldaat. Bij de CSO had ze meer actie gezien dan de meeste echte soldaten, en ze wist niet zeker wat ze daarvan vond. Uiteindelijk wilde *ze onderzoek doen*. Nieuwe dingen ontdekken, nieuwe mogelijkheden, nieuwe draden van de oude geschiedenis blootleggen.

Op de een of andere manier, tegen alle verwachtingen in, had de CSO haar die kans gegeven. Ze genoot van haar academische carrière, maar ze moest toegeven dat er iets dwingends was - iets echts en onmiddellijks - aan de missies die ze met haar vriend en zijn vrienden ondernam.

Als deze missie net zo was als de andere, zou ze die niet graag missen. Ze was niet geïnteresseerd in geweren en gevechten en vechten voor haar leven, maar als het waar was wat de generaal had beschreven, was er iets in Antarctica dat de Russen in handen wilden krijgen, en zij wilde helpen het te vinden.

En de generaal had ook om haar aanwezigheid gevraagd - ze was geen bijkomstigheid. Dat betekende dat hij haar niet zag als een nuttig maar onbelangrijk instrument in een gereedschapskist. Haar aanwezigheid daar was de sleutel, en dat wist hij.

Terwijl het team zich klaarmaakte om door het hotel te marcheren en hun rit naar het vliegveld te nemen, vroeg zij zich af waar deze missie zou eindigen.

CHAPTER 17

PETROKOV

"HERHAAL DAT," zei de stem.

Petrokov zuchtte. "De Amerikanen zijn op weg naar het vliegveld."

"U had de opdracht dat te voorkomen, nietwaar?"

Petrokov trok de telefoon even weg van zijn oor. Hij wilde vloeken, deze persoon aan de andere kant vertellen wat hij *echt* voor hem voelde. Deze man was geen soldaat. Hij begreep de mentaliteit van een getrainde moordenaar niet, hoe dit soort dingen - hoeveel voorbereiding er ook aan een missie voorafging - altijd een flinke portie willekeur inhielden.

"Ik was," zei hij.

De man aan de andere kant maakte een geluid van afkeuring. *"Dat is jammer."*

"Het is."

Hij vroeg zich af hoe lang hij de charade zou moeten volhouden. Hoe lang hij zou moeten doen alsof hij zich tegenover deze dwaas moest verantwoorden. Petrokov had de opdracht gekregen het woord van deze man als wet te aanvaarden, hem steun te verlenen, waar, wanneer of wat het ook was. Hij moest zich gedragen als de man zijn ondergeschikte.

Zeker, er was geen echte hiërarchie tussen de twee mannen - dat zou onbeleefd zijn. Dit was een project buiten de boeken, net zoals Petrokov's *eigenlijke* baas had beschreven. Het was een beetje politiek gemanoeuvreer van de staat. Ze wilden een klus klaren, maar wel op een heel specifieke, controleerbare manier. Maar ze wilden *ook* dat het volledig ontkend kon worden. Als er iets naar buiten zou komen over de missie van deze man in Antarctica, zou Rusland snel ontkennen van het project af te weten.

Petrokovs rol was die van ambassadeur tussen de twee partijen. Hij moest deze man aan de telefoon krijgen voor alles wat hij nodig had om de missie ter plaatse te voltooien, en dan verslag uitbrengen aan het hoofdkwartier in het Kremlin over wat er zich daar beneden afspeelde.

Het was een betweterige, vervelende rol, en hij haatte elk aspect. Het was de regering op zijn best - kilometers bureaucratie en papierwerk dat bijna niet te ontcijferen was, met één kanttekening: er werd eigenlijk nergens iets *opgeschreven*. Het hele project werd zo duister gehouden dat zelfs een e-mail tussen agenten niet was toegestaan. Het moest allemaal gebeuren via versleutelde telefoontoestellen, die dagelijks vervangen werden. Het laatste gesprek van die dag - dit gesprek - diende als de update, waarbij de nieuwe nummers zouden worden uitgewisseld.

Dit gesprek was ook het laatste geplande gesprek voor enige tijd. Het was onmogelijk om te weten waar deze man in Antarctica zou zijn. Het leger stond het gebruik van satellietcommunicatie niet toe uit angst dat elk relais vanaf het continent in vijandelijke handen zou vallen. De Verenigde Naties hadden al argwaan jegens Rusland en hielden hun oren open. Als ze

Russisch gepraat hoorden vanaf de zuidelijkste landmassa, zouden ze in opstand komen.

En het hielp niet dat Petrokov's broer *zijn* missie had gefaald. Nu waren er Amerikanen op weg naar Antarctica, gepland om aan te komen in twee of drie dagen.

"Ik heb de vluchtinformatie. Ik zal het je snel bezorgen."

"Het is te laat," zei de stem. *"We kunnen de gegevens niet e-mailen, en ik moet de volgende fase van het project hier beginnen. Onze mogelijkheid om elkaar te bellen zal eindigen."*

"Dat weet ik," zei Petrokov. "Maar het is goede informatie. Informatie die je kunt gebruiken om..."

"Dat hebben we niet nodig, Petrokov. Er zijn geen vliegtuigen die hier vliegen. We zullen ze opmerken als ze dat wel doen."

Petrokov wachtte, in de hoop dat hij een logische voorsprong op de man kon krijgen om zijn waarde nog eens te bewijzen. Hij haatte dit, zich te moeten bewijzen tegenover een mindere man, om weer in de gratie van de man te komen.

Allemaal politiek, dacht hij. Hij had deze persoon nodig om aan zijn kant te staan, al was het maar om hun superieuren ervan te overtuigen dat Petrokov een promotie waard was. *Eén promotie,* dacht hij, *en dan is dit voorbij. Dan kan ik werkelijke macht hebben.*

"Goed," zei Petrokov. "Ik ben hier voor alles wat je nodig hebt, zoals altijd."

"Onze relatie eindigt hier, Petrokov. Tenminste voor de komende paar dagen. De missie is bijna voltooid, en de machine kan niet worden gestopt als hij is ingeschakeld."

"Maar ik kan misschien aanbieden -"

"Je steun eindigde met een spectaculaire schietpartij en de dood van Russische agenten, Petrokov.

"En een van die sterfgevallen was van mijn eigen broer."

"Het spijt me van uw verlies. Het was een slechte planning om familie te betrekken in een missie als deze."

Petrokov legde zijn hand over de microfoon van de telefoon en vloekte. *Die klootzak,* dacht hij. Hij wilde schreeuwen, deze *burger* vertellen hoe nutteloos hij werkelijk was voor het moederland. Rusland had hem of zijn stomme project niet nodig. Wat het ook was - wat het *werkelijke* doel ervan ook was - Petrokov was er zeker van dat het maar een schijntje was vergeleken met de langetermijnplannen van de staat. Dit was een eenvoudig wetenschappelijk experiment, bedoeld om een natuurlijke hulpbron te verkrijgen die waardevol zou zijn voor de handel.

Maar dat was het. Petrokov kon zich niet voorstellen wat er nog meer zo belangrijk kon zijn, zo de moeite waard de geheimhouding en subterfuge. Het risico met de Verenigde Naties was groot, wat betekende dat de beloning veel groter moest zijn. Maar Petrokov wist niet waarom ze dit project op deze bijzondere manier waren begonnen, waarom ze een civiele wetenschapper hadden gekozen om het project te leiden in plaats van een militair zoals hijzelf.

"Mijn broer was een groot man," zei Petrokov. "Hij stierf voor zijn land."

"En hij zal niet vergeten worden, Petrokov," kwam het antwoord. *"Het verandert echter niets aan de missieparameters. Noch verandert het het schema, hoewel het wel wat problemen oplevert."*

"Heb je een plan om voor de Amerikanen te zorgen?" vroeg hij. *Waarom was ik hier niet van op de hoogte gebracht?*

"Dat doen we. Alles komt goed, Petrokov. Stuur mijn update zo snel mogelijk. "

Zonder nog een woord, werd de lijn verbroken. Petrokov had de man niet eens het nummer van zijn nieuwe telefoon verteld. Het was een schurend, hardvochtig vertoon van arrogantie. Een die zijn superieuren in het Kremlin niet zouden waarderen.

Hij trok de telefoon doormidden, brak het scharnier dat de twee stukken verbond, en gooide ze toen in de prullenbak in de hotelkamer. Hij had honger, en hij moest over dingen nadenken.

Hij kon dit gebruiken - hij kon de arrogantie van deze man tegen hem gebruiken. Hij hoefde er alleen maar over na te denken, om uit te vinden hoe.

Twee dagen later

Ben haatte vliegtuigen. Hij hield niet van het idee om de wetten van de fysica te tarten, tienduizenden meters boven de harde aarde door de lucht te razen in een metalen buis, voortgestuwd door een licht ontvlambare vloeistof. Het leek gewoon... verkeerd.

Hij was nooit in een situatie geweest die hem deze angst had bijgebracht; het was gewoon omdat hij genoeg begreep van hoe de wereld werkte en nog niet genoeg van de wetenschap. Het was een intuïtieve angst, iets wat hij niet kon beheersen.

En het maakte nu niet uit, want hij vloog nu door de lucht in een van die vliegtuigen. Hij was doodsbang als een vliegtuig opsteeg, maar landen was het ergst. Mikken op een klein strookje beton, nauwelijks breder dan het vliegtuig zelf, en de hele kolos laten rusten op piepkleine luchtbanden, terwijl hij op de rem trapte en hoopte dat het hele zootje niet van de andere kant van de landingsbaan af zou ketsen en in het verkeer terecht zou komen.

Of, zoals vandaag het geval zou zijn, van het pakijs afraken op beton en in een bergachtig rotsblok terechtkomen. Of erger nog, van de rand van een ijsklif in een bevroren zee.

Het CSO team had gezelschap gekregen van Freddie en twee van zijn maatjes, beiden goed getrainde en ervaren soldaten die al eerder met Freddie hadden gediend. De drie soldaten, vergezeld door Reggie, Sarah, Julie en Ben, naderden na een reis van drie dagen hun bestemming: ze stonden op het punt te landen bij het Palmer Research Station voor de kust van Argentinië.

Van daaruit zouden ze vertrekken naar hun eigenlijke bestemming: Antarctica.

Twee jaar geleden waren zij daar al eens geweest toen zij een communicatiesignaal probeerden op te sporen dat was opgevangen in een gebied bij de Zuidpool. Ze hadden daar bijna hun leven verloren, en ze hadden uitstekende soldaten verloren tijdens de nachtmerrieachtige missie.

En wat ze daar hadden gevonden was angstaanjagend; het herinnerde Ben eraan dat het kwaad, als het niet in toom wordt gehouden, altijd een weg vindt om te overwinnen.

Hij hoopte dat het deze keer om iets veel eenvoudigers zou gaan. Iets dat afgehandeld kon worden met woorden en diplomatie in plaats van geweren en soldaten.

En toch had hij genoeg ervaring in zijn leven om te weten dat er gewoonlijk een reden was waarom deze entiteiten ervoor kozen zich in de verste uithoeken van de wereld te vestigen. Er was meestal een reden waarom mensen zich wilden verbergen.

Er was gewoonlijk een reden waarom groepen als de CSO werden gebeld om die mensen te vinden.

Hij keek achterom naar Freddie en zijn vrienden. Allemaal goede mannen, capabel. Allemaal kleiner en korter dan Freddie, maar veel groter dan de gemiddelde menselijke man. Elk van hen had pezige spieren die onder strakke T-shirts uitstaken, en elk had de kaaklijn van een G.I. Joe. Ze lachten en maakten grapjes onder elkaar een paar rijen terug. Ben kon het gesprek niet horen, maar hij herinnerde zich hun leeftijd en welke onderwerpen ter sprake konden komen. Ze hadden het waarschijnlijk over meisjes en wapens en videospelletjes.

Hij glimlachte en schudde zijn hoofd. *Verdomme, hoe oud ben ik geworden?*

Hij wierp een blik op Julie, die vlak naast hem in zijn rij zat. Ze glimlachte terug en gaf een minuscuul knikje. Telkens als ze aan boord van een vliegtuig gingen, veranderde Julie in een soort zorgzame moeder die ervoor zorgde dat Ben zich veilig en geborgen voelde. Ze kon er niets aan doen, maar het was leuk en Ben genoot van de aandacht.

"Gaat het goed?" Vroeg ze.

Hij knikte. "Ongeveer zo goed als ik kon verwachten. Ik denk dat mijn angst terugkomt omdat het weet dat we gaan landen."

"Ja, ik voel ook wat vlinders. Een beetje van die turbulentie boven de oceaan heeft ook niet geholpen."

Ben slikte en keek toen uit het raam. De uitgestrekte blauwe vlakte was veranderd in een uitgestrekte witte vlakte. Hun reis was zonder slecht weer verlopen, zodat hij helemaal tot aan de bergketen in de verte kon kijken. Voor een continent zo groot als Antarctica, was er geen plaats op aarde zo desolaat en deprimerend.

Hij keek naar beneden en probeerde het ene helderwitte element op de grond van het andere te onderscheiden. Het was onmogelijk om hier te overleven, en de wetenschappers en onderzoekers die deze plek hun thuis noemden dienden nog steeds slechts termijnen van zes tot twaalf maanden, waarbij ze met andere collega's op stap gingen om niet te worden opgeëist door de deprimerende en beukende verlatenheid.

"Als we beneden zijn, moeten we snel van boord," zei Julie. "Volgens de briefing van de generaal moeten we binnen het uur het hoofd van het onderzoeksstation ontmoeten."

Ben knikte. "Ja," zei hij. "Het lijkt erop dat de generaal ons allemaal in soldaatjes wil veranderen, of we dat nu leuk vinden of niet. Ik heb zin om laat op de vergadering te verschijnen, alleen om te zien wat de oude man gaat proberen te doen van 3.000 mijl ver weg."

Julie trok een wenkbrauw op.

Ben hield zijn handen omhoog. "Wat?" vroeg hij. "Ik maak een grapje, maar toch. Sheesh."

Julie wierp haar hoofd achterwaarts naar Freddie. "Het is niet voor ons, Ben. Het is voor hem. Hij is een goede soldaat, maar hij is de neef van die man. Hij zal echt niet op zijn hoede zijn als het om de veiligheid van zijn neefje gaat.

Ben haalde zijn schouders op maar knikte. Hetzelfde beschermende instinct dat Julie had toen ze zag hoe Ben zich door een start en landing heen worstelde, was waarschijnlijk hetzelfde gevoel dat de generaal voor zijn neef had. Zeker, de man was getraind om alles professioneel en kalm te houden, wat er ook gebeurde, maar in de kern was hij nog steeds een mens.

Misschien.

Het vliegtuig schudde een beetje, en Ben greep onwillekeurig en onwillekeurig het handvat van zijn stoel een beetje steviger vast. De laatste keer dat ze naar Antarctica waren gevlogen, hadden ze achterin een vrachtvliegtuig gezeten. Dit vrachtvliegtuig zag er aan de buitenkant hetzelfde uit, maar aan de binnenkant waren stoelen gemonteerd, waarvan het materiaal overeenkwam met de kleuren van het commerciële straalvliegtuig waarvan ze waren gekocht. Ze pasten ook niet helemaal in de ruimte - er waren netten en singels rondom, met uitrusting en apparatuur voor de wetenschappers en onderzoekers, en kisten vol wapens en munitie voor de soldaten - maar de stoelen waren in ieder geval comfortabeler dan zitten op de harde, metalen vloer of in een springstoel langs de gebogen wanden van het vliegtuig.

Het was verre van luxueus, maar het was een verbetering ten opzichte van de vorige keer, en Ben hoopte op veel van zulke verbeteringen deze keer.

Ben hoorde een fluitend geluid, iets ver weg en schijnbaar van buiten het vliegtuig. Hij voelde het interieur van de cabine stil worden, zelfs het gebrul van de motoren leek wat zachter te gaan. Het was alsof iedereen aan boord het op hetzelfde moment had gehoord, had herkend dat het geen normaal geluid was, en nu allemaal hun collectieve adem inhielden.

Plotseling, stopte het fluiten.

Ben spitste zijn oren, en precies een seconde later ontplofte een deel van de romp naar binnen, en een heel stuk vliegtuig van 3 meter verdween gewoon.

BEN REAGEERDE NIET. Hij probeerde het maar kon het niet. Hij probeerde zijn kaak te bewerken. Zijn ogen trilden, maar er vielen geen woorden uit, en hij kon niet knipperen. Zodra het gat was opengescheurd, bewoog alles naar buiten.

...van in het vliegtuig naar de ruimte daarbuiten.

Kratten met spullen, netten, een kapotte rij stoelen. Het fluiten keerde terug, maar deze keer was het intenser, meer als het geluid van een gillende banshee. Het gebrul van de motoren gierde terwijl ze in toonhoogte toenamen. Overal was het koud.

Een zuigende, levensgevaarlijke verkoudheid.

Julie greep Bens hand stevig vast, en Ben kneep terug, nog steeds niet in staat zijn ogen af te wenden van de gapende muil aan de andere kant van het vliegtuig. De gierende wind bleef woeden op een manier die hij nog nooit had meegemaakt, en hij voelde de stuurboordzijde van het vliegtuig inzakken.

Zijn maag kromp ineen, en Julie gilde.

Nee, nee, nee. Dit was het. Zijn absolute ergste nachtmerrie.

De boog van het vliegtuig dook toen omlaag, waardoor hun

vlucht onmiddellijk in een steile afdaling veranderde. Toen hij dacht dat zijn maag zo ver was gesprongen als hij kon gaan, ontdekte hij nu dat hij zijn hele slokdarm kon opklimmen en in zijn keel kon eindigen.

Ben voelde zich stikken, probeerde zijn ingewanden terug te slikken naar waar ze thuishoorden. Julie gilde harder, en hij hoorde mannenstemmen zich bij de kakofonie voegen. Een schreeuwde wat leek op bevelen; de anderen schreeuwden alleen maar. Geen van de noten was in harmonie. Een koor van tritonen voegde zich bij de mix van gierende wind en brullende motoren.

Ben hoorde gekraak door het luidsprekersysteem aan boord van het vliegtuig. Het was ver weg, vaag. De stem van de piloot kraakte door keurige, povere luidsprekers die op geen enkele manier waren voorbereid op de bestrijding van lawaai als dit. Als de piloot hen zojuist allemaal had uitgelegd hoe ze in leven zouden kunnen blijven bij een vliegtuigongeluk, had Ben er geen woord van gehoord.

Het deed er niet toe. Ben kende de statistieken. Zijn nachtmerries hadden hem herinnerd - dag in dag uit - aan de overlevingskansen van een vliegtuigongeluk.

Het vliegtuig dook weer, nu bijna verticaal, en hij zag dat een rij stoelen aan de overkant van het gangpad en achter hem naar voren werden getild, en vervolgens helemaal loskwamen van de vloer. De bouten moeten versleten zijn, en de beweging en de impact van de explosie waren te veel.

Het was een ruzie met een van Freddie's soldaten en het.

Het kind keek met grote ogen, doodsbang, terwijl hij probeerde zijn veiligheidsgordel los te klikken. Ben kon zich niet op hem concentreren - hij zat vastgeklonken, met zijn gezicht naar voren - maar vanuit zijn ooghoek zag hij dat het kind bijna losbrak, en uiteindelijk besloot om zich uit de stoel te bevrijden zonder zijn gordel los te maken.

Hij stond nu, halverwege de rij, toen de stoel opnieuw kantelde, over de kop in een rol, in de richting van de open gash in het vliegtuig. Kleine voorwerpen, papier en puin en plunjezakken werden nog steeds naar buiten gezogen vanuit het interieur van het vliegtuig, en het was in de richting van deze gapende uitbarsting dat de jongen en zijn rij van twee stoelen naar buiten tuimelden.

Ben kon hem niet horen, temidden van al dat afschuwelijke lawaai. Het was alsof al het andere in de wereld volkomen stil was, vervangen door dit monsterlijke turbine-achtige geluid.

Ben keek toe hoe de jongen in het strakke t-shirt aan de tuimelende rij stoelen rukte en trok, zijn gezicht bebloed en verbrijzeld van een klap tegen de vloer toen het opnieuw over de kop rolde.

En toen... waren ze weg. Het kind, de stoelen, alles.

De soldaat, Freddie's vriend, was gewoon verdwenen in de witte mist buiten het vliegtuig.

Ben verslikte zich weer, deze keer bereikte zijn eigen schreeuw zijn oren. Julie greep zijn rechterhand vast met haar linker, maar haar rechterhand was verwoed bezig met iets naast haar. Ben wist niet zeker wat het was, maar hij wist dat het hopeloos was. Er was niets binnen bereik - helemaal niets in het vliegtuig - dat enige hoop zou hebben hun levens te redden.

Ben kneep zijn ogen dicht terwijl hij het gebrul en gejank van de motoren voelde, opwaarts en voorwaarts, schreeuwend tegen de eindeloze aanval van de zwaartekracht. Het uiteinde van het vliegtuig trok op, en Ben voelde hoe zijn maag zich terugdrukte in zijn borstkas, dichter bij de plaats waar hij eigenlijk thuishoorde. De chaos en nachtmerrie waren overal, onverbiddelijk, en de kou had zich eindelijk een weg gebaand naar Ben's binnenste. Hij wist niet zeker of het kwam omdat ze duizenden meters in de lucht vlogen of omdat ze in Antarctica waren. Misschien was het beide.

In een fractie van een seconde, voordat alles zwart werd, realiseerde Ben zich dat als ze dit incident zouden overleven, de kou hen kort daarna zeker zou doden.

Hij kon eindelijk zijn hoofd bewegen en draaide het langzaam naar rechts om Julie aan te kijken. Ze staarde hem aan, haar ogen wijd open, haar rechterhand had de taak opgegeven die ze had proberen uit te voeren.

Voor een moment, hun ogen op elkaar gericht, hun blik stabiel temidden van de schommelende en tuimelende wereld om hen heen.

Het zwarte niets werd alleen overweldigd door de hevige koude die nu diep in en door Bens lichaam was doorgedrongen. Hij voelde zich alsof hij een van de vele triljoenen stukken ijs was geworden die het landschap vormden.

IJs.

Er was ijs hier. *In het vliegtuig.* De sneeuw had zich verzameld en was het vliegtuig binnengedrongen. Hij voelde hoe het zich ophoopte, om hem heen. Hij werd erdoor bedekt, en hoewel het donker was en hij bijna niets verder kon zien dan een paar centimeter voor hem, wist hij dat er sneeuw lag.

Dat betekent dat ik leef...

Hij was niet dood. Op de een of andere manier, tegen alle verwachtingen in, tegen elk begrip dat hij van vliegen had, leefde hij nog. De piloten hadden op de een of andere manier de neus opgetild en het vliegtuig op een sneeuwhelling geskied, waardoor ruiten sneuvelden, rompscherven werden afgerukt en sneeuw en ijs in het interieur van het enorme vrachtvliegtuig sijpelden.

Maar hij leefde nog.

Hij opende zijn mond om te spreken en voelde een vreselijke pijn in zijn keel. Hij probeerde zijn hoofd te draaien, maar voelde dat het op zijn plaats werd gehouden door een soort metalen staaf, dus concentreerde hij zich in plaats daarvan op zijn ledematen.

Vingers, tenen, alles kronkelt vrij en in staat om te bewegen. Koud, maar geen pijn.

Hij probeerde zijn handen. Eén pols deed pijn, maar er leek niets gebroken te zijn. Eén elleboog voelde alsof hij verbrijzeld was, maar bij nader onderzoek besefte hij dat hij gewoon onder de ruimte tussen het raam en de armleuning was geschoven en tijdens de botsing hard tegen één van hen was geklapt.

Tot nu toe werkten alle uiterlijke delen van zijn lichaam en waren ze in orde. Met zijn handen voelde hij rond zijn romp en benen, om de plaatsen te bereiken waar hij met zijn ogen niet kon komen, want zijn hoofd kon nog steeds niet uit zijn positie tussen de tralies komen.

Hij gleed met zijn hand langs zijn linkerzij, voelde kou en ijs en toen...

Nat.

Bloed? Ben prikte met zijn vingers in de zachte delen van zijn maag en darmen tot hij het vond.

En er was niet veel voor nodig om hem te laten slingeren, zijn lichaam vloog omhoog in de stoel en sloeg met zijn schouder tegen de stang die hem nog steeds op zijn plaats hield.

De pijn was ondraaglijk. Hij klemde zijn kaak op elkaar en prikte opnieuw, een beetje hogerop. Opnieuw, ondraaglijke pijn.

Hij besloot te rusten en het later nog eens te proberen. Deze barbaarse vorm van zelfdiagnose hielp waarschijnlijk niets, en het enige wat hij hoefde te weten was dat hij gewond was. Hij had geen idee hoe erg de verwonding was, maar hij nam aan dat de enige reden dat hij niet voortdurend pijn had, het feit was dat hij in een zittende positie in zijn stoel was geklemd.

De pijn even terzijde schuivend, richtte hij zijn aandacht op de belangrijkere vraag: *Waar is Julie?*

De stang die hem op zijn plaats hield was een beetje gesprongen toen hij onwillekeurig omhoog was gesprongen, dus gebruikte hij zijn rechterhand om naar boven te reiken en ertegen te duwen. Met iets meer kracht dan hij had willen gebruiken, waardoor zijn verwonding nog meer pijn leed, kon hij de stang voldoende omhoog en naar achteren duwen om zijn hoofd vrij te krijgen.

Hij voelde onmiddellijk een striem op zijn voorhoofd en een blauwe plek op zijn schouder waar de stang tegen hem was gedrukt. Hij moest er wel een paar keer tegenaan zijn geramd toen ze geland waren, maar hij had liever een striem en een blauwe plek dan iets veel ergers.

Het was nog donker, dus hij kon niet veel zien, en zeker niet genoeg om zich te oriënteren over waar ze naar beneden waren gegaan en in welke configuratie ze zich allemaal bevonden. Hij meende een krakend geluid te horen van ergens verder weg, maar hij concentreerde zich weer op de taak die hij zich had voorgenomen.

Zoek Julie.

Met een laatste krachtsinspanning trok hij zich voorover in de zetel, maar kreunde toen van de pijn toen de diepe wonde in zijn zij tegen hem terug leek te schreeuwen. Verslagen gaf hij het op en ging weer zitten, zwaar hijgend. Hij was niet in staat zich te bewegen, althans niet op eigen kracht, althans niet op dit moment. Diep in zijn hersenen was er een idee dat hem vertelde dat hij eerder aan deze verwonding zou sterven dan aan de kou, maar toen maakte hij er ruzie over met zichzelf.

Misschien slaat de kou eerst toe, en vries ik dood in minder dan een minuut.

Hij wist echt niet hoe koud het was, wetende dat adrenaline en dopamine door zijn aderen gierden en hem wakker, alert en in leven hielden.

Voor nu.

Hij wist dat die chemicaliën zouden verdwijnen, waardoor hij overgeleverd zou zijn aan de grillen van de elementen. Elementen die er niet bepaald op gebrand waren om mensen in leven te houden.

Hij schoof opzij, wat nog een gil van zijn verwonding ontlokte, maar hij kon zijn rechterhand naar Julia's zitplaats brengen.

Nee.

Het was niet Julie die vermist was - Julie's *stoel* was weg. Het hele metalen frame, ooit bevestigd aan Bens eigen stoel, was weggerukt. Hij voelde de scherpe plekken waar het nog maar enkele ogenblikken geleden met de zijne verbonden was geweest, voelde de lege ruimte toen zijn hand in de afwezigheid naar beneden hing.

Zijn gehijg werd zwaarder. Hij ging hyperventileren - zeker geen goede zaak voor zijn blessure. Hij probeerde te spreken, maar alleen fluisteringen van de eerste helft van haar naam rolden eruit. "Ju -" kraste hij.

"Julie," zei hij een beetje luider. De pijn was immens, en het zou zijn einde betekenen. Hij kon niet om haar blijven roepen, niet op deze manier. Hij voelde spanning in zijn hart, de benauwdheid die voorafging aan een paniekaanval, vergelijkbaar met wat slachtoffers van een hartaanval voelden voordat de hartstilstand begon. Op dat moment zou hij naar een hartaanval hebben verlangd om hem gewoon te nemen en er een eind aan te maken.

Hij had gehoopt dat hij hem had kunnen pakken *lang* voordat het vliegtuig neerstortte, trouwens.

Nu had hij op wrede wijze het vliegtuigongeluk overleefd, om uiteindelijk gebarricadeerd in zijn stoel te belanden in de donkere, ijzige woestenij van het zuidelijkste continent van de Aarde.

Alleen.

Hij reikte weer met zijn linkerhand naar beneden en voelde aan zijn torso. Er was nu meer bloed - hij kon er in prikken en het bloed over zijn vingers krijgen zonder dat het pijn deed, wat hem alleen maar vertelde dat hij aan het leegbloeden was - wat hij ook had gedaan, het had het tempo alleen maar versneld.

Hij vroeg zich af hoe het zou voelen om te sterven door bloedverlies. Misschien was het als sterven door blootstelling? Misschien zou het hem snel overvallen. Hij zou gewoon zijn ogen sluiten en in slaap vallen, en alles zou gewoon ophouden te bestaan.

Of misschien was het als verdrinken. Ondraaglijke minuten van pure doodsangst terwijl hij vocht om te overleven tegen een onverbiddelijke kracht die zijn hele wezen doordrong, en dan - en alleen dan - een paar laatste seconden van kalme, zoete gelukzaligheid.

Hoe dan ook, het einde was onvermijdelijk. Julie was uit het vliegtuig gezogen, net als Freddie's soldatenvriend, en nu was Ben hier achtergelaten om een langzame en pijnlijke dood te sterven terwijl hij aan hen beiden dacht.

En hoe zit het met Reggie en Sarah? En Freddie en zijn

andere vriend? De piloot en co-piloot moeten hier ook ergens zijn, nietwaar?

Ben grinnikte bijna toen hij zich voorstelde hoe elk van hen, onafhankelijk van elkaar, een langzame, pijnlijke dood stierf op enkele meters van elkaar en niet in staat om hulp te roepen. Het was niet grappig, maar op dit moment, dacht Ben niet helder na.

Hij greep weer naar Julie's stoel en voelde de tranen in zijn ooghoeken opwellen. Ze deden pijn - bijna bevroren zodra ze in de open lucht kwamen. Maar hij knipperde ze niet weg.

Zodra ze loskwamen van zijn traanbuisjes, rolden ze een paar centimeter over zijn wangen en bevroren volledig op hun plaats. Hij zag zijn adem nu. Of er nu echt meer licht was of dat zijn ogen zich eindelijk een beetje hadden aangepast, hij wist het niet zeker.

Maar het was er. Zijn adem, net als de tranen, bevroor. Ze vielen zachtjes naar voren en stierven toen af, vielen als ijsdruppels op zijn schoot.

Hij vroeg zich af of zijn wond bevriezen een manier was om bloedverlies uit te stellen. Hij wist het niet. Hij had nooit geneeskunde of eerste hulp gestudeerd, behalve het verzorgen van een wond in het veld. Hij legde zijn hand op de plek in zijn zij die de meeste pijn veroorzaakte. De brandende schok van warmte deed pijn, maar voelde daarna meteen beter.

Ben liet zijn hoofd achterover vallen op de harde metalen staaf die hij net uit de weg had geschoven en sloot zijn ogen. Hij zou niet toestaan dat deze omgeving zijn tranen voor Julie zou stelen, en hij was ook niet van plan om zijn bloed sneller te laten stromen. Hij had weinig controle over de situatie, maar hij deed de enige twee dingen die hij kon bedenken.

Het was zinloos, hij wist het. Maar het was iets. En hij heeft altijd geweten dat hij vechtend ten onder zou gaan.

Hij sloot zijn ogen en stelde zich een betere plaats voor. Een warmere plek, met Julie levend en wel naast hem, met haar hoofd op zijn schouder. Ze waren op een strand, op huwelijksreis, een denkbeeldige vakantie die moest worden onderbroken door een nieuwe missie.

Ze hadden er ruzie over gemaakt, maar ze wisten allebei dat ze de missie zouden doen. Ze zouden de klus klaren, hun eigen comfort en plezier opgeven voor het grotere goed.

Het was zijn - en nu Julie's - manier van werken.

Het was jammer dat hij haar dat niet kon vertellen.

Terwijl hij wegdreef in de eeuwige slaap, groeide er een kleine glimlach op zijn gezicht, en de tranen deden zijn ogen dicht-vriezen.

JULIE'S OOG WAS DICHTGEPLAKT, door het bloed en de zwelling kon ze het niet zien. Het oog zelf was niet gewond, en het zou mettertijd genezen, dus ze maakte zich er geen zorgen over.

Ze had nog één goed oog, en dat gaf meer dan genoeg informatie aan haar hersenen om haar te vertellen dat wat ze zag een absolute puinhoop was. Verspreid over het ijs en de sneeuw, zo ver ze kon zien, links en rechts, lag een rommelmarkt uit de hel.

De romp van het vliegtuig was gebarsten en doormidden gescheurd, waardoor scherven en brokken metaal en stoelkussens alle kanten op werden gestuurd, een paar van de grotere delen van de stoelen nu recht voor haar. De scheur in het vliegtuig was breder geworden toen het over het scherpe ijs was gegleden, de binnenkant van het vliegtuig lag nu grotendeels aan de buitenkant.

Er lagen zakken en kapotte kratten half begraven in de sneeuw, samen met strepen donkergekleurde vloeistof die op hun plaats bevroren waren en deze plaats voor altijd markeerden. Waarschijnlijk olie, maar ze kon het niet zeggen.

De piloten - nu beiden dood - hadden het gewonde toestel

neergehaald op een relatief vlak stuk ijs in een lange, smalle vallei. Omdat de landingsbanen op Antarctica toch al gewoon platgeslagen en afgevlakte stroken ijs waren - in wezen lange, magere ijshockeybanen - was de landing niet vreselijk geweest. Het vliegtuig was samen met de piloten omgekomen, maar ze hadden twee van de drie landingsgestellen naar beneden gekregen om tenminste een relatief veilige landing te maken.

De landing had echter niet veilig *aangevoeld*, en Julie had bijna haar nek gebroken van de zweepslag. Toch leefde ze nog.

Behalve de arme ziel die uit de cabine was gezogen en de twee onfortuinlijke piloten die op de eerste rij zaten bij de vernietiging, was de rest van haar team dat ook.

Freddie had Reggie uit het vliegtuig getrokken, en Sarah had Freddies andere soldaat die ze op het vliegveld hadden ontmoet, kunnen terughalen. Julie had de geschokte, ontredderde blikken op hun gezichten gezien toen de twee soldaten uit de verkruimelde puinhoop waren gestapt, maar in een kleine blijk van barmhartigheid was het lichaam van hun vriend ergens ver weg geland.

Julie en Ben, die verder naar boven zaten, waren bijna verpletterd toen de romp onder zijn eigen gewicht instortte, en het had Reggie en Freddie heel wat moeite gekost om haar eruit te krijgen. Ze moesten in de kisten zoeken naar gereedschap en vonden uiteindelijk een kniptang waarmee ze de stoel konden losrukken van zijn bevestiging.

Ben bleek moeilijker - hij was bewusteloos, bloedde uit meerdere wonden, en Julie was aanvankelijk bijna gek geworden toen ze hem eruit probeerde te trekken. Reggie en Sarah trokken haar terug en kalmeerden haar, terwijl Freddie de grote man uit de stoel werkte.

Ze keek nu toe hoe Freddie Bens slappe lichaam uit het vliegtuig droeg. Reggie rende om te helpen, en samen brachten de twee mannen Ben naar Julie, waar ze stond te wachten met een enorme parka. Ze hadden elk een parka en extra kleding gevonden, en Sarah en de andere soldaat - een jongen die Sampson heette - waren bezig een vuur te maken op een van de olievlekken.

Het sneeuwde niet, en Julie kon Sarah en Sampson goed zien terwijl ze aan het werk waren. Sampson spreidde enkele stukken van een zitkussen dat ze uit elkaar hadden gerukt - ongetwijfeld iets dat veel giftige dampen zou afgeven eens het aangestoken was - over de bevroren olievlek, terwijl Sarah een lucifer voorhield en probeerde het aan te steken.

Ze ontdekten al snel dat de stoelen niet brandbaar waren, dus rommelden ze wat aan en vonden een stuk van een krat en wat kledingstukken. Dat werd aangestoken en al snel ontstond er een klein maar hevig vuur.

Julie keek op naar Freddie en Reggie toen ze Ben naar haar toe droegen. Ze voelde haar hart in haar keel stijgen. Ze had de vraag die aan haar knaagde nog niet gesteld. Ben had nog geleefd toen ze haar en haar stoel uit het vliegtuig hadden gehaald, maar hij was snel daarna in slaap gevallen en bewusteloos geraakt.

Ze wist niet zeker wat zijn verwondingen waren, alleen dat het leek alsof iets zijn hoofd had geraakt en dat hij bloedde uit zijn zij.

Geen van beide mannen keek Julie aan. Ze legden Ben neer op een parka die Julie over de sneeuw had uitgespreid, langzaam en voorzichtig, toen Freddie een andere parka over zijn nog stille lichaam trok. Zijn hoofd was ontbloot, maar niemand deed iets om het te bedekken. Ze moesten hem onderzoeken.

Julie snoof en voelde haar adem stokken in haar keel. Het was niet van de kou. Ze maakte zich los uit de sneeuw en stond op, waarna ze gehurkt naast Bens lichaam ging zitten.

Toch sprak er niemand. Sarah en Sampson waren bezig met het vuur en durfden niet op te kijken. Julie wilde schreeuwen, maar de kou drong plotseling tot haar door via elke porie van haar blote huid. Ze huiverde en stak toen een hand uit.

Plotseling hoestte Ben, een verstikkend, pijnlijk geluid.

Julie hijgde en trok haar hand voor haar mond.

Ben hoestte weer, en Reggie viel op zijn knieën, legde zijn handen op Bens borst en maakte zich klaar om hartmassage te geven.

"Wacht," zei Julie. "Ik denk - ik denk dat hij er vanaf is. Hij ademt nu normaal."

Ook zij legde een hand op de borst van haar man en voelde de zachte, ritmische ademhaling. Hij inhaleerde een haperende, geforceerde ademhaling, maar toen hij weer losliet en inhaleerde, werd de ademhaling normaler.

Eindelijk knipperde hij met zijn ogen. Zijn ogen waren slechts spleetjes, maar ze kon de pupillen zien glijden onder de oogleden.

Hij slikte, ademde nog een paar seconden en sprak toen eindelijk. Zijn gezicht staarde nog steeds recht omhoog naar het wazige wit van de hemel.

"Zo... deze plek is ongelooflijk. Wie van jullie gaat me vertellen dat ik ben gestorven en naar de hemel ben gegaan?"

BENS HOOFD DEED HEM PIJN. Hij wilde zijn hele gezicht en voorhoofd in de sneeuw duwen om zich tot aan zijn nek te begraven. Hij kon zich niet voorstellen hoe het zou voelen als het hier niet onder het vriespunt was.

Hij kreunde van de pijn toen Reggie en Sarah klaar waren met het inpakken van het geïmproviseerde verband om zijn wond. De snee die hij had opgelopen bij het vliegtuigongeluk was diep, maar het bloeden was gestopt, en hij was er zeker van dat hij over een dag of zo weer goed genoeg kon lopen.

Het probleem was dat zij misschien geen dag of zo hadden - van wat zij allen konden vertellen, waren zij gestrand in het midden van een massieve vlakte van ijs en sneeuw, bergen in alle richtingen behalve één, en in die ene richting was oceaan.

Er waren geen gebouwen in zicht. Geen mensen, behalve die direct om hem heen.

De piloten waren bij het ongeluk omgekomen, evenals de jonge soldaat die uit het vliegtuig was gezogen nadat de zijkant van het vliegtuig uit elkaar was gescheurd. Ben probeerde zich zijn gezicht niet voor te stellen als hij zijn ogen sloot, maar ze open-houden tegen de wind in leek meer pijn te doen.

"Gaat het?" Vroeg Julie. "Je wond lijkt al te genezen."

"Dat komt omdat het bevroren is," zei Ben. "Ik wed dat als dit de woestijn was, ik nu al het bloed eruit gesmolten zou hebben."

"Dat is walgelijk," zei Reggie.

"Dat is wetenschappelijk gezien ook *onmogelijk*," zei Sarah. Ze wierp Ben een glimlach toe. "Blij dat je het gehaald hebt."

Ben knikte en zijn ogen dwaalden onwillekeurig af naar Fred-die. De enorme soldaat in de vorm van een beer zat naast zijn soldatenvriend. Geen van beide mannen praatte veel.

"Hoe gaat het met hem?" vroeg Ben.

Reggie haalde zijn schouders op. "Verloor een goede man vandaag. Waarschijnlijk ook al eerder gebeurd, maar nooit... zoals dit."

"Ja," zei Ben. "No shit."

"Dus, wat is het volgende?" Vroeg Julie. "We... willen waar-schijnlijk een plan."

Bens wenkbrauwen gingen omhoog. "Je wacht toch niet tot ik beslis, hè? Ik bedoel, je had me al die tijd naar de dichtstbijzijnde Applebee's kunnen slepen, en in plaats daarvan wachtte je tot ik -"

"Applebee's is klote, man," zei Reggie, hem onderbrekend. "Chili's, misschien. Maar als Applebee's het is, zou ik waarschijn-lijk liever hier blijven en -"

"Maak die zin niet af, alsjeblieft," zei Sarah. Ze wendde zich weer tot Ben. "Nu je wakker bent, denk ik dat het tijd is om je in te lichten over wat er hier gebeurd is.

"Wat - wat is er gebeurd?" vroeg Ben. Hij keek rond op hun geïmproviseerde kampeerplek. "Ik dacht dat het vrij simpel was. Vliegtuig dood, wij bijna, nu zitten we vast."

"Nou..." Julie keek weg.

"Wat?" vroeg hij weer. "Oké, luister. Dit is niet het moment om cryptisch te zijn."

"Juist," zei Reggie. "Zo, kijk. Zie je dat vliegtuig daar?"

Ben tuurde door de nevel van vers gevallen sneeuw. De romp van het vrachtvliegtuig lag half begraven in verse poeder, maar Ben kon de gekartelde lijnen van de zwartgeblakerde brandvlekken zien die uit het ijs omhoog kwamen en de achterste helft van het object bedekten. *Waar het was gegleden*, realiseerde hij zich.

Het vliegtuig was in tweeën gespleten rond het merkteken waar de zijkant tijdens de vlucht was opengespleten, en de voorkant van de romp, met ongetwijfeld de dode piloten erin, lag zo'n tweehonderd meter verder weg. Het was bijna onmogelijk te zien.

"Wat is daarmee?"

"Nou, je zei dat het vliegtuig 'stierf'. Dat is... niet helemaal juist."

"Wat moet dat betekenen. Vliegtuigen leven in de lucht; dit vliegtuig is gestopt met vliegen. Dat is het probleem."

"Ben," zei Julie, met haar hand op zijn arm. "Ben, kijk nog eens."

Hij keek nog eens scheel, om te begrijpen waarom zijn team zo opgewonden was. Het duurde even, maar toen merkte hij het. "Oh," zei hij. "Oh, shit."

"Ja."

De rompsectie waar hij in had gezeten, degene die het dichtst bij hen was, had een enorm rond gat in de zijkant. Hij had het in real time zien gebeuren, dus hij had het tot op dat moment niet opgemerkt. Maar nu ze het aanwezen, was het zo klaar als een klontje.

Het gat was niet veroorzaakt door een mechanisch defect. Het was geen technisch falen, of gewoon een bizar ongeluk.

Het ruim was uit het vliegtuig *geblazen*. Door iets monsterlijks. Iets explosiefs.

"We zijn aangevallen, man," zei Reggie, eindelijk onder woorden brengend wat Ben zich net had gerealiseerd. "We zijn neergeschoten."

"Ja," zei Ben, terwijl hij meeknikte. "Ja, dat kan ik zien. Dat betekent -"

Julie ging verder. "Het betekent dat we hier waarschijnlijk niet lang hoeven te wachten, en dat we misschien niet eens terug hoeven te lopen naar de bewoonde wereld, als we die al zouden kunnen vinden."

"Omdat ze voor ons zullen komen," zei Ben. "Maar..."

"Juist," onderbrak ze, "ze komen waarschijnlijk alleen om de klus af te maken."

Hij voelde een ruk aan zijn arm, en Freddie was er plotseling, zweefde over hem heen. "Hé, baas," zei Freddie. "Blij dat het goed met je gaat en zo, maar ik wilde zeggen dat, uh, we iets zien."

"Wat?"

Reggie en Sarah schoten overeind en keken in de richting die Freddie nu wees. Zijn soldaatvriend rommelde in een koffer, waarschijnlijk op zoek naar iets om zich mee te bewapenen.

Ben kon eerst niets zien, maar na een minuut herkende hij plotseling de flits van schaduwen tegen het ijs. Hij keek toe hoe ze zich in de loop van nog een minuut materialiseerden en zich eindelijk realiseerde hoe snel ze zich bewogen. Hij zag dat ze niet alleen liepen, maar op grote, platte voertuigen reden die over de sneeuw ploegden alsof die er niet was. Er waren ook grotere ATVachtige voertuigen met glazen cabines en kleinere, traditionele ijssleepboten.

Hij keek toe hoe ze hun positie naderden en zag nu de details. De uniformen waren allemaal hetzelfde. Misschien zes mensen in totaal, die allemaal op Bens groep afkwamen.

Ze dragen allemaal wapens.

HET EERSTE WAT BEN OPVIEL WAS DE HITTE. Vergeleken met de vriestemperatuur buiten, gecombineerd met een gevoelstemperatuur die de effectieve temperatuur deed dalen tot een diepte die hij zich niet eens kon voorstellen, voelde de hitte binnen bijna verstikkend aan.

En als hij niet al zo'n pijn had van zijn gewonde kant, had hij misschien wel genoten van de warmte.

De Tucker Sno-Cat waarin ze zaten had zich afgesplitst van een ander voertuig, op weg naar een eenvoudige met ijs beklede deuropening die een man had opengezwaaid. Ze werden door vier in het zwart geklede soldaten voortgeduwd en ruw een trap af gesmeten die naar een bredere, zwak verlichte gang leidde. De deur achter hen zwaaide dicht, en het geluid werd uit de ruimte gezogen. Hij hoorde het verraderlijke geluid van een sluitmechanisme dat de deur van buitenaf dichtsloeg.

Hij probeerde mentale notities te maken voor een bezwering later, maar Ben was duizelig en onstabiel. Hij wist dat hij bloedde, en hij wist dat als dat zo doorging, hij veel grotere problemen zou krijgen.

Het tweede wat hem opviel was dat onder aan de trap Julie en Sarah uit de groep waren weggeplukt en in een heel andere richting de gang in waren gestuurd. Hij, Reggie en de twee soldaten hadden misschien ruzie gemaakt, maar in de staat waarin ze zich bevonden, en het feit dat hun ontvoerders met glimmende zwarte subcompact machinegeweren zwaaiden, betekende dat ze er niets aan konden doen.

Het derde wat Ben opmerkte was dat Julie en Sarah inderdaad door een *gang waren* gestuurd. Pas toen bedacht hij hoe vreemd dit alles was. Ze waren samengedreven in een kleine ruimte onder het ijs van Antarctica, door een moderne metalen deuropening, maar dan in een oud uitziende ruimte die in steen leek te zijn gevormd.

Hij dacht dat hij hallucineerde, want het leek hem vreemd dat er op dit continent bouwwerken waren die groot genoeg waren om een echte, echte hal te herbergen. Toch was dat precies waar hij naar keek. Hij huiverde toen de soldaat - een reusachtige, generieke Rus die niet het fatsoen had gehad zich voor te stellen - aan Bens arm rukte en hem opzij trok, hem naar een andere deuropening stuurde waarvan de metalen deur openstond, die naar een andere ruimte leidde. Hij duwde Ben mee, Reggie en de twee Amerikaanse soldaten vlak achter hem.

De soldaat die Bens arm vasthield, blafte iets in het Russisch tegen een andere, gelijksoortig uitziende man die net in de deuropening op wacht stond. Hij kon niet verstaan welke woorden er werden gewisseld, maar het leek geen enkel effect te hebben op de manier waarop de soldaat met Bens verwonding omging. Hij voelde bloed uit zijn wond sijpelen toen de man hem over de drempel duwde.

De vloer onder hem voelde oneffen aan. Hij keek naar beneden en realiseerde zich opnieuw dat de vloer van steen leek te zijn. De gladde oppervlakken van de rotsen schuurden ruw onder zijn laarzen. Hij kon er maar niet achter komen wat er zo vreemd was aan deze plek - dat iemand hier een gebouw zou neerzetten, of dat ze dat met steen zouden doen. Alsof deze mensen tunnels in het ijs hadden uitgehakt en daarna voor linoleum hadden gekozen. Hij vroeg zich af of die Russische klootzakken een geheime affiniteit hadden met binnenhuisarchitectuur.

Ja, ik moet aan het hallucineren zijn, dacht Ben.

De vier mannelijke leden van de CSO groep werden in de kamer achtergelaten, de bewaker vertrok. De ruimte waarin zij zich bevonden was op dezelfde manier ingericht - stenen vloeren, muren en plafond. Er waren nergens andere insignes of ontwerpen te vinden.

Ben zag al snel dat deze ruimte eigenlijk niet één enkele ruimte was, maar een voorkamer die leidde naar meerdere open ruimtes, elk gescheiden door een smalle, diepe ingezette deuropening. Drie in totaal, één tegen elke muur, de deuropening waar hij zojuist doorheen was geschoven niet meegerekend. Zodra ze alle vier in de hoofdruimte waren, trok de Russische soldaat die Ben duwde zich terug en sloeg de deur dicht.

"Wat krijgen we nou?" schreeuwde Reggie. "Wie zijn jullie in godsnaam? En waar in godsnaam..."

"Hallo," riep een nieuwe stem. Het kwam uit de kamer links van Ben. "Welkom op... de ijsbasis," zei de man. De stem was zwaar geaccentueerd, ook duidelijk Russisch.

Ben draaide zich om naar de deuropening, probeerde zich schrap te zetten voor wat hij zou zien. In plaats van weer een grote, broedende Russische soldaat te zien, zag Ben plotseling een relatief kleine, dunne man met een bril. Hij had een kaalgeschoren hoofd en leek ongeveer even oud als Ben. "IJsbasis?" vroeg Ben.

De man knikte. "Wel, zo noemen we het toch, aangezien niemand van ons de ware naam of het doel kent. Waar komen jullie vandaan?"

Ben wist niet precies wat hij bedoelde, dus bleef hij bij de basis. "Wij zijn Amerikanen. Vliegtuigongeluk. Ze kwamen en grepen ons. Ongeveer twintig in totaal, maar we waren gescheiden van de meesten van hen."

De man fronste maar gaf geen commentaar.

"En waar kom *jij in godsnaam* vandaan?" vroeg Reggie. Ben merkte dat Freddie en zijn soldatenvriend dicht tegen elkaar aan zaten tegen de muur die het dichtst bij de deuropening was waar ze uit waren gekomen. Geen van de jongere mannen had gesproken.

"Wij zijn wetenschappers," antwoordde de man. "Nou, ik en twee van de anderen hier, evenals twee vrouwen die in de vrouwenkamers zijn."

"Ja, wat is daar mis mee?" vroeg Reggie. "We hadden ook twee dames bij ons die *oneerbiedig* uit mijn groep zijn gezet. Ik zou graag eens praten met die klootzakken die dachten dat dat een slimme zet was."

"Ze moeten zeker weten dat jullie geen Amerikaanse soldaten zijn," zei de man, alsof dat alles verklaarde. Freddie trok een wenkbrauw op maar zei niets.

"Dus, wat als we zijn?" vroeg Ben. "Het lijkt een beetje seksistisch om aan te nemen dat alleen mannen soldaten kunnen zijn, toch?"

De man haalde zijn schouders op en bewoog met zijn hand-palmen omhoog. "Ik ben maar een wetenschapper. Maar ze willen zeker weten dat we zijn wie we zeggen dat we zijn."

"We hebben nog niemand verteld wie we zijn," snauwde Reggie. "Ik zou wel willen, maar niemand daar schijnt Engels te spreken."

"Ze zullen komen, en ze zullen alles willen weten. Je kunt ze het beste de waarheid vertellen."

Ben wilde lachen. "En waarom is dat? Laat me raden, het zijn boze Russische soldaten die denken dat Amerikanen hier zijn om hun kleine operatie te bespioneren en verslag uit te brengen aan Uncle Sam?"

Ben kon onmiddellijk aan de blik in de ogen van de man zien dat hij vrij dicht bij de waarheid was gekomen. "Laat me je verze-keren," zei hij, "dat niemand van ons soldaten zijn. Niemand van ons is hier om iemand kwaad te doen."

Hij wierp geen blik op Reggie, Freddie, of de andere man die naast hem stond. Hij probeerde zich de naam van de jongen te herinneren, maar kon zich alleen de naam van de andere jonge soldaat herinneren, degene die hij uit de zijkant van het vliegtuig had zien worden gezogen. *Scott, Scotty, zoiets.* Hij maakte een aantekening dat hij beter zou zijn met namen.

Als op het juiste moment stak de Russische man voor hem zijn hand uit en schudde Bens hand. "Namen Evgeni Volkov," zei de kleinere man. "We zijn hier nu ongeveer drie dagen. Ze geven ons goed te eten, en we zijn grotendeels vrij om rond te lopen. Ik denk dat ze ons zowel proberen te beschermen als uit te zoeken wat we hier doen."

Ben had te veel vragen. Hij wist niet goed waar hij moest

beginnen, dus was hij blij dat Reggie het initiatief nam. "Over een plaats om ons veilig te houden gesproken, het *is* hier lekker warm. Wat is dit voor een plek?"

BEN KEEK NOG EENS ROND. Er zat wat ijs op de muren, maar alleen in spleten die verder naar de grond liepen, op of bij de vloer. Alles daarboven glinsterde en droop van het contact met de hitte. Betekende dat dat ze echt onder de grond zaten? En hoe werd deze plek verwarmd?

"We weten het niet zeker," antwoordde de man op zijn eerdere vraag. "Het lijkt een soort Russische basis te zijn, maar niet een waar ik van gehoord heb."

"Geloof me, *niemand* in de wereld heeft er ooit van gehoord. De VS was absoluut niet op de hoogte van Russische operaties in dit gebied."

De man knikte. "Ja, ja, dat weten we. Mijn team was hierheen gestuurd voor een onderzoeksmissie. We werden opgepikt - niet zachtzinnig, zou ik kunnen toevoegen - door deze Russische solda-ten. Mijn eigen landgenoten. Het lijkt erop dat hun missie heel anders is dan de onze.

"En wat was je missie, precies?" vroeg Ben.

"Onderzoek, dat is het. We waren daar ijskernmonsters aan het nemen toen we iets interessants vonden en stuurden de resultaten terug naar huis. Een dag nadat we naar ons schip voor de kust waren teruggekeerd, werden we door deze jongens opgepikt en hierheen gebracht."

"Terug naar de eerste vraag," zei Reggie. "Waar is *hier*?"

"Dat weten we niet," zei Evgeni schouderophalend. "Het beste wat we kunnen bedenken is dat het ergens op het schiereiland is waar ons schip aangemeerd lag. Niemand van ons is boven geweest om te zien of er herkenbare herkenningspunten in de buurt zijn."

"Dus, dat betekent dat we ondergronds zijn?"

Evgeni knikte. "Ja, het lijkt zo te zijn. En niemand van ons heeft die deur daar zien opengaan, tot jij kwam. Wij geloven dat het een noodsluis is - een uitgang, alleen voor noodgevallen. U zult merken dat de deur twee keer zo dik en geïsoleerd was. Dat is waarschijnlijk hoe ze deze plek warm houden. Diepe geothermische ventilatieopeningen, misschien? We weten het niet zeker."

"Wie zijn *wij*?" vroeg Freddie, terwijl hij naar voren stapte. Hij stak een hand uit, en die omsloot die van Evgeni volledig. "Mijn naam is Freddie, en ik hoor bij deze drie. Dit is Scott Sampson, maar wij noemen hem Gator."

Dat is het, dacht Ben. *Gator*. Men had hem de naam en bijnaam van de man verteld, maar hij kon zich geen van beide herinneren.

Freddie ging verder. "Ik weet niet zeker wat hier aan de hand is, maar ik vind het maar niks dat mijn maten en ik van de aarde zijn geplukt *nadat* ons vliegtuig was neergeschoten, en toen tegen onze wil hierheen moesten komen. Ik hou wel van de warme lucht, dus dat is al een goed begin."

Het leek erop dat Evgeni niet goed wist hoe hij de grote beer van een man en zijn diepe, zuidelijke manier van praten moest opvatten. Hij schoof een beetje op zijn benen en wierp een blik op elk van de vier mannen. Gator grijnsde half, leunde tegen de muur en kauwde op de binnenkant van zijn lip.

"Wel," zei Evgeni. "Leuk jullie te ontmoeten, Freddie en Mr .... Gator. Ik denk er net zo over als jullie dat ik hier tegen jullie wil ben gebracht."

"Je zegt steeds *wij*," zei Freddie. "Zijn er meer van jullie?"

Evgeni knikte. "Mijn team van vier is allemaal hier ergens in deze kamers. Luka is in de eetzaal eten aan het halen, verderop in de gang. De twee vrouwen in mijn groep, Tatiana en Mia, zijn ergens aan de andere kant van de basis. Mijn beste gok is dat jouw twee vrouwen zich bij hen hebben gevoegd in hun kamers en kennis aan het maken zijn.

"Mogen we ze zien?" vroeg Reggie.

"Laat me dat anders zeggen voor mijn vriend hier," zei Ben. "We *gaan* naar ze toe, en we gaan *nu* naar ze toe. Waar zijn ze?"

Evgeni keek geschokt. "Ik - ik weet niet of dat een goed idee is. De Russische soldaten hier moeten iedereen debriefen en ervoor zorgen -"

"Ik heb me niet opgegeven om door een Russische soldaat ondervraagd te worden,' zei Freddie, zijn borstkas uitzettend. "En volgens mijn telling zie ik één broodmager Russisch nerdje en een paar andere Russische sukkels die waarschijnlijk niet veel werk zullen verzetten, als je begrijpt wat ik bedoel."

Ben legde een hand op Freddie's borst. "Geen reden om je druk te maken, vriend," zei Ben. "Laten we dit op het gehoor spelen; kijken hoe de dingen uitpakken. Als iemand hier vindt dat we eerst met een van die Russische knobs moeten praten, dan doen we dat."

Hij wilde die vent geloven; hij wilde erop vertrouwen dat hem de waarheid werd verteld. Dat de Russen hen alleen hier hadden gebracht om er zeker van te zijn dat het geen Amerikaanse spionnen waren.

Maar er waren twee dingen mis met die veronderstelling: ten eerste, vanuit het perspectief van deze Russen, vroeg Ben zich af of ze misschien wel spionnen waren. Hun missie hier was opzettelijk vaag; ze waren hierheen gestuurd om te onderzoeken wat die Russen ook aan het doen waren - om uit te vinden of er sprake was van vals spel, en of ze de grote kanonnen van thuis moesten inschakelen.

Ben had het stiekeme vermoeden dat zoiets voor iedereen op spionage zou lijken.

Het tweede probleem dat hij met zijn veronderstelling had, was dat de reden voor wat ze zojuist hadden meegemaakt, nog steeds niet was opgehelderd. Hij had nog steeds een verwonding, en hij en zijn team waren hier tegen hun wil gebracht, geduwd en heen en weer geslingerd als vee in een slachthuis.

En niemand had nog antwoord gegeven op de *echte* vragen die bij iedereen leefden: waarom was hun vliegtuig in godsnaam uit de lucht geschoten?

En wie had het gedaan?

CHAPTER 25

JULIE

JULIE VOELDE HAAR HARTSLAG STIJGEN ZODRA ZE VAN BEN GESCHEIDEN WAS. Dit was een vreemde plaats, in het meest onherbergzame landschap van de planeet, en hun gastheren waren tot nu toe niet minder vijandig geweest nadat ze van de mannen waren gescheiden. Julie en Dr. Sarah Lindgren waren in een kleine kamer gegooid, gehouwen uit dezelfde steen als de rest van de plaats waar ze doorheen waren gelopen, en ontdekten al snel dat ze niet alleen waren.

Zij hadden zich bij twee andere vrouwen gevoegd, beiden Russisch, die hen hadden begroet met vragende en verwarde uitdrukkingen.

Het duurde niet lang of alle vier de vrouwen stelden zich aan elkaar voor en beseften dat geen van hen een bedreiging voor elkaar vormde. Ze maakten deel uit van een Russisch onderzoeksteam dat ijskernmonsters nam voor verder milieuonderzoek, en Julie begon een klik te krijgen met een vrouw, Tatiana, die haar ook wel aardig leek te vinden.

Ze vertelden elkaar hoe ze hier terecht waren gekomen -

beide Russische vrouwen waren verbijsterd dat de twee nieuwkomers nog geen twee uur eerder een vliegtuigcrash hadden overleefd, maar Julie was meer bezig met wat hun volgende stap zou zijn.

"Dus, je bent vrij om hier rond te lopen? Ook al houden deze soldaten je gegijzeld?" vroeg Julie.

"Oh, nou, zo is het niet," antwoordde de vrouw. "Ze stellen ons vragen om uit te vinden voor wie we echt werken, om te zien of we de Russische regering bespioneren.

"Ja, dat zei je al," zei Sarah. "Maar lijkt dit niet een vreselijke plek om de Russische regering te bespioneren? Wie stuurt er nou spionnen naar Antarctica om Russische politieke strategen te vinden?"

De onderzoeker leek niet te begrijpen waar Sarah het over had. Ze wendde zich tot Julie en richtte zich in haar plaats tot haar. "Eerlijk gezegd ben ik blij dat we hier zijn, waar het tenminste warm en droog is, vergeleken met de boot. De *Rezak* was niet warmer dan het ijs op de expedities, leek het. En het eten hier is ook niet slecht."

"Maar hoe lang blijf je hier?" vroeg Julie. "Ze kunnen ons niet allemaal voor onbepaalde tijd vasthouden."

De vrouw schudde haar hoofd. "Nee, natuurlijk niet. We denken dat ze ons over een dag of wat terugbrengen naar onze boot."

"Hebben ze dat gezegd?"

De twee Russische vrouwen wisselden een blik en schudden toen allebei hun hoofd. "Niet echt..." zei ze. "Maar waar zouden we anders heen moeten? Waarom zouden ze ons hier vasthouden?"

"Dat is precies de vraag waar ik een antwoord op ga vinden," zei Sarah. "Maar eerst denk ik dat we herenigd moeten worden met de rest van de groep. Waarom hebben ze alle mannen meegenomen en gescheiden van de vrouwen?"

"Ze denken dat de mannen soldaten zijn. Amerikaanse of Russische spionnen."

Sarah fronste haar wenkbrauwen. "Kunnen vrouwen geen soldaten zijn?"

Ze haalde haar schouders op. "Ik denk dat ze hier wat traditioneler zijn."

"En als jullie allemaal Russisch zijn, en de soldaten allemaal Russisch, zouden jullie dan niet allemaal aan dezelfde kant moeten staan?"

"Ja - ervan uitgaande dat waar dit allemaal over gaat iets te maken heeft met het bevorderen van het Russische doel. Maar het lijkt vrij duidelijk dat ze geen risico's nemen, om wat voor reden dan ook."

Julie kon de redenen wel raden, maar dat wilde ze niet. Ze eindigden allemaal met dit korte verblijf dat een veel langere en pijnlijkere ervaring werd. Ze keek nog eens om zich heen en besefte voor de honderdste keer dat dit geen eenvoudige humanitaire missie was, en zeker geen vakantie.

Waar ze ook waren, het leek speciaal gebouwd te zijn om mensen veilig binnen te houden, weg van de elementen.

Of mensen veilig binnen houden. Opgesloten, als een bevroren ondergrondse gevangenis.

Ze voelde de kilte en wreef met haar handen over haar bovenarmen. "Deze plek geeft me de kriebels," zei Julie. "Waarom zou uw land zo'n plaats bouwen, vooral helemaal hier? Deze kamers ook - het lijkt alsof ze veel meer mensen hadden verwacht."

Tatiana knikte. "Ja, dat is wat wij ook aannemen. Op dit moment hebben we slechts een handjevol Russische soldaten gezien, misschien vijf of zes, en een paar andere landgenoten die burgerkleding dragen. Meestal komen de soldaten hier, maar we denken dat er ergens een andere ruimte is waar we niet mogen komen, waar de andere mensen zijn."

"Al die 'andere mensen' brachten ons hier," zei Sarah. "Ze hebben ons van het ijs geplukt en hier gebracht."

"Maar er is veel voedsel, en de infrastructuur die we op de basis hebben gezien suggereert dat ze op meer zijn voorbereid."

"En je zei dat we vrij zijn om rond te lopen?"

"Uiteindelijk, ja. Maar ze zullen je eerst wat vragen willen stellen om er zeker van te zijn dat je niet liegt."

Op dat moment ging de deur open. Het was een groot metalen ding, vastgeschroefd in de steen en het ijs eromheen. Het was de enige niet-natuurlijke structuur naast de werklampen die aan het plafond hingen. Julie had er drie gezien op weg hierheen, de massieve dubbele deur die hierheen leidde niet meegerekend.

Een grote Russische man met een litteken in plaats van een glimlach kwam de kamer binnen en bekeek Julie en Sarah van boven tot onder. Julie was bijna onder de indruk van zijn vermogen om hen tegelijkertijd te bekijken en minachting te tonen. "Jullie - kom mee," zei hij, terwijl hij met twee grote, gespierde vingers naar Julie en Sarah bewoog. Hij wuifde met zijn hand naar de deur en de gang erachter, waar Julie de schouder kon zien van een andere, even grote soldaat.

"Ik hoorde dat er eten was," zei Julie. "Is er een kans dat ik een hamburger en frietjes kan krijgen voor we ondervraagd worden?"

De man fronste, begreep het niet of gaf er niet om de verwrongen schelp die hij als gelaatsuitdrukking droeg te vermenselijken. "Nu," zei hij. "Eten later."

Hij stapte de kamer uit en wachtte met zijn tegenhanger

terwijl Julie en Sarah beslisten wat te doen. Julie haalde haar schouders op en keek toen naar Sarah. "Ik denk dat we niet veel keus hebben," zei ze.

"Ik denk dat je gelijk hebt," antwoordde Sarah. "Ik mag die kerels niet, en ik weet niet wat ik van die twee aardige dames moet denken, maar iets zegt me dat we alleen echte antwoorden zullen krijgen als we deze zak vlees volgen. Trouwens, het eten is van het huis als we eerst naar de timeshare-presentatie luisteren."

Julie glimlachte en knikte, en volgde Sarah toen de kamer uit.

"JULLIE ZIJN AMERIKANEN," zei de man. Het was geen vraag.

"*Je hebt* mijn vliegtuig neergeschoten."

"Jullie zijn Amerikanen," herhaalde hij.

"Je schoot mijn -" Reggie lachte. "Weet je wat, klootzak? Ik word hier moe van. Het is een spel - dat is het altijd. Wie heeft je hiertoe aangezet? Heb je iets anders? Misschien Scrabble, Monopoly? Beide zijn grote Amerikaanse klassiekers. Oh, wacht - heb ik mezelf net verraden? Shit, ik denk dat het spel uit is." Hij hief zijn handpalmen naar buiten in schijnovergave. "Nu weet je de waarheid, dat ik een Amerikaan *ben*."

"Jij bent een Amerikaanse spion."

"Kijk, nu heb ik het gevoel dat je niet echt luistert."

"Je bent Amerikaans -"

"Hou op, vleeskop," zei Reggie, terwijl hij zijn handen tegen het blad van de metalen tafel sloeg waarachter hij zat. Hij stond op, maar voelde onmiddellijk twee bankschroefachtige handen op zijn schouders, die hem terug in de stoel duwden. Hij verzette zich niet. Hij klakte met zijn tong en grijnsde. "*Twee* vleeskoppen, is het? Denken jullie dat ik het niet tegen twee van jullie Russische nestpoppen kan opnemen?"

"Je bent Amerikaans -"

"Ga je echt keer op keer dezelfde vraag stellen? Is dat je ondervragingstactiek? Hoop je dat je me, wat - irriteert, en dat ik plotseling zal breken en al mijn diepe, duistere geheimen onthul?" Reggie zuchtte. "Oké, in dat geval zal ik dit voor ons beiden interessant maken. Je stelde dezelfde stomme vraag, en ik zal je elke keer een ander antwoord geven. Elk van hen zal *waarheidsgetrouw* zijn, maar geen van hen zal het antwoord zijn dat je zoekt.

"Je bent Amerikaans -"

"Appeltaart. Favoriete dessert, hands-down. Wacht - cheesecake is waarschijnlijk daarboven, maar ik kan nooit echt - weet je wat, laten we het appeltaart noemen. Dat is het meest Amerikaanse antwoord."

"Jij..."

"Negentien, ik ga al een paar maanden met haar uit, maar het was de middelbare school, weet je? Ik nam haar zelfs mee naar een leuk plekje buiten de stad, zoals mijn opa zou hebben gedaan. Weet je, dat is ook een beetje een Amerikaanse traditie. Hebben jullie zoiets in het moederland?"

"Jij bent..."

"Ex-leger. Scherpschutter. Ranger, eigenlijk. Nooit goed geweest in bevelen opvolgen, maar verdomd goed in mensen van heel veraf in het hoofd schieten." Reggie leunde voorover en sloeg zijn ellebogen op de tafel. Het metalen blad en de poten schudden en rammelden, en stuurden een schokgolf naar de stenen, ijzige vloer.

Beide mannen staarden elkaar een ogenblik aan. Beiden waren getraind voor dit soort gelegenheden, en beiden wilden waarschijnlijk niets liever dan de beleefdheden achterwege laten en beginnen te vechten.

Men kan dromen, dacht Reggie. Hij vroeg zich af wat Ben in de kamer ernaast aan het doen was, of Freddie en Gator in de ruimte die ze net hadden verlaten. Hij en Ben waren uit hun nieuwe vertrekken geplukt en moesten in deze geïmproviseerde verhoorkamers wachten, terwijl de andere twee mannen achterbleven.

Het gaf Reggie niet veel antwoorden, maar het gaf hem genoeg: wat deze plek ook was, het was onderbemand. Ze hadden maar genoeg personeel om twee mannen tegelijk te ondervragen.

Het vertelde Reggie ook dat ze, voorlopig, buiten direct gevaar waren. Als een van deze jongens interesse had om antwoorden uit hem of Ben te krijgen, zouden ze allang een fysieke straf voor insubordinatie hebben toegepast.

Maar zoals het er nu voor stond, was Reggie er niet zo zeker van dat deze methode minder effectief was dan martelen. Hij begon zich nu te ergeren aan de man en wilde hem met zijn vingers de ogen uitsteken.

Hij had dezelfde vraag nu al bijna vijfentwintig keer gesteld. De man kwam daardoor niet over als een erg sterke onderhandelaar.

Dat deed hem denken dat de man die achter hem stond - degene die hem in de stoel had geduwd - de *echte* machthebber in de kamer was. De echte baas.

Reggie draaide in de stoel en draaide zijn hoofd omhoog om deze man aan te kijken. "Heb jij hier de leiding? Je kunt toch niet dommer zijn dan deze man? Ik bedoel, je moet toch meer Engels in je hebben dan alleen 'jullie zijn Amerikanen,' toch?"

De man keek neer op Reggie, zijn ogen onderzochten hem,

toen brak zijn mond in een strakke glimlach. "Heel goed, je hebt gelijk. Maar dat verandert niets aan het feit dat we de waarheid moeten weten. Wie bent u, en waarom bent u hier?"

Geëxperimenteerd, stak Reggie zijn handen weer omhoog. "Ik zat in een vliegtuig en bemoeide me met mijn eigen zaken, toen iemand een gat in de zijkant schoot - en een van mijn teamgenoten eruit zoog - en nu ben ik hier. Waarom vertel *je me niet* waarom ik hier ben?"

"Vliegtuigen vliegen niet zo ver naar het zuiden."

Reggie trok een wenkbrauw op. "Nou, ik heb de overblijfselen van een verder prima vliegtuig daar op het ijs dat die beoordeling zou kunnen betwisten."

"Ik vrees dat je me verkeerd begrepen hebt," zei de reusachtige Russische man. "Vliegtuigen vliegen niet zo ver naar het zuiden."

Reggie stak zijn tong in de binnenkant van zijn wang. *Oké, kerel. Speel de bal op de slimme manier. Vanaf nu worden het raadsels en gelijkenissen.* "Goed," zei Reggie. "Ik dacht dat we wel wat konden gaan bezichtigen."

"En welke bezienswaardigheden heb je gezien?"

Nu haalde Reggie zijn schouders op. "Ik heb niet veel van het landschap gezien voor de eerder genoemde explosie in de lucht."

"Wat hoop je hier te bereiken?"

"Wat hoop *je* hier te bereiken?"

"Ik vertegenwoordig een partij die in geheimhouding geïnteresseerd is."

"Laat me raden: is het de Russische regering? Het is de Russische regering, is het niet?"

De strakke glimlach wankelde niet. "Deze partij heeft reden om aan te nemen dat de Verenigde Staten van Amerika hun neus in de operaties van dit project steken."

"Voor zover *ik* weet, hebben de Verenigde Staten een goede reden om hier op dit ijsblok te zijn. Ik denk echter niet dat *uw* land dat heeft. Dus wie van ons wordt verondersteld hier te zijn?"

Reggie draaide zich om en keek naar de man die tegenover hem zat. "Laat me raden: 'u bent Amerikaan,' toch?" Reggie bulderde van het lachen en vroeg zich af of het de adrenaline was die hem nog steeds in een stroomversnelling bracht, of dat een deel van de alcohol van vier dagen geleden nog niet in zijn systeem was doorgedrongen.

"Over alcohol gesproken,' zei Reggie, 'ik kan nu wel een biertje gebruiken. Hebben jullie hier in de buurt een slijterij? Ik neem zelfs wat wodka als dat alles is wat jullie hebben."

CHAPTER 27

BEN

BEN KEEK NAAR REGGIE. "ONDERVRAGEN ZE JOU OOK?"

Reggie grijnsde. "Als je honderd keer achter elkaar dezelfde vraag stellen een ondervraging kunt noemen, denk ik."

"Heb je ze iets verteld?" vroeg Ben.

"Ja, natuurlijk," antwoordde Reggie. "Ik heb ze alles verteld: we vlogen, toen niet, toen kwamen we hier terecht. Er valt eigenlijk niet veel meer te vertellen."

Ben trok een wenkbrauw op en staarde Reggie bevreemd aan.

"Kom op, broeder. Je weet dat ik niets heb gezegd over geheime CSO zaken van de overheid." Ben knikte en keerde zich terug naar Freddie en Gator. "Hoe zit het met jullie?"

Gator haalde zijn schouders op. "Niets, eigenlijk. Ik denk dat ze jullie geïdentificeerd hebben als de hersens van de operatie en ons als de spierkracht. De enige vraag die ze me stelden was mijn naam."

Reggie lachte. "Wat heb je ze verteld?"

"Ze lijken het idee van bijnamen niet te snappen. Wat dan ook, hun verlies. Het is een lieve bijnaam."

Ben ijsbeerde nog eens door de stenen kamers. Hij en Reggie waren op hetzelfde moment teruggekomen, daarna waren Gator en Freddie ondervraagd en toen naar de cel teruggebracht. De wetenschapper, Evgeni, lag op een veldbed in de kamer links van de hoofdkamer. Ergens terwijl Ben en Reggie weg waren, had hij gezelschap gekregen van zijn teamgenoot, Luka, die lag te slapen op zijn eigen bed in de andere ruimte.

Ben kwam de kamer binnen waar Evgeni lag. "Vroeg me af of ik je even kon afluisteren," zei Ben.

Evgeni knikte, wreef in zijn ogen, en ging op de rand van het bed zitten. "Natuurlijk."

"Nou, aangezien jij en je jongens nog niet geprobeerd hebben om ons te doden, denk ik dat we aan dezelfde kant staan."

"Ik weet niet of we iemand van jullie kunnen doden als we dat zouden willen," zei Evgeni met een knipoog. Hij wachtte tot Ben zou reageren, slikte toen en rechtte zijn rug toen hij dat niet deed. "Natuurlijk, je hebt gelijk. Wij hebben geen enkele reden om iemand van uw team kwaad te doen. Ik neem aan dat het gevoel wederzijds is?"

"Tot nu toe," zei Ben. "Deze handlers van ons - duidelijk Russische soldaten - ze lijken het antwoord te willen weten op slechts één vraag: zijn we Amerikaanse spionnen? Dat zijn we niet, maar ik weet niet of er iets is wat we kunnen doen of zeggen om hen van het tegendeel te overtuigen. Het punt is, dat het spelen van dat spel tweerichtingsverkeer is. Ik zou het moeilijk vinden om te geloven dat deze jongens ons vliegtuig niet hebben neergeschoten."

Evgeni's ogen verwijdden zich, dan vernauwden ze zich. "Ik neem aan dat je gelijk hebt, meneer Bennett. Ze hebben ons tot nu toe geen kwaad gedaan, maar ze lijken te geloven dat iedereen om hen heen een bedreiging is. Als ze de middelen hadden om uw vliegtuig uit de lucht te schieten, geloof ik van ganser harte dat ze die kans zouden hebben gegrepen."

"En denk je dat ze de middelen hebben?" vroeg Ben.

"Wie weet wat er op de oppervlakte van dit station is? We zitten hier al dagen opgesloten, in afwachting van nieuws van de buitenwereld. Voor zover we weten, zijn we gevangenen van de Russische regering en zullen we hier allemaal vergeten worden. Niemand van ons heeft zonlicht gezien, wat erg pijnlijk is voor Antarctische onderzoekers zoals wij."

Ben knikte. "Ja, dat kan ik zien. Hier is de deal, dat wel. Ik heb er geen belang bij om van iemand een gevangene te zijn. Zeker niet van de Russische regering en zeker niet in deze bevroren hel. Ik ga hier weg, en ik neem mijn team met me mee. Ik wil jou en je jongens ook graag meenemen, maar je moet beloven dat je niet aan twee kanten meespeelt."

Evgeni leek bezorgd en verward. "Hoe - hoe zouden we beide kanten van dit spelen?"

Ben schudde zijn hoofd. "Zeg jij het maar, Evgeni. Je lijkt geen soldaat te zijn, maar dat betekent niet dat je ongevaarlijk bent. Jij bent de enige hier die vloeiend Engels *en* Russisch spreekt, dus is het logisch dat jij het meest met ons omgaat."

"Ik kan u verzekeren dat wij er geen belang bij hebben u of uw team iets aan te doen. We zijn net zo verward als u over waarom we hier zijn, en we willen net zo graag ontsnappen."

"Oké," zei Ben. "Het is niet dat we veel keus hebben in beide richtingen. Jou vertrouwen helpt ons allebei op dit moment, dus we laten het daarbij."

Evgeni knikte en krulde toen zijn lip opzij. "Er is wel een vraag: waar gaan we eigenlijk heen als we eruit zijn? We zijn toch in Antarctica? Niemand van ons was gedrogeerd toen we hierheen werden gebracht, dus we weten dat we nog steeds in de buurt zijn van waar we waren toen we werden opgepikt. U heeft hetzelfde gezegd - dat uw vliegtuig een paar kilometer hiervandaan is neergestort, klopt dat?"

Ben knikte. "Ja, zeker weten. We zijn er nog niet, maar we zullen een antwoord hebben. Deze jongens spelen misschien de domme soldaten act, maar domme soldaten hebben slimme commandanten, en slimme commandanten hebben briljante generaals. Als dit allemaal deel uitmaakt van een politiek spel, zit er veel meer onder de oppervlakte - of erboven, in dit geval - dan alleen maar vijf of zes jongens die rondlopen op een sub-Antarctische basis. Ze hebben ergens steun, ook al kunnen we die niet zien. Dat is onze eerste prioriteit: een manier vinden om met de buitenwereld te communiceren of een manier vinden om hier weg te komen en naar een van de andere Amerikaanse of Britse bases in de buurt te gaan."

EVGENI KNIKTE. "JA, JA. DAT IS EEN GOED PLAN. MIJN TEAM ZAL U OP ALLE MOGELIJKE MANIEREN HELPEN."

"En dat brengt me ook tot nog een vraag," zei Ben, in de hoop de kleine man aan de praat te houden. Hij wist dat alle informatie goede informatie was. Als ze het niet onmiddellijk konden gebruiken, konden ze het later misschien wel. "Is er iets dat je ons nu kunt geven? Informatie waarvan u denkt dat die nodig is? Over de bewakers, of voor wie ze uiteindelijk werken? U bent hier al langer dan wij, en u zegt dat het een relatief vrije ruimte is om in rond te lopen. Een soort eetzaal? Hoe zit het met kantoren? Is er ergens een brug of een controletoren?"

Evgeni schudde zijn hoofd. "Helaas, niet veel. De bewakers verblijven allemaal in een van de kamers verderop in de gang. Mijn teamgenoot Luka heeft die eerder al verkend. Het is net als deze. Er zit weer een stalen deur vastgeschroefd aan het kozijn, net als in elke andere ruimte. We zijn in al deze kamers geweest, behalve in de kamer van de bewakers, maar die zien we meerdere keren per dag binnenkomen en weggaan, dus dat is onze beste gok over wat er achter die deur is. Ze praten niet veel met ons, meestal om bevelen te geven of ons te zeggen terug te gaan naar onze kamers. Ik hoorde twee van hen tegen elkaar fluisteren over iets dat 'Gorod' heet, maar het klonk alsof ze gewoon over onbelangrijke zaken aan het discussiëren waren.

Ben maakte mentale notities, in de hoop ze later te kunnen vergelijken met Reggie en de anderen. Voorlopig wilde hij Evgeni aan de praat houden, om ofwel de man een misstap te horen begaan of om hem Ben meer informatie te horen geven die hij kon proberen samen te voegen met de andere stukjes van de puzzel.

"En het is geen eetzaal, gewoon een kamer als deze, maar groter."

"Waar komt het eten vandaan?" vroeg Ben.

"De bewakers hebben een keuken in hun ruimte; we zien twee van hen die meerdere keren per dag uitvoeren."

Ben fronste zijn wenkbrauwen. "Dat lijkt me niet waarschijnlijk, Evgeni. Slapen en koken ze in de kamer die niet groter hoort te zijn dan deze? En waar bewaren ze al dat voedsel? Wat dat betreft, waar komt het allemaal vandaan? Hebben we het over niet-bederfelijke waar, zoals ingeblikt voedsel en chips?"

"Nee, helemaal niet. Het eten is behoorlijk, duidelijk bevroren en ontdooid voor het koken. Ze hebben drinkwater aangeboden, ook cola, en ik heb zelfs een van de Russische soldaten gezien met een blikje bier."

"Ik begrijp het. En je hebt maar vijf of zes bewakers gezien?"

En weer knikte hij. "Ja, er zijn er twee of drie in dienst, terwijl er nog twee of drie in de wachterskamers zijn. Ze hebben een rotatie, maar we hebben niet goed genoeg opgelet om het ritme en de timing te begrijpen."

"Dat is niet erg. Onze jongens kunnen dat vrij snel uitzoeken. Hoogstwaarschijnlijk, gewoon een standaard bewakingsoperatie."

"We hebben twee namen van de bewakers gehoord, maar ze praten zelden met elkaar als ze dienst hebben, en ook niet met ons. We nemen aan dat het is om de list op te houden en te voorkomen dat we ons hier op ons gemak voelen."

"Nou, ze voeden je en blijven uit je buurt, voor het grootste deel, toch?"

"Ja, dat zijn ze. Maar dat is hetzelfde als zeggen dat we vrij mogen rondlopen in een klein flatgebouw of appartement, maar nooit een voet buiten de deur mogen zetten."

"Ja, dat begrijp ik volkomen."

"En, wat doen we nu?" vroeg Evgeni. "Ik kan je voorstellen aan de vrouwelijke tegenhangers van onze bemanning, en ik zou ook graag de jouwe ontmoeten. We kennen de kamer waar ze zitten, en ik weet zeker dat ze het allemaal goed met elkaar kunnen vinden. Zullen we daarna iets gaan eten en je plannen bespreken om hier weg te komen?"

Ben keek nog één keer om zich heen. De stenen muur leek op een keienpad; de gladde rotsen bevroren op hun plaats door de temperatuur van het ijs erachter. Het was een merkwaardig vreemde keuze als bouwmateriaal, vooral hier. Ben wist dat Antarctica een echt continent was, met echte aarde en aarde onder de ijsmassa's. Waren ze zo diep in de aardkorst gebracht? Zaten ze onder de hele ijsplaat, en was deze faciliteit opgetrokken uit stenen die er normaal verborgen onder lagen?

Als dat waar was, zou het een enorme onderneming zijn geweest. Hij kon een dozijn betere manieren bedenken om zo'n klus te klaren, en hij was niet eens een architect.

Nee, waar hij naar keek was iets meer. Het klopte niet - niets van dit alles klopte. Waarom hun vliegtuig uit de lucht was geschoten, waarom ze allemaal waren meegenomen en onmiddellijk ondervraagd, en waarom dit team van Russische onderzoekers ook nog eens in onmin leek te verkeren met de Russen zelf.

"Eten is altijd welkom," zei Ben, eindelijk ingaand op Evgeni's vraag. "En we kunnen het later over plannen hebben." *Nadat ik er een heb bedacht,* dacht hij. "Maar eerst denk ik dat onze teams moeten samenkomen en beginnen te praten over de echte vraag die aan me knaagt."

"En welke vraag is dat, Mr. Bennett?"

"Alsjeblieft, noem me Ben. En de vraag is simpel: wat voor onderzoek deden jullie allemaal hier beneden? En wat hebben jullie gevonden waardoor de Russen uit hun dak gingen en jullie in deze stenen gevangenis gooiden?"

DE WANDELING NAAR DE RUIMTE DIE ZE DE EETZAAL NOEMDEN WAS NET ZO KORT ALS EVGENI BELOOFD HAD. Ze vonden Julie en de rest van de vrouwen al zittend achter de twee tafels binnen. Ben haastte zich naar Julie toe en omhelsde haar. Hij negeerde de pijn in zijn zij tot ze er in begon te porren en te vragen of hij in orde was en meer verband nodig had.

Hij wuifde haar weg en bekeek de schamele uitstalling van voedsel op tafel. Een bord hotdogs en een kom aardappelpuree stonden ineengedoken aan de ene kant van de eettafel, naast een gele pasta in een pot waarvan hij moest aannemen dat het mosterd was. Aan de andere kant stonden plastic borden en vorken, en daartussen in het midden van de tafel stond een piramide van frisdrank en water.

"Ze bouwden een kleine piramide," zei Evgeni, lachend. "Ze hebben nooit een piramide voor ons gebouwd."

Reggie haalde zijn schouders op. "Ik denk dat we VIP's zijn. Misschien krijgen we zelfs een kamer upgrade. Luxe-klasse in plaats van stenen vloeren."

Julie volgde Ben naar de eettafel, en hij begon twee hotdogs op kamertemperatuur uit te kiezen en op zijn bord te leggen. Er waren geen broodjes, geen servetten, en behalve de gele pasta, niets om op de hotdog te doen. Normaal at hij zijn hotdogs met ketchup, mosterd en relish, en vaak smeerde hij zelfs wat mayo tussen het gespleten broodje, maar vandaag zou hij zich moeten aanpassen. Voedsel was brandstof, en hij had brandstof nodig.

"Gaat alles goed?" vroeg Julie. Haar stem was laag, ongetwijfeld om buiten gehoorsafstand van de anderen te blijven voor het geval Ben haar op iets belangrijks wilde wijzen.

Ben knikte. "Zo goed als het maar kan, gevangen gehouden worden in een ondergronds stenen gebouw door cryptische Russen nadat je vliegtuig uit de lucht is geschoten," antwoordde hij.

"Denk je dat zij degenen zijn die het gedaan hebben?"

"Ik wel, maar het lijkt een beetje vergezocht dat ze alleen werkten. Een handjevol kerels? Het lijkt me niet waarschijnlijk dat ze een ultramodern raketafweersysteem boven geparkeerd hebben staan. Wat het ook was, het vereist serieuze technologie, en ik heb hier nog niets gezien."

"Een vrouw in onze kamer zei dat er een bewakersruimte is. Misschien is daar iets?"

"Ja, ik heb het ook gehoord. Maar ik ben er niet van overtuigd dat het de kamers van de bewakers zijn. Blijkbaar komt al het eten daar vandaan. Het lijkt erop dat er meer is dan alleen deze kleine stenen kamers, en ik durf mijn leven te verwedden dat het geheim achter die deuren zit."

Julie knikte. "Oh ja, zonder twijfel. Er is hier nog iets, maar ze houden ons op afstand tot ze precies weten wie we zijn."

"Heb je het hen verteld?"

"Zelfs onze namen niet," zei Julie. "Ze vroegen er niet naar, vreemd genoeg. Ze vroegen alleen of jullie spionnen waren en zeiden dat we moesten bewijzen dat jullie dat niet waren. We zeiden allemaal dat we hier waren voor onderzoek, hoewel ik er vrij zeker van ben dat dat verhaal niet opging." Ze lachte. "Ik zei dat ik hier was om pinguïns te bestuderen."

Ben rolde met zijn ogen. "Echt? Pinguïns?"

"Wat? Ze hebben me overvallen! Hoe kon ik weten dat we een dekmantel moesten hebben? Dat had in de instructie van de generaal moeten staan, vind je niet?"

"Ik denk veel dingen, maar ik probeer het niet te doen. Hoe dan ook, wat heeft Sarah hem verteld?"

"Je kent haar - ze is te slim voor haar eigen bestwil. Ze zei dat we hier waren om ijskernmonsters te nemen, wat vrij normaal is in Antarctica.

"Het is een soort minigolf in het zuiden," zei Ben. "Ze hebben hier niet veel bioscopen, vermoed ik, dus het nemen van ijskernmonsters moet iets zijn om in het weekend te doen."

Julie grinnikte. Ze liepen erheen en vonden een stoel aan een van de klaptafels, waar Reggie en Sarah en de twee Amerikaanse soldaten al zaten. Evgeni's groep was weer samengesmolten en zat aan hun eigen tafel.

"Je hebt ze verteld waar we naar zouden boren, toch?" vroeg Julie, terwijl ze zich tot Sarah richtte.

Dr. Lindgren knikte en glimlachte. "Ik zei net dat we historische weerpatronen meten."

"Ja, dat is bijna algemeen genoeg om geloofwaardig te zijn," zei Reggie. "Het probleem is dat we misschien aan de details moeten werken. Evgeni's onderzoeksteam is hier ook voor ijskernmonsters."

"Ja, dat hebben we gehoord," zei Julie. "Hebben ze gezegd waar ze specifiek naar zochten?"

Ben haalde zijn schouders op. "Evgeni begon me wat te vertellen op weg hierheen, maar ik zei hem dat we er samen over moesten praten."

Ben riep zijn naam en verzocht hem om bij hun gesprek te komen. Evgeni draaide zijn stoel om terwijl de anderen aan zijn tafel toekeken. Ze waren allemaal aan elkaar voorgesteld, maar Evgeni was de enige die het woord nam.

Op dat moment ging de metalen deur een stukje verder open, en een van de Russische bewakers stapte naar binnen. Hij knikte kort, liep naar het dienblad met hotdogs en schoof een stuk vlees door zijn keel. Hij slikte, knikte toen nogmaals en liep naar de deuropening om er naast te gaan staan. Hij zei geen woord, en na een minuut begreep Ben dat hij hier alleen was om naar hun gesprek te luisteren.

"Evgeni, je vertelde ons wat je bestudeerde. Mijn team zou ook graag de details horen."

"Natuurlijk," zei hij. Hij wierp een duim over zijn schouder. "We hebben het deze jongens al verteld, dus niets van dit alles zal nieuwe informatie zijn voor de soldaten."

Ben verhief zijn stem iets, zodat de Russische soldaat bij de deur het kon horen. "Het zou alleen maar helpen bewijzen dat niemand van ons hier is om Russische geheimen te stelen. Hij wist niet eens of deze man Engels verstond, maar het was het proberen waard.

Evgeni knikte en begon met zijn uitleg. "We zijn hier gebracht als deel van het grondpersoneel voor een schip genaamd de *Rezak*, dat een onderzoeksschip is met als basis Vostok Station. We hoopten naar deze plaats te komen om naar boorkernen te boren die ons iets kunnen vertellen over hoe de aarde er duizenden jaren geleden uitzag."

"Je bedoelt het weer?" vroeg Sarah.

"Ja, maar ook meer. De weerpatronen, vastgevroren onder het ijsoppervlak, kunnen ons zoveel vertellen over hoe de *planeet* er in het verleden uitzag."

"Is er iets in het bijzonder dat je hoopte te vinden?" vroeg Julie.

"Nee," zei Evgeni. "We waren hier alleen om de monsters te halen en terug te keren naar de *Rezak*, waar ze zouden worden bestudeerd onder betere laboratoriumomstandigheden."

"Ik begrijp het," zei Ben. "Heb je enig idee waarom die Russische rakkers jullie hebben opgepakt? Het lijkt erop dat ze geen moeite met jullie hadden moeten doen, vooral omdat jullie allemaal Russische burgers zijn, tenzij jullie iets heel interessants hebben gevonden."

Ben voelde onmiddellijk een verschuiving van de spanning in de kamer. Ogen keken elkaar aan; een paar Russische stemmen fluisterden. Evgeni beet op zijn lip, wierp een blik op de bewaker, dan weer op Ben en de anderen. Tenslotte liet hij zijn kin zakken en stelde een vraag.

"Ben, wat weten jullie allemaal over de Minoïsche beschaving?

EVGENI KEEK DE KAMER ROND. Hij voelde de kilte, de roes van opwinding en dopamine toen de onthulling van hun project opnieuw ter sprake kwam. Hij en zijn team hadden nu al vier dagen met de waarheid ervan gezeten.

Ze hadden geen gevoel van opwinding of intrige gekregen van de Russische soldaten toen ze het hen hadden uitgelegd. De soldaten leken totaal ongeïnteresseerd, nog steeds werkend in de veronderstelling dat Evgeni's hele team leugenaars waren, die probeerden Rusland voor de gek te houden.

Maar nu, met een letterlijk geboeid publiek - een publiek dat misschien ook iets van de betekenis en de impact van deze ontdekking begrijpt - voelde Evgeni zich weer als een kind.

Het was allemaal zo spannend, het was allemaal te veel. Hij had het hen onmiddellijk willen vertellen, vanaf het moment dat ze de basis werden binnengebracht. Maar hij wist niet wie ze waren, en hij wist niet waarom ze hier waren. Hoe graag ze hem ook wilden uittesten om er zeker van te zijn dat ze geen leugenaars waren, zijn team wilde hetzelfde met hen doen. Zoals Ben had gezegd, vertrouwen is een tweerichtingsverkeer.

Dit gesprek zou een test van dat vertrouwen zijn. Als deze Amerikaanse groep negatief of positief op deze openbaring zou reageren, zou dat betekenen dat zij hoogstwaarschijnlijk zijn wie zij zeggen dat zij zijn. Maar als ze tegenstribbelden, of helemaal niet geïnteresseerd leken, betekende dat maar één ding: ze wisten er al van, en ze waren hier onder een of ander voorwendsel.

"De Minoërs waren een van de vroege Griekse volkeren, toch?" vroeg Julie.

"Niet Grieks, maar zeker een van hun voorgangers," zei Sarah. Ze stak een hand uit en schudde Evgeni's hand. "Ik weet dat we elkaar eerder hebben ontmoet, maar ik was niet in staat om je volledig voor te stellen. Dr. Sarah Lindgren, antropologe."

Evgeni's ogen verwijdden zich. "Antropoloog? Dat is... opmerkelijk. Hoe vindt een antropologe haar weg naar een plaats als Antarctica?"

"Dat is zeker een beetje ironie," zei ze, terwijl ze haar ogen op de bewaker bij de deur richtte. Evgeni keek naar zijn gezicht, maar zag geen teken van herkenning of erkenning. "Ik hoor bij deze jongens," zei ze, terwijl ze haar gedachte op de meest abrupte en onopvallende manier afrondde.

"Nou, misschien kunt *u ons* in dat geval helpen. Wij zijn onderzoekswetenschappers die hier weergegevens moeten verzamelen, dus met iemand als u zal het alleen maar sneller gaan."

"Ik zal doen wat ik kan," zei Sarah glimlachend. "Maar ja, ik ben bekend met de Minoërs. Zij waren een Kretenzische beschaving, een van de vroegste in dat gebied. Opmerkelijk geavanceerd, ook. Zeker voor hun tijd."

Reggie sprong in. "We realiseerden ons een tijdje geleden dat de mensen in dat gebied waarschijnlijk *veel* geavanceerder waren dan we ooit dachten, vooral met de technologieën die ze gebruikten."

Evgeni merkte dat Ben een blik op Reggie wierp. De anderen schenen het niet op te merken, maar Reggie ging niet verder op deze gedachtengang.

"Wel," zei Evgeni. "We hebben geprobeerd meer onderzoek te doen naar het Minoïsche volk, maar dat is hier echt niet te doen. We weten dat ze zeker opmerkelijk waren, en ze waren zeker hun tijd ver vooruit. Zo denken we nu bijvoorbeeld dat hun taal geen exclusiviteit was - een taal die alleen door hen was gecreëerd - maar een taal die was overgenomen van een nog vroeger taalsysteem."

Sarah fronste haar wenkbrauwen. "Dat is interessant. Ik dacht dat het Minoïsche schriftsysteem dat we nu kennen exclusief voor hen was? Er zijn enkele talen op gebaseerd, maar voor zover we weten is de oorspronkelijke taal in wezen in een vacuüm ontstaan."

"Natuurlijk," zei Evgeni. "En dat weten we alleen door de weinige overgebleven artefacten uit die tijd die we hebben gevonden. Wij denken - althans, het is onze werkhypothese - dat steen en brons latere ontwikkelingen waren. Dat de Minoërs een hoogte en een hoogtepunt bereikten die hun latere prestaties ver overschaduwden, en dat het meeste van dat werk werd gedaan met organische materialen. Hout, steen, enzovoort."

"Dat is een interessante theorie," zei Sarah. Evgeni kon het ongeloof in haar stem horen. "Ik ben zeker geen expert in de Minoïsche beschaving in het bijzonder," vervolgde ze, "maar om zo'n bewering te kunnen doen, moet ze ondersteund worden door een of andere ontdekking die op zijn minst de onderliggende premisse bevestigt."

Evgeni kon de vraag achter haar woorden horen, en hij knikte voordat ze de zin had afgemaakt. "Natuurlijk, natuurlijk." Hij wendde zich tot de vrouw die Tatiana heette, die haar keel schraapte en toen het woord nam.

"Toen we in een vallei voor de kust trokken," zei ze, "zagen we iets heel opmerkelijks: een enorm stuk ijs dat was afgeschoven en een litteken had achtergelaten, waardoor de oorspronkelijke contouren van de vallei zichtbaar werden. Bovendien onthulde het een deel van de echte steen onder het ijs."

"Wow," zei Julie. "Dat is absoluut verbazingwekkend. Ik denk niet dat we dat ooit gezien hebben, of wel?"

De vrouw schudde haar hoofd. "Niet dat ik weet, nee. Niet op zo'n lage hoogte. Dit kan te maken hebben met veranderende klimaten over de hele wereld, maar toch, het is gebeurd. We konden de oorspronkelijke vallei zien - althans de algemene vorm ervan - verborgen onder wat slechts een ondiepe laag ijs was."

Evgeni keek naar Bens gezicht toen de wenkbrauw van de man omhoog ging. Hij was intelligent, een man met gezond verstand. Evgeni mocht hem nu al. Hij was misschien geen wetenschapper, maar hij was ook geen idioot.

"Je hebt ook iets anders gevonden, is het niet?" vroeg Ben. "Onder al dat ijs, was iets verborgen dat jullie vonden."

"En het zou al heel lang verborgen moeten zijn," zei Sarah. "Wat is dat veel ijs? Het moet, wat - duizend? Tweeduizend jaar oud?"

Evgeni's glimlach groeide. "Nee, je vergist je. Het ijs in deze streek, althans op de diepte die van de steen werd weggescheurd - was meer dan vierduizend jaar oud."

Dr. Lindgren en de anderen schoven op hun stoelen en keken elkaar aan.

Tatiana ging verder. "We weten dit niet alleen door de monsters die we konden verkrijgen uit een nabijgelegen ongestoord stuk ijs, maar door precies wat u zei, meneer Bennett. We *hebben* iets in het ijs gevonden."

Evgeni voelde de intensiteit van de zaal weer toenemen. Iedereen leunde een beetje voorover, Evgeni in zijn stoel tegenover de andere tafel en de anderen van zijn team en Ben's team leunden over hun eigen tafels. Iedereen hing af van haar volgende woorden.

"We vroegen je wat je wist over de Minoërs omdat we een artefact van dezelfde beschaving vonden."

"Dat is - dat is onmogelijk," zei Sarah. "Dat *moet wel*. Om een *Minoïsch* artefact te vinden, zelfs als het van steen was en al die tijd en druk kon weerstaan, zou het van hun eiland hierheen gebracht moeten zijn. Dat is - ik weet niet eens hoe ver - maar dat is een te grote afstand. Hun boten zouden nooit zo'n verre reis gemaakt hebben."

"We kunnen u verzekeren dat hun boten hier prima zouden kunnen komen. We weten niet zeker hoe, maar het is mogelijk, want dat is precies wat we vonden. Een boot."

Ben liet een zuchtje lucht uit zijn wangen ontsnappen. "Echt? Meen je dat? Een boot? Zoals, een hele... boot?"

"Inderdaad, ja," zei Evgeni. "Een boot die heel zeewaardig leek, zelfs na duizenden jaren onder het ijs te hebben gelegen. We hebben een monster kunnen nemen van het blootgelegde hout, en we kunnen de leeftijd bevestigen. Dit is wat we mee terug namen naar de Rezak voor verder onderzoek voordat we hier werden gebracht.

"We zijn echter geen experts. Het lijkt niet waarschijnlijk dat iemand zo lang geleden zo ver heeft kunnen varen, maar gezien de stijl van het schip en de ouderdom rest ons geen beter alternatief dan dat: wij geloven dat dit een Minoïsch schip is."

CHAPTER 31

BEN

BEN KEEK NAAR DE ANDERE LEDEN VAN HET CSO TEAM. Er waren tekenen van verwarring, intrige en ongeloof, maar hij dacht ook iets anders te bespeuren: hoop. Als deze Russische wetenschappers de waarheid spraken - dat er werkelijk een oud artefact begraven lag onder het ijs ergens in de buurt - zou dat kunnen betekenen dat dit alles niets meer dan een misverstand was.

Misschien waren de Russische soldaten hier om de schat te bewaken, om hem veilig te houden terwijl hun land een specifiek onderzoeksteam stuurde om hem te bestuderen.

Maar toen Ben de ogen sloot met de Russische soldaat die de kamer was binnengekomen en wacht hield bij de deuropening, voelde hij dat hij de waarheid al kende.

Deze jongens waren hier om het CSO team en de Russische wetenschappers weg te houden van iets anders. Misschien was het de Minoïsche boot die de Russen beweerden te hebben gevonden, maar er was geen twijfel mogelijk dat ze van plan waren hen opgesloten te houden in dit subantarctische station.

Ze waren serieus over veiligheid, om wat voor reden dan ook. Ben had het gevoel dat ze niet ongecontroleerd door de ruimte zouden kunnen wandelen, dat de Russische soldaten elke beweging van hen in de gaten zouden houden.

Ben keek weg en zag Evgeni naar hem staren.

"Is het waar?" Vroeg Ben. "Een *Minoïsch* schip?"

Evgeni knikte opgewonden. "Inderdaad, Ben. We zagen het met onze eigen ogen. Opgesloten in het ijs."

"Waar?"

"We werden van ons schip, de *Rezak*, opgepikt en hierheen gebracht. We weten niet precies waar 'hier' is, dus ik weet niet waar het schip nu is."

"Ik begrijp het. Maar er is meer op deze basis - deze kamers en de enkele gang, het is slechts een stuk van een grotere faciliteit."

"Je bedoelt door de kamers van de bewakers?"

Ben knikte en verlaagde toen zijn stem. "Het moet wel. Het eten komt daar vandaan, de bewakers komen daar vandaan, en jij bent daar nog nooit binnen geweest. Als er hier iets te vinden is, dan is het via daar."

Ben zag Reggie rustig praten met Freddie aan het andere eind van de tafel. Ze fluisterden, maar keken steeds op naar de bewaker. *Ze hebben vast hetzelfde idee als ik,* dacht Ben.

Evgeni leek verontrust. "Wat denk je te gaan doen, Ben?" vroeg hij. "Deze soldaten zijn niet aan het rotzooien, en ik durf te wedden dat ze -"

"Ze zullen ons doden," zei Ben. "Daar twijfel ik niet aan. *Iemand* heeft ons vliegtuig uit de lucht geschoten, en dit is niet bepaald een dichtbevolkte plaats. Mijn geld staat op die klootzakken."

"Dus waarom hun veren verstoren? Als ze geloven dat we hier geen geheimen komen stelen, laten ze ons misschien gaan."

"Naar waar?" Vroeg Ben. "Nee, ze wachten op orders van het leger van uw land. Ze willen ons doden en daarmee klaar zijn, of - als ze denken dat we ergens over liegen - ons martelen."

Evgeni gulpte. "Waarom - waarom zouden ze dat denken?"

Ben reageerde niet, maar Julie verlegde het gesprek. "Ben heeft gelijk," zei ze. "Iets moet de status quo veranderen voor het te laat is. Er is weinig kans dat ze ons hier levend uit laten komen, dus moeten we ervoor zorgen dat dat gebeurt. Als er meer antwoorden zijn in de kamer van de bewakers, dan moeten we daarheen."

Evgeni knikte en sprak toen met een wetenschapper in het Russisch, waarbij hij zijn stem laag hield zodat de bewaker hem niet kon horen. Toen hij zich weer tot Ben wendde, kon Ben zien dat de man opgewonden was, met een lichte twinkeling in zijn ogen.

"Er is een manier, misschien," zei Evgeni. "Deze deuren, heb je gemerkt, zijn allemaal van buitenaf gesloten."

Ben knikte. "Dat heb ik gemerkt." Het was de zoveelste reden waarom hij geloofde dat die Russische soldaten hier waren om hen te houden waar ze hen wilden hebben - de façade van vrijheid terwijl ze zich door de ruimte bewogen was slechts dat: een façade.

"Nou, we kennen ook hun schema's. Twee van hen eten tegelijk, nadat wij hebben gegeten. De tweede bewaker voegt zich hier bij de eerste, en dan zitten ze beiden en eten samen. Er zijn meestal twee anderen in hun kamers gedurende deze tijd."

"Oké," zei Reggie, die plotseling over de tafel links van Ben leunde. "Dat is geweldig. Dat zou kunnen werken. Freddie, Ben en ik kunnen de kamer van de bewakers binnenvallen, terwijl Sarah en Julie de andere twee hier kunnen opsluiten."

Evgeni knikte opgewonden, maar Ben zag dat de andere Russische wetenschappers zijn enthousiasme niet leken te delen. Ze waren in zekere zin een wild card - de taalbarrière niettegenstaande. Geen van hen was soldaat, en als hij moest raden, veronderstelde hij dat geen van hen er bijzonder in geïnteresseerd was om hun ontvoerders kwaad te maken.

"Geweldig," zei Ben. "Laten we een plan maken, maar laten we het in onze kamer doen. We hoeven niets te zeggen en die bewaker hoeft de verrassing niet te verpesten."

Ze stemden toe, aten één voor één hun eten op en gingen terug naar hun cel. Ben wachtte met Julie tot iedereen weg was. Nadat Reggie en Freddie waren vertrokken, verliet de Russische soldaat de kamer, en Ben zag hem door de gang lopen en aan het eind linksaf slaan, terug naar de kamer van de bewakers.

Hij verschoof in de stoel, de wond in zijn zij deed plotseling pijn. Hij moest langzaam opstaan, om zich uit te rekken en zich aan te passen zonder de scheur te heropenen. Hij gromde en drukte een hand over de bovenkant van het verband onder zijn hemd.

Hij wendde zich tot Julie. "Iets aan dit is... vreemd."

Julie glimlachte en trok een wenkbrauw op. "Bedoel je hoe we door een *raket uit de* lucht werden geschoten op een continent dat wettelijk door een verdrag is gebonden om geen militaire aanwezigheid te hebben?"

"Ja," zei Ben. "En hoe we nu worden ondervraagd en 24/7 in de gaten worden gehouden door Russische soldaten."

"Het klopt niet."

Hij haalde zijn schouders op. "Niet als het deel na het gelijkheidsteken 'onschuldig onderzoek' is. Maar als de vergelijking resulteert in 'top-secret Russisch project waard om voor te doden', dan denk ik dat het prima klopt."

Ze knikte. "Denk je dat het slim is om vanavond hun kamer binnen te vallen? Om ze voor te zijn? Ze moeten weten dat we iets zullen proberen, en ze zijn gewapend, Ben."

Hij keek naar haar. "Een generaal van het Amerikaanse leger vroeg ons hier te komen. Hij stuurde zijn neefje, getraind door de speciale strijdkrachten, mee voor de rit. Hij *moest* weten dat dit niet zomaar een rondreis was, en dat betekent *dat wij* dat ook moesten weten."

"Maar vier gewapende soldaten, allemaal even goed getraind."

"Wat, hou je niet van de kansen?"

"Is dat zo?"

Ben grinnikte. "Nee, ik denk zeker niet dat ze in ons voordeel zijn. En dat is een deel van de reden waarom ik weet dat het het juiste is om te doen. Het lijkt erop dat de CSO een manier heeft om zichzelf in de nesten te werken.

CHAPTER 32

BEN

SHOWTIME. Ben rolde van het bed in de hoek van zijn stenen kamer en zocht naar Reggie. Ze hadden een uur eerder gegeten, en Ben had besloten om wat te rusten voor hun komende tentoonstelling tegen de Russische bewakers.

Hij zag dat Reggie en Freddie al bij de deur stonden, de gang in de gaten houdend en met Evgeni kletsend. Toen Reggie Ben opmerkte, liep hij erheen.

"Goedemorgen, slaapkop. Ik dacht dat je een dutje ging doen tijdens onze kleine excursie."

"Ik zou het voor geen goud willen missen," zei Ben. Hij trok zich op, maar het ging te snel. Hij kreunde van de pijn, zijn zij spleet door een stroomstoot.

"Rustig aan, grote jongen. Het is niet nodig om de wond nog meer open te breken dan hij al is. Misschien moet je gewoon...

"Maak die zin niet eens af," zei Ben. "Ik moet gewoon even gaan staan en het een beetje losmaken. Het komt wel goed."

"Mooi, want ik ben het zat om jou over de eindstreep te dragen," zei Reggie met een grijns. "Het plan is om over vijf minuten te vertrekken. We wachten op de dames tot de deur van de eetzaal dicht is, dan gaan we naar de kamer van de bewakers. Hopelijk twee aan twee, zodat we ons zoveel mogelijk in de gang kunnen verspreiden en ze twee tegen een kunnen pakken."

Ben knikte mee. Het was een goed plan, maar hij vroeg zich af hoe het mis zou gaan. *Geen plan overleeft het eerste contact met de vijand.*

Hij hoopte dat Julie en Sarah klaar waren, maar hij wist dat zij de gemakkelijke rol hadden - een deur sluiten en vergrendelen zou geen probleem mogen zijn.

Als op het juiste moment zag hij de twee vrouwen aan het andere eind van de gang verschijnen, op weg naar de open deur van de messroom. Hij knikte een keer toen ze op hem neerkeken, en hij zag twee andere Russische vrouwen om de hoek naar buiten gluren.

Hopelijk gaan ze hier slim mee om, dacht hij. Hij wilde niet dat de Russische wetenschappers zich ermee zouden bemoeien of in de weg zouden lopen, en hij wilde zeker niet dat ze onbedoeld de missie in de war zouden sturen door iemand af te leiden.

Hij keek toe hoe Julie aan de kant ging staan toen Sarah door de deur liep. Hij kon niet naar binnen kijken, kon niet zien of er, zoals Evgeni beloofd had, twee bewakers aan het eten waren. Maar de instructies waren duidelijk geweest: als er inderdaad twee Russen binnen waren, was de missie geslaagd. Anders zou Sarah een stuk toast of zoiets nemen en dan teruggaan naar de kamer.

Zijn vraag werd een seconde later beantwoord. Sarah liep snel achteruit en sloeg de deur dicht. Ben hoorde een schreeuw vanuit de eetzaal, maar Julie stond al voor de deur, rolde het nachtslot dicht en sloot de mannen binnen op.

Rustig, dacht Ben. *Niets aan.*

Misschien te gemakkelijk.

"Ga!" Zei Reggie. Hij en Freddie liepen door de gang, naar de kamer van de bewakers.

Ben volgde hem met Gator aan zijn zijde. Hij had nauwelijks een woord tegen de man gesproken, maar er was een kalm, uitdagend zelfvertrouwen over de man dat Ben leuk vond. Bovendien was de man bijna net zo lang als Freddie en had hij de biceps van een grizzly. Hij zou de jongen kunnen koppelen aan alle Russische soldaten die hij tot nu toe had gezien.

Reggie en Freddie bereikten de deuropening net toen een van de Russen naar buiten kwam. Freddie reageerde snel en ving de bewaker met een vuist onder de kin. Hij viel opzij, en Reggie ving hem op en trok hem mee naar de vloer van de gang.

Een andere man, die Ben nog niet eerder had gezien, verscheen aan de deur, met grote ogen. Hij hiield een scheermes vast en had scheerschuim op de helft van zijn gezicht.

Ben rende op de man af net toen hij een hand in een vuist liet vallen en het scheermes voor zich hield, zich klaarmakend voor een gevecht. Toen Ben op hem af stormde, haalde de Rus uit met het scheermes in een sierlijke, bliksemsnelle beweging.

Het scheermes sneed een klein stukje van Ben's onderarm af. *Geweldig*, dacht Ben. *Dood door duizend sneden.*

Maar Gator stopte niet met bewegen, zelfs niet toen hij de soldaat had geraakt. Er was een grom toen duizend pond menselijke spieren tegen elkaar botsten, en de twee verdwenen gewoon.

Ben herstelde zich en sprong door de deuropening om de mannen verstrengeld in een hoopje op de vloer te vinden. Het gevecht duurde niet lang, en Gator eindigde schrijlings op de zij van de man, een vuist opheffend.

Hij stompte de Rus één keer tegen het hoofd, en het was voorbij. De vuist kwam neer als een boormachine, sloeg het hoofd van de kleinere man recht in de stenen vloer, en het was licht uit voor de man. Ben vond het bijna jammer hoe snel het voorbij was.

Reggie was er. "Ik zie dat je een boo-boo hebt," zei hij, grinnikend.

Ben vernauwde zijn ogen. "Ik heb hem een beetje losgemaakt. Mijn afleiding werkte."

Freddie en Gator lachten toen Gator weer opstond. "Bedankt, Ben. Ik had het niet zonder jou gekund." Hij knipoogde.

Julie en de andere vrouwen liepen achter hen aan, en samen onderzochten ze de nieuwe ruimte die ze hadden gevonden. De twee teams waren samengevoegd, de CSO groep en de Russische wetenschappers vermengden zich alsof iedereen aanvoelde dat hun lot nu onlosmakelijk met elkaar verbonden was. Terwijl ze rondliepen, nam Ben de details in zich op van de nieuw ontdekte toevoeging aan hun gevangenis.

Het waren drie standaard kamers, net als de twee ruimtes waarin ze waren samengedreven, en het leek niets anders te zijn dan een verblijf voor de Russische bewakers. Bedjes op de vloer, plunjezakken aan hun voeten, en een klaptafel met een paar laptops open en aangesloten op een enorme accubank.

De accubank was een grote kubus met individuele oplaadapparaten erop aangesloten - het soort stroomblokken dat Ben voor reizen had gebruikt. Er waren ook twee lange verlengkabels die tot aan het plafond liepen, dan om de hoek van de kamer, en dan de gang in. De stroom voor de lampen die Ben overal in het gebouw had zien hangen.

"Lijkt gewoon een andere kamer," zei Reggie. "Verdomme, ik hoopte op..."

"Nog een deur?" vroeg Julie.

Ze draaiden zich om en volgden haar wijzende vinger. In de derde ruimte, het verst van de gangdeur, zag Ben het. Weggestopt in de hoek, naast een andere klaptafel, stond een dikke stenen deurpost. Deze deuropening had geen echte deur.

Reggie schoof naar voren en sloot de deur van waaruit ze waren binnengekomen, en vergrendelde het mechanisme. Ben zag dat het de enige deur was met een slot aan de *binnenkant*, en het betekende dat deze ruimte in feite was ontworpen en gebouwd om een gevangenis te zijn. De beveiliging was niet indrukwekkend, maar gezien de plek waar ze waren, leek het nog steeds overkill.

Waren wij de hele tijd al het doelwit? Ben dacht na. *Hebben ze dit voor* ons *gebouwd, wetende dat we zouden komen?*

Of hadden de Russen deze ondergrondse gevangenis gebouwd voor de wetenschappers die ze daar vasthielden?

Er waren te veel vragen, maar voordat zij die konden gaan beantwoorden, hadden zij meer informatie nodig.

"Wat moeten we doen?" vroeg Sarah. De Russische wetenschappers stonden bij de laptops, Evgeni bestudeerde de apparaten en het cyrillisch op de schermen. Ben hoopte dat ze er bruikbare gegevens uit konden halen, maar het was net zo goed mogelijk dat hij naar de Russische versie van Facebook zat te kijken, en dat deze bewakers die ze hadden overvallen geen gevoelige gegevens op hun computers hadden staan.

Ben keek om zich heen. "Ik weet niet hoe het met jou zit, maar ik heb genoeg van deze plek. Ik zou wel eens willen zien wat er achter die deur zit - als het eten daar vandaan komt, zou ik wel eens willen zien of ze een hamburgertent hebben."

Hij liep naar de opening in de muur, net toen er een geluid uit die richting kwam, om een hoek.

Toen flikkerde er licht en Ben stapte over de stenen drempel.

Hij draaide zich naar rechts, in de richting van waar het licht vandaan was gekomen, en stopte. Zijn mond viel open.

Mijn God.

Hij wachtte tot de anderen achter hem stonden, maar kon niet op de juiste woorden komen. In plaats daarvan vond Julie's hand de zijne en greep die stevig vast.

Waar zijn we in hemelsnaam in verzeild geraakt?

BEN GREEP JULIES HAND STEVIGER VAST EN TROK HAAR DICHT TEGEN ZICH AAN, een natuurlijk instinct, ook al dreigde er geen onmiddellijk gevaar voor hem.

Om eerlijk te zijn, wist hij niet precies wat *er voor* hem lag.

"Lieve God," zei Reggie. "Wat is dit voor een plek?"

De Russische wetenschappers stapelden zich in de nieuwe ruimte, de deur sloot zich achter hen. Ben wist niet zeker of hij automatisch zou sluiten, maar dat maakte niet uit. Hij had geen interesse om die kant op te gaan.

De ruimte voor hen was net zo ondergronds. Stenen muren, vloeren en plafonds zo ver hij kon zien - een korte gang direct voor hen, maar die zich een meter of twintig verder verbreedde en overging in een open atrium.

Het was dit atrium dat hem in zijn greep had. De ruimte was enorm - nog eens drie of vier verdiepingen, op zijn minst, van dalende stenen trappen vielen in de afgrond, de diepte ervan onmogelijk te bevatten. Rondom deze cirkelvormige arena lagen cellen zoals die welke zij zojuist hadden verlaten, allemaal eenkamerruimtes die in het ijs en de aarde erachter waren uitgehouwen.

En het was hier kouder. Hij had geen generator gezien in de soldatenkamer, maar hij wist dat er ergens een moest zijn. Deze ruimte was echter minstens twintig of dertig graden kouder, en hij voelde nu al de effecten van de kou op zijn oren en vingers.

Julie trok zich dichter naar haar toe, en hij legde onwillekeurig zijn arm omhoog en over haar schouder. Reggie en Sarah herhaalden dezelfde bewegingen, en samen stapten alle zes van het overgebleven CSO-team, alsmede alle vier de Russische wetenschappers, naar voren en in de richting van het atrium. Er scheen licht ergens boven in het atrium, maar Ben was niet dicht genoeg bij het plafond om de bron te kunnen zien.

"Dit is... ongelooflijk," fluisterde Julie.

"Dit is *onmogelijk*," voegde Dr. Lindgren eraan toe.

Ben knikte maar sprak niet. Hij kon het niet. Hij wist waar Sarah het over had, maar hij wilde het niet geloven. Nog niet. Hij wilde meer bewijs. Hij reikte uit en raakte de muren aan, voelde de stenen, merkte hun gladheid op, hun perfect gespreide mortel, de goed geplande afmetingen van elke steen.

En hij merkte, voor de eerste keer, hun leeftijd op.

De stenen waren glad gewreven, sommige glinsterden zelfs in het zwakke licht.

Hij had het zichzelf niet eerder toegestaan op te merken toen de Russen hen hier brachten. Hij had zijn verstand geloofd en zichzelf wijsgemaakt dat het een goed gebouwde gevangenis was. Dat de Russen om wat voor reden dan ook deze ruimte uit het ijs hadden gegraven, duizenden tonnen bevroren zeewater hadden verplaatst om een ondergrondse basis op Antarctica te bouwen met dikke metalen deuren.

Hij wist dat het weinig zin had, maar de waarheid ervan leek nog onmogelijker te geloven.

"We staan er in," zei Reggie. "Dus het is niet onmogelijk."

"Maar... het is gewoon niet logisch."

Evgeni sprak van achter Ben en Julie. "Ik kan mijn ogen niet geloven, zei hij. Deze plaats - het is niet Russisch."

"Is het niet?" Vroeg Gator.

"Nou, het is *nu* Russisch," zei Ben. "Ik wed dat er hier meer bewakers zijn, dus hou je ogen en oren open. Maar het *begon* zeker niet Russisch."

"Nee?" Vroeg Gator opnieuw. "Dan... wie heeft het gebouwd? En waarom? Al dat ijs, op een plek waar verder niemand woont, geen dieren, niets. Het is een enorme onderneming voor iets dat nooit nuttig zou zijn voor iemand."

Ben kwam aan de rand van de afgrond en leunde over de steile opening van het atrium. Hij gluurde naar beneden en zag de grond ongeveer vijf verdiepingen dieper. De lampen aan het plafond waren later toegevoegd, dezelfde winkellampen die in de vroegere ruimte hingen, maar nu verzameld in bundels van drie lampen elk, die samen krachtig genoeg waren om de hele ruimte te verlichten.

Hij wachtte op de komst van de anderen en ging het richelpad op dat het open gebied omsloot. Aan zijn linkerkant leidden treden naar beneden, dan draaiden ze een kwartslag, dan daalden meer treden af voor nog een kwartslag. Het hele complex was gebouwd in een kurkentrekkervorm, elke opeenvolgende cirkel iets kleiner en een niveau lager dan de vorige. De cirkel op de bodem van de put was ongeveer een kwart van de grootte van het stenen plafond boven hun hoofden.

"Het werd zeker gebruikt," zei Ben. "En het werd lange tijd gebruikt, door veel mensen."

"Of het is *gebouwd* voor veel mensen," voegde Reggie eraan toe. "Moeilijk te zeggen of hier ooit iemand gewoond heeft."

"Dat is een eerlijke beoordeling," zei Sarah. "Maar ik durf te wedden dat we een definitief antwoord kunnen vinden. Wil je even rondkijken? De trap gaat aan onze rechterkant omhoog en aan onze linkerkant omlaag. In beide richtingen zullen waarschijnlijk nieuwe gangen zoals deze tevoorschijn komen, die naar nog meer ruimtes leiden die we kunnen verkennen."

"We zullen zeker op verkenning gaan," zei Ben, zich omdraaiend om iedereen op het pad toe te spreken. "Maar laten we niet vergeten dat we ons in een vijandige ruimte bevinden. Die lichten daarboven, de metalen deuren die zijn geïnstalleerd - het zegt me allemaal dat niets van dit alles nieuw voor hen is, niets van dit alles is nog een verrassing. En aangezien het eten dat we hebben gegeten ergens vandaan moet komen, denk ik dat er hier ergens nog veel meer Russen rondlopen."

"En ze zullen niet blij zijn dat wij hun vrienden uitschakelen," zei Reggie.

"Juist. Dus, we moeten samen langzaam bewegen. Laten we eerst naar boven gaan, want als we met onze rug tegen de muur staan, heb ik liever niet dat het in die kleine put daar beneden is."

Reggie en Gator knikten, maar Ben zag een verwarde uitdrukking op het gezicht van de jongeman. "Zelfs dan," zei hij. "Ik begrijp het niet. Als de Russen deze plek niet gebouwd hebben, wie dan wel?"

Ben glimlachte en deelde een blik met Julie toen Sarah de vraag beantwoordde. "Ik denk dat de Russische soldaten geïntrigeerd waren door wat Evgeni en zijn team ontdekten. Maar toen begonnen ze verder te graven en beseften dat het artefact, het oude schip, niet de *enige* leuke ontdekking was hier."

"De Minoïsche boot?" vroeg Gator.

"Gorod," fluisterde Evgeni.

Ben fronste zijn wenkbrauwen. "Is dat Russisch voor 'schip' of zo?"

Hij schudde overvloedig zijn hoofd en zijn ogen lichtten op op de manier die hij al een paar keer bij de man had gezien. "Nee, nee. Het is niet 'boot.' Het is 'stad.' Ze hadden het over *deze* plek - de stad."

"Ja," zei Sarah. "Ik denk dat het niet alleen een *boot* was die onder het ijs verborgen lag. Ik denk dat we kijken naar de laatste resten van een Minoïsche *stad*."

Ben stond op het punt meer vragen te stellen toen ergens ver weg een massieve metalen deur openging, waarvan de echo naar buiten zeilde en in elk van de stenen kamers weerklonk.

"Hoor je dat?" Vroeg Reggie.

Het geluid werd onderstreept door geschreeuw, allemaal in het Russisch.

"Het klinkt alsof iemand weet dat we hier zijn," fluisterde Ben.

"Wat moeten we doen?" vroeg Evgeni.

Ben keek de man in de ogen. "Blijf in leven. Dat is nu de missie, Evgeni."

EVGENI WAS NOG NOOIT AANGEVALLEN, niet op deze manier. Hij had nooit meer fysieke uitdagingen gehad dan een schoolpleingevecht of een gecoördineerde, vriendschappelijke tentoonstelling tijdens zijn korte atletiekperiode op de middelbare school.

Hij was een vreselijke voetballer, maar het was iets wat hij leuk vond. Toch waren alle wedstrijden die hij als kind had gespeeld vriendschappelijk. Kleine schermutselingen tussen spelers werden snel afgeweerd door de ouders en coaches.

Het verbaasde hem dan ook dat hij een golf van adrenaline en opwinding voelde toen hij Ben's woorden hoorde. Iets in de manier waarop de grotere man sprak, de autoriteit en het vertrouwen in hun situatie, gaf Evgeni kracht.

Wat nog interessanter was, was dat Tatiana hem met een vragende blik aankeek. De kleinere, tengere blonde vrouw droeg een uitdrukking die het midden hield tussen intrige en verwarring, en mogelijk een beetje angst.

Hij stapte dichter naar haar toe, weg van Ben en zijn team. "Ben je in orde?" vroeg hij haar.

Ze knikte. "Ja," antwoordde ze in het Russisch. "Ik ben bang, maar het komt wel goed."

"Deze mensen zijn goed," antwoordde Evgeni. "Ik vertrouw ze, en dat zou jij ook moeten doen."

Ze knikte nog eens, maar Evgeni zag dat ze niet meer naar hem keek. Ze had haar aandacht op Ben en de anderen gericht, maar richtte zich toch tot Evgeni. "Ik vertrouw *je*, Evgeni."

Hij voelde de blos diep onder zijn wangen vandaan komen, en hij probeerde zich te verstoppen in het zwakke licht, en schoof beiden dichter naar de schaduwen. Hij lachte. "We redden het wel, zolang we maar bij hen blijven. Als we maar samen blijven."

Hij wilde net weggaan om Ben om een plan te vragen, toen hij haar hand de zijne voelde aanraken. Zijn hart ging onmiddellijk tekeer, het bloed in hem verhitte.

Stop ermee, Evgeni, zei hij tegen zichzelf. *Nu is niet de tijd, en zeker niet de plaats.*

Toch... vroeg hij zich af of het een ongeluk was geweest. Hij keek in Tatiana's ogen, en het antwoord dat hij daar zag vertelde hem onmiddellijk dat het niet zo was.

Hij pakte snel haar hand, gaf er een kneepje in en liet hem toen los. Hij schraapte zijn keel en gaf haar een licht knikje. *Niet nu,* probeerde hij haar met zijn ogen te zeggen. *Maar later. We zullen later praten.*

Het gaf hem nog meer een boost, en hij voelde zich sterker. Voelde zich alsof hij nu iets kon doen om te helpen, ook al zouden de spieren en de ervaring van hun gevecht geleverd worden door Ben en zijn team.

"Wat moeten we doen?" vroeg hij aan Ben. "Hoe kunnen we ze verslaan?"

"De Russen?" vroeg de man die Reggie heette. "Niet veel, niet zoals dit. Zij kennen deze plek - wat het ook is - veel beter, en ze zijn gewapend. Ze kunnen ons gewoon neerschieten als vissen in een ton."

"Daarom zullen we niet in het vat blijven steken," zei Ben. "We gaan naar boven, naar het bovenste niveau."

"En hoe gaan we ze bevechten als ze gewapend zijn?" vroeg hij. "Zelfs als we niet, zoals u zegt, 'vissen in een ton' zijn?"

"We moeten isoleren," zei Julie. "Pak ze een voor een, of zo weinig mogelijk. Laat ze zich verrassen, vang ze alleen. Het zal tijd kosten, maar het is het enige wat we kunnen doen om in leven te blijven."

"Niet het enige," voegde Ben eraan toe.

Evgeni en de anderen keken naar de leider van de groep. "Wat ben je van plan?" vroeg hij.

Ben haalde zijn schouders op. "Het is regel nummer een voor betrokkenheid. Als je niet wilt sterven, doe dan niet mee."

"Wat bedoel je?" vroeg Reggie.

"Ik bedoel, Julie's plan is goed," zei Ben. "Maar het vereist dat we langzaam en heimelijk bewegen. We moeten uit hun buurt blijven tot het een verdomde garantie is dat we er één of twee kunnen afsplitsen en ze uitschakelen. Geen kansen, geen gemiste kansen. Eén schot en ze komen op ons af. Allemaal. En dan hebben we het nog niet over de communicatie die ze opgezet hebben. Als een van hen ons ziet, is het voorbij. Dan hebben we twintig nijdige Russen achter ons aan."

Evgeni knikte. "Ja, dat is logisch. Mijn team kan rustig bewegen, Ben. We kunnen dit doen."

Ben glimlachte. "Dank je, Evgeni. Laten we het pad opgaan, kijken of we die kerels voor kunnen blijven. We houden onze ogen open voor alles wat nuttig is, ook voor informatie over waar we zijn. Maar de eerste prioriteit is om uit de weg te blijven van de Russische soldaten."

"Heb het."

"Yessir, baas."

"Oké," zei Ben. "De eerste dingen eerst. Niemand spreekt, tenzij het absoluut noodzakelijk is. Geluid draagt, en het zal voor altijd weerkaatsen op deze steen. Snelle manier om onze exacte locatie prijs te geven."

"Tweede ding," zei Reggie. "Raak nooit verdwaald. Blijf bij elkaar, ik hou de achterhoede, Ben gaat voorop."

Evgeni knikte en gaf een korte uitleg aan Mia, Luka en Tatiana. Ze leken bang, maar ze ademden normaal en beheersten hun hartslag. Ze waren een goed team, en Evgeni wist dat ze hem gelijk zouden geven.

Ze moesten alleen niet gedood worden.

Het was een grote opdracht, maar Evgeni voelde zich zelfverzekerd.

Op dat moment bereikte het onmiskenbare geluid van kogels die tegen een oppervlak afketsten zijn oren, bijna op hetzelfde moment dat het geluid van schoten hem trof. Het was oorverdovend, en hij voelde dat hij uit balans was, plotseling struikelde en niet zeker wist welke kant op was.

"Ga liggen!" riep iemand. "Ga op de grond liggen!"

Hij viel en zag de drie andere Russische wetenschappers volgen. Reggie en Ben schreeuwden naar hun groep, schreeuwden iets wat hij niet kon verstaan.

En toen stonden ze op en trokken de anderen overeind.

"Kom op, Evgeni!" schreeuwde Ben. "Laten we gaan!"

Hij wist niet hoe te reageren, dus volgde hij het bevel blindelings op. De geweerschoten kaatsten overal heen. Waren ze gezien? Was het slechts het geluid van een enkel kanon dat in hun richting schoot? Misschien maakte de echo dat de enkele straal klonk als een kakofonische oorlogsvoering.

Nog een uitbarsting die op de rots vlakbij zijn hoofd landde, gaf hem zijn antwoord. Hij dook naar voren, bijna Tatiana tackelend, en beiden crashten tegen de zijmuur terwijl stukjes steen uit elkaar spatten en in zijn oor sneden.

Hij schreeuwde en voelde zich voorover vallen, in de richting van het centrale atrium. Iets rukte aan zijn mouw, trok zijn arm zijwaarts.

Hij hoorde hoe Tatiana naar lucht hapte en zijn naam riep. Hij probeerde te antwoorden, maar voelde alleen het gevoel van vallen. Er kwamen geen woorden uit.

Dit is hoe het eindigt, dacht hij, terwijl hij zijn ogen dichtkneep. *Dit is hoe ik sterf.*

DE RUSSISCHE WETENSCHAPPER LEEK VOLLEDIG ZIJN VERSTAND TE HEBBEN VERLOREN. Sarah had de geweerschoten gehoord, de kogels gezien die tegen de stenen muren en vloeren weerkaatsten, en ze had gezien hoe iedereen om haar heen reageerde.

Zij en Reggie, samen met Freddie, Gator, en drie van de Russische wetenschappers, waren onmiddellijk op de stenen vloer gevallen en hadden hun handen over hun hoofden getrokken. Ben had geprobeerd hetzelfde te doen, maar het leek erop dat hij zeker wilde weten dat de Russische wetenschapper veilig was. Hij rende naar de wetenschapper toe en rukte hem overeind en naar de muur, waarbij hij ternauwernood een vuurgevecht van drie schoten van de andere kant van de kloof miste.

Ze keek toe hoe Ben de man in veiligheid bracht en merkte dat zijn gezicht helemaal vertrokken was. Hij was verdoofd; ongetwijfeld had hij nog nooit in een situatie gezeten die zo angstaanjagend was als deze.

Julie dook naar voren, naar hen toe, en kroop toen dichter naar de rand van hun gang, bij de opening van het atrium. Sarah was bang geweest dat ze te dicht bij de schoten was gekomen, maar Julie's gevoel bleek weer eens juist te zijn.

De gang eindigde in de open, ronde kurkentrekker, en de schoten waren in feite van ergens hoger en tegenover hun locatie neergekomen, maar Julie had ook ontdekt dat er een eenvoudige oplossing was voor hun dilemma.

Sarah volgde Ben en Evgeni en Julie toen ze de hoek omgingen van de gang waarin ze zich bevonden en een andere ruimte binnengingen, terug tegen de tegenoverliggende kant van dezelfde muur en in een ruimte ver genoeg naar achteren om niet in de weg te lopen. Nog beter zag Sarah dat deze ruimte uitkwam op een andere opening - een zwak licht dat boven een nis bij een stenen deuropening hing.

Ze renden er naar toe, de andere Russische wetenschappers volgden, en Gator en Freddie liepen achteraan. Het geweervuur van de Russische soldaten aan de overkant van de kurkentrekker raakte op de achtergrond, en werd uiteindelijk stil.

Ze waren ontsnapt, maar Sarah realiseerde zich nu de waarheid: ze zaten gevangen in een oude Minoïsche stad, onder het ijs van Antarctica, en werden achtervolgd door Russische gewapende mannen. Er waren een paar situaties waarin ze zich bevond die vergelijkbaar waren, maar voor haar leven, kon ze niet bedenken hoe ze uit deze zouden komen.

"...rots en een moeilijke plaats," hoorde ze Ben tegen Julie zeggen. Beiden zaten tegen de achtermuur, vlak bij de deuropening. Evgeni zat naast Ben, met zijn hoofd in zijn handen en zijn ellebogen op zijn knieën.

"Wat is dat?" vroeg Reggie, terwijl hij de kamer binnenkwam en om zich heen keek. Hij had een verbaasde uitdrukking op zijn gezicht, alsof hij geschokt was dat ze allemaal stilstonden en stonden te wachten.

"Ik vertelde Jules dat we altijd in onplezierige posities terechtkomen."

Reggie glimlachte. "Ja, en we vinden ook altijd een manier om er onderuit te komen."

Bens wenkbrauwen gingen omhoog, en Sarah stapte naar voren. "Wil je zeggen dat je een manier hebt om hier uit te komen?"

Reggie deed een stapje terug. "Ik? Echt niet. Ik probeerde gewoon iedereen gerust te stellen."

Evgeni liet een kleine zucht en zakte nog verder in elkaar.

"Hé," zei ze, terwijl ze zich zo kalm mogelijk richtte tot de leider van de Russische wetenschappers. "Hé, het komt allemaal goed."

"Ken je dit?"

Ze knikte en wees toen naar Ben, die naast hem zat. "Ja, dat weet ik. Deze man - Harvey Bennett - je hebt thuis misschien nog niet van hem gehoord, maar hij is een grote jongen. Hij heeft *veel* ergere dingen meegemaakt en ons er allemaal uit gehaald."

"Wel..." Ben begon.

"Hé nu," zei Reggie. "*Ik ben* ook behoorlijk behulpzaam geweest in deze situaties, en -"

"Willen jullie twee ophouden?" Zei Julie. "Ze probeert te helpen."

"Dat ben ik," zei Sarah. "Evgeni, jij en je team leven nog, en dat willen we zo houden."

"H - hoe?" vroeg hij. "Zij hebben geweren. Wij hebben geen wapens."

"Wapens worden overschat," zei Ben.

"Wapens zijn *geweldig*," zei Reggie. "Maar hij bedoelt dat we ze niet nodig zullen hebben. Iedereen zal het al moeilijk genoeg hebben om hier beneden nauwkeurig te schieten, en ik ben niet van plan om ook maar in de buurt van hun wapens te komen. Dat brengt ons terug naar het punt van eerder: we moeten die kerels voorblijven, wat er ook gebeurt. Kijken of we ze niet één voor één kunnen afsnijden, achter een paar tegelijk komen, dat soort dingen."

"Maar zij kennen deze plek beter dan wij ooit zouden kunnen," zei Julie.

"Niet noodzakelijk," zei Sarah, en sprong ertussen. Iedereen keek naar haar. Ze schraapte haar keel en ging verder. "We zijn er vrij zeker van dat dit een oude Minoïsche stad is. Op de een of andere manier lijkt dat waar te zijn, toch? In dat geval hebben de Russen het niet gebouwd. Zeker, ze hebben wat lampen opgehangen en ledikanten in sommige kamers gedumpt, maar van wat we tot nu toe hebben gezien, is deze plaats *enorm*. En het is leeg, voor het grootste deel."

"Wat betekent dat ze er maar een klein deel van gebruiken,' zei Ben. "De ruimte waar we net waren, en waarschijnlijk nog ergens anders een ruimte die erop lijkt.

"Juist," zei Sarah. "Omdat zij hier ook aan het verkennen zijn. Ze zijn hier al langer, zeker, maar ze zijn nog steeds de ins en outs van deze plek aan het leren." Ze pauzeerde en richtte zich tot Evgeni. "Hoe lang zijn jullie hier al?" vroeg ze de man.

Hij dacht even na. "Drie - vier - dagen? Het is moeilijk bij te houden."

"Dat is wat ik dacht. We weten niet zeker wanneer de Russen hier aankwamen, maar ik denk niet dat het lang geleden is. Een week, misschien twee hooguit? Je zei dat er genoeg eten was, en ik denk dat dat komt omdat ze nog met het begin van hun voorraad bezig zijn. Ze hebben veel meegebracht, en we dachten dat het was omdat ze zich voorbereiden op *meer* mensen die hier komen.

Ben stond op en ijsbeerde door de kamer. "Ja, dat is logisch. Ze hebben de infanteristen hierheen gestuurd om alles klaar te zetten, om de weg vrij te maken voor wie er ook komt. Dat betekent dat deze plek nieuw is voor iedereen die erbij betrokken is, en dat betekent ook dat we ons best moeten doen om hier weg te komen voordat onze onwetende beschermheren opduiken."

"Maar dat kan over twee minuten zijn of over twee dagen," zei Evgeni. "Het is onmogelijk om dat te weten."

Plotseling stak de andere mannelijke wetenschapper, Luka, zijn hand op. Sarah glimlachte. Iedereen keek naar hem toen hij sprak. Zijn Engels was gebroken, maar duidelijk genoeg. "Ik - ik denk eigenlijk dat ik het antwoord hierop weet," zei hij. "Ik heb vandaag na de lunch een gesprek opgevangen tussen twee van hen. Ze zeiden iets over meer mensen die zouden aankomen. Ik nam aan dat ze het over jullie hadden - de Amerikanen."

"Waarom waren ze dat niet?" Vroeg Reggie.

Hij knikte. "Ja, nou, want ik hoorde een van hen zeggen 'onge-veer tien uur,' maar op dat moment waren jullie er allemaal nog geen tien uur. Ik was in de war, maar misschien betekende het dat jullie vliegtuig tien uur geleden was neergehaald?"

Reggie zuchtte. "*Of* misschien betekende het dat hun weldoe-ners over tien uur arriveren."

Sarah slikte. Ze wist dat dit het moest zijn. "Ik moet het met Reggie eens zijn," zei ze. "We moeten aannemen dat er snel meer Russische soldaten of een ander onderdeel van hun team zullen arriveren."

"Goede veronderstelling," zei Ben. "Oké, we moeten gaan.

Zelfde plan - pak deze jongens, een voor een. Kunnen we proberen een tijdlijn vast te stellen? Als Luka hier zegt dat het lunchtijd was, wat is dan de beste schatting voor hoeveel uur we nog hebben? Twee?

Luka slikte. "Ik ben bang dat ik vandaag vroeg gegeten heb," zei hij. "Dat was rond half elf."

"Je neemt me in de maling," Reggie. "Verdomme, man, kunnen we niet een beetje geluk krijgen?"

Sarah keek naar Luka, wiens ogen wijd open stonden. Die van Evgeni lagen nog steeds op de grond. "Luka, volgens jouw beste schatting, hebben we minder dan twee uur voordat er versterking komt?"

Luka pauzeerde, alsof wachten het antwoord zou veranderen. Eindelijk, na een paar kostbare seconden, keek hij om zich heen en knikte. "Ja," zei hij verontschuldigend. "Ja, ik geloof dat dat betekent dat we minder dan twee uur hebben."

"MINDER DAN EEN UUR VOORDAT WE VASTZITTEN IN EEN AFGESLOTEN OUDE STAD," mompelde Ben. "Geweldig."

"En vergeet niet dat zelfs als we vrij kunnen komen," voegde Reggie eraan toe, "we onder een ijslaag zitten van een continent breed."

"Maar we kunnen wel wat Russen doden," zei Gator. "Klinkt leuk."

Iedereen draaide zich om naar de jonge soldaat, die eindelijk leek op te merken dat hij de kamer deelde met vier in Rusland geboren wetenschappers, die allemaal tegen de muur zaten.

Hij stak zijn handen omhoog. "Whoa," zei hij. "Sorry. Ik bedoel - je weet wat ik bedoel."

"Ja, laten we gewoon uitzoeken waar we zijn. We kunnen onderweg gaan praten," zei Ben. Hij naderde de deur aan de andere kant van de kamer. "Zachtjes praten en laten we proberen alleen te praten als we nieuwe informatie nodig hebben. Te oordelen naar de geluiden van de geweerschoten, denk ik niet dat stemmen ver zullen dragen, maar we kunnen niet voorzichtig genoeg zijn."

Hij liep door de stenen deuropening om de kamer te verlaten, Julie en Sarah achter hem. De Russen stonden allemaal op en gingen met tegenzin in de rij staan.

Bens doel was tweeledig: de stad verkennen, proberen unieke bezienswaardigheden te vinden, en alles van waarde dat de Russen hierheen zou kunnen hebben gebracht, en proberen iets te vinden dat zij konden gebruiken om zich te verdedigen.

"Laten we beginnen met deze plek," fluisterde Ben. "Waarom zijn de Russen hier eigenlijk? Proberen ze er een museum van te maken of zo?"

"Daar zal niet veel publiek voor zijn, mijn man," zei Reggie. "Waarschijnlijk proberen ze er iets uit te halen. Olie, misschien?"

"Waarom dan soldaten sturen?" vroeg Julie. "Geen geoloog of klimatoloog? Geen petroleum ingenieurs?"

"We weten niet of ze dat niet hebben gedaan," antwoordde Ben. "Denk eraan, er zijn meer jongens aan de andere kant van deze plek, ergens."

"Toch, waarom een paar soldaten helemaal hier houden, om gevangenen te bewaken? En waarom het zo stil houden? Ons ondervragen?"

"Ons *ondervragen bedoel* je," zei Sarah.

"Juist - lijkt een beetje veel als je alleen op zoek bent naar olie."

"Maar dat zou *zeer* worden afgekeurd in de internationale gemeenschap," zei Reggie. "Herinner je je de opdracht van de generaal? Geen oliewinning toegestaan, punt, tenminste tot 2048 wanneer het verdrag afloopt, en zelfs dan alleen als een derde van de ondertekenende partijen akkoord gaat *en* er een regulerend systeem is."

"Dat wil niet zeggen dat ze het niet nog steeds in het geheim doen. Het is hier niet makkelijk te controleren.

"Waar," zei Reggie. "Ze kunnen van plan zijn alles ondergronds te doen, met deze oude stad als dekmantel. Op die manier zouden satellieten hen niet kunnen zien."

"Maar tenzij ze het *ook* per onderzeeër verschepen," zei Julie, "wat waarschijnlijk onmogelijk is, zouden die satellieten alle olietankers zien die in de rij staan om gevuld te worden, toch?"

Reggie knikte. "En ik denk niet dat er hier veel olie is. Tenminste geen spul dat goedkoop genoeg is om te raffineren en met winst te verkopen."

"Dus geen olie," zei Ben. "Maar ik moet geloven dat het *een* soort grondstof is. De Russen - en ik wil onze nieuwe vrienden hier niet beledigen - hebben altijd elk excuus gebruikt om hun zaak te bevorderen."

"Ze zijn in dat opzicht niet anders dan andere landen, zei Julie. "Ze willen machtig zijn, en natuurlijke rijkdommen zijn een prima manier om daar te komen. Omdat het op dit continent is, *moeten* ze het bijna in het geheim doen. Anders zouden ze er niet mee wegkomen."

"En op een of andere manier kwamen we erachter en werd ons vliegtuig uit de lucht geschoten omdat we aan het rondneuzen waren."

"Dus jullie zijn spionnen," fluisterde Evgeni.

Ben was bijna vergeten dat er een man vlak achter hem liep. Hij stopte en draaide zich langzaam om. "Spionnen? Nee. Maar we zijn hierheen gestuurd om uit te zoeken wat uw landgenoten doen. Die soldaten zijn duidelijk iets aan het doen waarvan ze niet willen dat de wereld het te weten komt."

"Dus jullie zijn net politieagenten."

Ben zuchtte. Hij voelde zich moe, mentaal en emotioneel uitgeput. Om nog maar te zwijgen van de pijn in zijn zij, die nog slechts was afgenomen tot een doffe, kloppende pijn. Daar kwam nog bij dat hij de implicatie die Evgeni maakte niet op prijs stelde. Het was niet de eerste keer dat Ben het hoorde in verband met de organisatie die hij leidde. De pers en de media hadden een onnatuurlijk vermogen om alles wat goed was in de wereld te verdraaien in iets waar mensen boos over konden worden. "Weet je wat?" begon hij. "Tuurlijk. We zijn politie. We zijn niet de baas over iedereen, noch zijn we de redders van de wereld, maar we zijn hier om ervoor te zorgen dat niemand iets doet wat niet mag."

"En jij beslist wat goed is?"

Ben slikte, probeerde de pijn niet het beste van hem te laten worden en ruzie te zoeken met deze kleine man. In plaats daarvan knarste hij met zijn tanden. "Yeah. Ja, wij beslissen wat goed is."

"Maar..."

Evgeni's stem werd verstomd door die van een Russische vrouw. Tatiana, een van de andere wetenschappers, begon opgewonden in het Russisch te spreken.

"Wat is er?" vroeg Freddie.

Ben duwde zich naar haar toe en zag waar ze naar wees. Hij moest zijn ogen dichtknijpen om het te zien, maar toen hij dat eenmaal deed, onthulden zijn ogen meer.

Symbolen, hiërogliefen, bedekten de muur.

"Heeft iemand een vuurtje?"

Hoofden in de kamer schudden. Hun telefoons waren afgepakt, en Ben had nergens een zaklamp gezien. De lampen die aan het plafond hingen waren fel genoeg om comfortabel door de structuur te navigeren, maar ze waren lang niet sterk genoeg om de muren van voldoende licht te voorzien.

Toch liep Sarah naar voren en voelde ze met uitgestrekte hand. Ze fronste haar wenkbrauwen en stapte toen achteruit.

"Egyptisch?" vroeg Ben.

Ze schudde haar hoofd. "Nee, deze zijn anders. Ouder, en ik herken maar een paar symbolen. En dan nog ben ik er niet zeker van dat het Linear A is."

"Lineair wat?" Vroeg Reggie.

"De Minoërs - althans de latere beschaving waarvan we weten dat die op het eiland Kreta in de Middellandse Zee leefde - gebruikten een geschreven taal die we Lineair A noemen en die nog steeds niet ontcijferd is."

"Is er een lineaire B?"

Ze knikte. "Het is eigenlijk de vroege vorm van wat Myceens Grieks werd. Het is een paar eeuwen ouder dan het Griekse alfabet, en het is de enige oude Egeïsche taal die ontcijferd is."

"Dus we kijken naar een muur van gebrabbel dat onmogelijk te lezen is?" vroeg Reggie.

"Nou, soort van. Ik kan hier niet gewoon staan en de tekst uitspreken zoals in films."

Freddie grinnikte. "Dat is goed, want dat leidt er *altijd toe dat* iemand per ongeluk een of andere oude rite aanroept die een gere-ïncarneerde mummie oproept of zoiets."

"Gelukkig,' vervolgde Sarah, 'hebben we geen gegevens dat de Minoïers hun overblijfselen mummificeerden.

"We hebben geen gegevens dat ze dat *niet deden*," voegde Reggie eraan toe.

Ze wierp hem een blik toe die Ben deed glimlachen.

"Oké, het zit zo: dit soort dingen zijn altijd eenvoudiger te ontcijferen dan bijvoorbeeld een stenen tablet dat ergens in een veld is gevonden. Dat is meestal om twee redenen: ten eerste zou

zo'n alledaags tablet gebruikt zijn om prijzen op de markt te berekenen, of het zou een eenvoudige brief aan iemand ver weg bevatten. In één woord, het was onbelangrijk. Ten tweede zouden die
zijn geschreven in een volkstaal die in die tijd zou hebben bestaan,
terwijl iets als dit - een muur van tekst gevonden binnen een
duidelijk belangrijke locatie - de hoogste vorm van de taal zou
gebruiken. De meest specifieke, onmogelijk verkeerd te interpre-
teren volkstaal en actuele begrippen."

"Dus... kun je het lezen?"

"Nog steeds niet. Maar ik herken symbolen van lineair A, ook
al betwijfel ik of het die taal is. Er was een eerdere geschreven taal
die de Minoërs gebruikten, die we Kretenzische hiërogliefen
noemen. Dat is nog zeldzamer, en we hebben er maar een handvol
bronnen van. De meeste daarvan zijn tabletten die dateren van
ongeveer 2000 voor Christus.

"Dat is niet oud genoeg," zei Ben. "Evgeni zei dat het schip dat
ze vonden minstens 6000 jaar oud was, met een kleine foutmarge.
Als we dat geloven, dan betekent dat deze taal - en deze plaats -"

Sarah onderbrak hem. "Het betekent dat deze plek niet *Minoïsch* is."

"DAN... WAT IS HET?" vroeg Ben. "Is er een manier om het te weten?"

Ze schudde haar hoofd. "Helaas, nee. Niet zonder meer informatie. Deze tekst is echter niet Minoaans - althans niet de Minoaanse vorm die ik ooit heb gezien."

Freddie ging dichter tegen de muur staan. "Maar ik dacht dat je zei dat je geen Minoan kon lezen, toch?"

"Dat kan ik niet," zei ze, zuchtend. "Maar... oké, denk er eens zo over na: weet je hoe je iemand een onbekende taal kunt horen spreken en toch voor het grootste deel weet welke taal het is? Of in ieder geval uit welk deel van de wereld hij komt?"

Hij knikte.

"Of, nog beter, je kunt iets geschreven zien en gewoon weten dat het Aziatisch, Westers, Oosters, wat dan ook is - zelfs modern of oud."

"Tuurlijk, met blootstelling, wordt het makkelijker," zei hij.

"Dat is precies wat hier aan de hand is," zei ze. "Ik ben aan zoveel van dit soort dingen blootgesteld - ik ben er tenslotte in

gepromoveerd - dat ik het kan zien en gewoon *weet*, in het algemeen, waar het vandaan komt. Dit zegt me dat het hiërogliefen
zijn, wat heel logisch is als een van de vroegste vormen van taal -
schrijven met plaatjes en symbolen die hele ideeën voorstellen in
plaats van klanken - maar het is niet Egyptisch. En het Minoïsch
waar ik mee te maken heb gehad, zoals Lineair A en Kretenzische
hiërogliefen, is... anders. Vergeleken met dit, is het modern. Het
kan gewoon niet Minoïsch zijn, niet ver hier vandaan."

"Niet zonder verschuiving van de aardkorst of iets dergelijks,"
zei Evgeni. Ben keek naar de man terwijl hij sprak, maar de wetenschapper gaf geen verdere informatie. Ben vijlde de verklaring weg
als iets dat wel in de kleine man zijn gedachten moest zijn opgeko-
men, maar nog in de fase van 'halfbakken idee' verkeerde.

Interessant. Niemand anders maakte een opmerking of vroeg
om meer verduidelijking.

"Oké, dat klinkt allemaal logisch," zei Freddie. "Maar het helpt
ons *nu niet*. Die Russen geven niets om geschiedenis. Ik durf te
wedden dat ze deze plek zouden opblazen zonder zelfs -"

Zijn stem werd onderbroken door het geluid van stemmen die
van ergens dichtbij kwamen. Ben kon zich nog steeds niet goed
oriënteren, maar hij wist dat ze naar *boven wilden*, naar het dak
van het stenen gebouw waar ze zich bevonden.

"Kom op," fluisterde hij. De hele groep viel zonder tegenspraak
zwijgend in.

Ben leidde hen om nog twee hoeken, toen naar een korte gang.
De stemmen werden luider. Twee mannen, lachten en maakten
grapjes in het Russisch.

Dus ze zijn niet zo gespannen als wij, dacht hij. *Misschien
kunnen we dat in ons voordeel gebruiken.*

Hij zag dat de gang bezaaid was met kleinere, grot-achtige

openingen. Ronde in plaats van vierkante deuropeningen, korter, dichter bij elkaar. Binnenin elke deur leek een kleine ruimte te zijn uitgehouwen in de steen.

Hij vroeg zich af of het een oud kastensysteem was - iedere inwoner had een plek om te wonen, maar de meer elitaire personen en families hadden grotere kamers en ruimten, zoals die waar Ben en de anderen in waren samengedreven. Dit waren slechts gaten in de muur, ruimte genoeg om te slapen en te eten, maar nauwelijks iets anders.

Hij huiverde toen hij voorbijliep - hij was blij dat hij weer in de moderne tijd leefde.

Reggie pakte zijn arm en trok hem tot stilstand. "Hé, laten we aan de zijkant wachten, in deze kleine schuilholen. Die kerels zijn waarschijnlijk net om de hoek, en het klinkt alsof ze niet opletten. Freddie en Gator en ik kunnen ze van voren in een hinderlaag lokken."

Ben knikte. Hij stapte naar beneden en opzij, een van de gaten in. Zijn hoofd paste nauwelijks onder de bovenkant van de stenen deuropening, zelfs niet op zijn hurken. De anderen volgden, de Russische wetenschappers splitsten zich op in twee groepen van twee en gingen de gaten aan de andere kant van de gang in.

Ben voelde zich onmiddellijk benauwd, claustrofobisch. Hij haatte kleine ruimten bijna evenzeer als vliegtuigen, en de ironie was niet aan hem voorbijgegaan dat hij op zijn reizen *altijd* in een vliegtuig scheen te zitten en krappe, grotachtige ruimten binnenging.

Hij keek en wachtte. Julie zat tegenover hem, Sarah rechts van hem. Freddie en Gator zaten verscholen in de ruimte links van Ben en tegenover hem links van Julie. Reggie wachtte in de gang, neergehurkt en uit het zicht.

De twee Russische soldaten verschenen om de hoek. Het was een andere gang, op een loodrechte kruising met hun eigen gang. Ze waren nog steeds aan het praten, op elkaar gericht in plaats van op de ruimte voor hen. Elke man droeg een subcompact machine-geweer, de Vityaz-SN, een Kalasjnikov-variant met gesloten grendel. Ze waren klein maar dodelijk en vuurden de 9x19mm Parabellum kogels af die veel overzeese fabrikanten produceerden.

Ben had er geen belang bij dat er een op hem gericht werd. Hij voelde het vuur in zijn zij toen hij zich omdraaide. Het ging al beter - de pijn ebde en vloeide nu in plaats van dat het een constante was - en hij bloedde niet. Toch was het een bijzonder vervelende eigenschap om nu bij je te hebben.

De twee jonge Russen draaiden hun gang op, en Reggie was er meteen. Ben had de man verbazingwekkende prestaties zien verrichten - hij had hem een vijand zien doden met niets anders dan zijn polshorloge, hij had hem een vijand van een onmogelijke afstand zien uitschakelen, en hij had de stealth en de kracht nog veel meer zien overrompelen.

Maar hij had nooit gezien wat hij nu zag: in plaats van *te vechten, gaf* Reggie *zich over*.

"H - he," zei Reggie beverig, zijn handen omhoog. "Ik denk - ik denk dat ik verdwaald ben. Spreek je Engels?"

De ogen van de soldaten werden wijder, beide wapens nu gericht op de langere man. Een van hen blafte iets in het Russisch, maar geen van beiden bewoog zich.

"Engels?" Vroeg Reggie weer. Hij deed een stap naar hen toe.

Ben besefte wat hij aan het doen was. Het was een geweldige tactiek - om hen onzichtbaar aan te sporen zijn kant op te komen; hij drukte zich *naar* hen *toe*. Hij had goed geraden dat de jonge soldaten hem niet ter plekke zouden willen neerschieten. Ze konden een veel grotere beloning krijgen door deze Amerikaan, levend, terug te brengen naar hun leider.

Zodra hij dat deed, begon de soldaat aan de linkerkant snel te spreken. Hij greep Reggie's arm en draaide hem om, drukte toen het uiteinde van zijn geweer in zijn rug en duwde hem naar voren.

Reggie liep nu *naar* Ben en de anderen *toe*, zwijgend toekijkend en wachtend in de gang. De twee bewakers bewogen snel, hun nieuwe prijs voorop.

Reggie keek naar beneden en knipoogde naar Ben, net toen hij Gator's en Freddie's gaten passeerde.

En beide Amerikaanse soldaten *kwamen* in actie, gelijktijdig op en naar de Russische soldaten toe, hun bewegingen volkomen stil.

Het was ongelooflijk, en Ben was sprakeloos. Hoewel hij in situaties als deze was geweest, en hij Reggie en anderen had zien werken met de training en vaardigheden die ze hadden opgedaan in een leven van militaire en special forces dienst, had hij er nog nooit twee zo *vlekkeloos* samen zien werken. Hun bewegingen spiegelden elkaar; hun bewegingen waren als een perfect gesynchroniseerde dans.

En de Russen hebben nooit een kans gehad.

Degene die het dichtst bij Ben stond gaf hem een perfect zicht op de aanval - Freddie sprong omhoog en trok snel een hand om het middel van de Rus, waarbij hij een KA-BAR mes tevoorschijn haalde dat aan de zij van de man zat en dat Ben niet eens had opgemerkt.

Zonder te vertragen, kwam het mes omhoog en gleed voor het gezicht van de man, en trok toen rond de rand van zijn nek. De halsslagader werd gescheurd, en het bloed begon onmiddellijk uit zijn nek te stromen, de soldaat zelf hijgde en sputterde toen hij probeerde te protesteren.

Freddie hield hem stevig vast tot hij op de grond lag, liet hem toen los en liet hem met zijn gezicht naar beneden op de steen vallen.

Elke seconde deed Gator de bewegingen na, zijn eigen soldaat viel op een hoopje naast zijn partner.

Ben's mond viel open.

"DAT WAS ONGELOOFLIJK," zei Ben, terwijl hij uit zijn hol kwam. Julie en Sarah stonden vlakbij, maar de Russische wetenschappers zaten nog steeds verstopt in hun eigen stenen uitsparingen.

"Maak je niet zo druk," zei Reggie lachend. "Julie zou jaloers kunnen worden."

"Eigenlijk," zei Julie, "zo gladjes als dat was, zou ik het niet erg vinden om nog een man in huis te hebben - ik wed dat ze net zo goed dansen als vechten."

Ben schudde zijn hoofd en grinnikte, en Gator en Freddie glimlachten. "Wel, uh," begon Gator, "ik denk niet, ik, uh -"

"Hou op, idioot," zei Freddie en sloeg zijn vriend op de schouder. "Ze rotzooit maar wat aan." Hij keek Julie aan, hield zijn hoofd schuin en richtte zich tot haar. "Toch?"

"Oké, oké," zei Ben. "Ik kan dan wel niet dansen, maar ik ga niet zo gemakkelijk ten onder als die twee. Ik weet het een en ander over het afweren van mogelijke achtervolgers."

Julie lachte. "Ik had niet gedacht dat *jij* het jaloerse type was, Ben."

Hij negeerde haar en luisterde of er nog beweging was in de gang waar de Russische soldaten naar beneden waren gekomen. Toen hij niets hoorde, wendde hij zich tot de groep. "Oké, laten we deze lichamen uit de weg halen. Stop ze in een paar van deze gaten, aan de achterkant. Aan het bloed kunnen we niets doen, maar we moeten het erop wagen."

Ze gingen aan de slag, maar toen voelde Ben een ruk aan zijn arm. Hij draaide zich om en vond Evgeni fronsend naar hem op.

"Ben," zei hij. "Er is een probleem."

"Een *probleem?* Zoals in, we zijn in een oude Minoïsche stad in Antarctica met een stel Russen achter ons aan?"

Evgeni pauzeerde even, en sprak toen. "Het is Mia, de andere vrouw in onze groep."

"Wat is er met haar?"

"Ze is weg."

Ben bevroor. "Weg? Hoe? Waar is ze *heen?*"

"Ik - ik weet het niet, Ben. Ik liep net naar buiten om bij hen te kijken en Tatiana zei dat ze zich had omgedraaid en dat ze er niet was. Luka was naast me in de kruipruimte, maar nadat de soldaten waren gedood..." zijn stem stokte. "We moeten haar vinden, Ben."

Ben zuchtte. *Natuurlijk moeten we dat.* Hij wist dat het het juiste antwoord was, maar dat betekende niet dat hij hield van het idee om terug te gaan, om nog meer tijd te verliezen. "Evgeni, ik -"

"We kunnen niet," zei Reggie, abrupt. "Sorry, vriend. Het is te gevaarlijk."

"We *moeten*," zei Tatiana plotseling, terwijl haar kleine gestalte naast die van Evgeni verscheen. "Ze is onze vriendin,"

"Ik heb al eerder vrienden verloren," zei Reggie. "Het is klote, maar je komt er doorheen."

Sarah spotte en liep naar de groep die zich in de stenen hal verzamelde, samen met de laatste van de Russische wetenschappers, Luka, die zwaar ademde. "Kijk, Tatiana, het is gewoon - wat Reggie probeert te zeggen is dat we onder een serieuze tijdsdruk staan hier, en we kunnen ons niet veroorloven ons op te splitsen. We weten niet of..."

"Ze kan *nog in leven* zijn," smeekte Tatiana. "Alsjeblieft."

"Ik ga terug," zei Ben. "Jij houdt dit gebied een tijdje in de gaten. Vijftien minuten, maximaal. Het duurt niet lang voor we terug zijn in het hoofdkwartier van de bewakers, en dan gaan we *voorzichtig* terug naar hier."

"Ze gaan de kamers van de bewakers in de gaten houden," zei Reggie. "Hoe zit het met 'bij elkaar blijven, wat er ook gebeurt'? Kom op, man, dit is een risico dat we niet kunnen nemen. Dat weet je."

Ben *wist* dat. Hij wist het maar al te goed. Hij probeerde terug te denken aan de keren dat hij dezelfde beslissing had genomen, hetzelfde had gedaan als wat hij voorstelde, ervoor had gekozen om terug te krabbelen en te proberen een van hun teamgenoten te redden.

En hij moest steeds denken aan het lot van die teamgenoten, bijna allemaal.

Toch, hoewel hij de kansen kende, en hoewel hij de risico's begreep en de gegevens had om het te bewijzen, wist hij wat hij zou beslissen.

Reggie en de anderen deden dat ook. Tenslotte zuchtte Reggie en stapte naar voren. Hij stak zijn hand uit en tikte Ben op de schouder. "Freddie en Gator alleen zijn genoeg om de Russen op afstand te houden - en nu hebben ze wapens. Voeg Sarah en Julie toe en ze kunnen het fort makkelijk vijftien minuten verdedigen."

"Dus je gaat mee?" vroeg Ben.

Hij knikte. "Ik red altijd je hachje; beter nu niet stoppen, toch?"

"Ik weet niet zeker of dat helemaal juist is."

"Vijftien minuten, geen minuut langer. Als we *stipt over* vijftien minuten niet terug zijn, hebben Julie en Sarah de leiding... en bevelen ze Gator en Freddie iedereen hier weg te halen. Begrepen?

Ben knikte. "Dat was ook mijn plan."

"Geweldig," zei Reggie. "Laten we gaan."

Ben deed een stap terug in de richting van het openlucht atrium om de hoek toen hij merkte dat Luka zijn stappen volgde. Hij stopte en draaide zich naar de wetenschapper. "Je, uh, moet waarschijnlijk hier blijven."

"Ik zal met je meegaan. Ze is mijn team, mijn vriend."

"Ik ken die man, maar -"

"Ik ga met je mee."

Reggie begon te argumenteren, maar Luka stak zijn hand op. "We gaan niet onderhandelen. Ik ga met..."

"Christus," zei Reggie, hem onderbrekend. "Jullie Russen zijn soms echt bulldozers, is het niet?" Hij keek naar Ben, wachtend op een reactie.

Ben haalde zijn schouders op. "Maakt niet uit, zolang hij maar uit de buurt blijft."

Ben vond het niet erg dat een derde paar ogen hun vorige stappen bekeek. Ze konden hem ook gebruiken als ze Mia vonden, en ze gewond was. Zijn eigen kant hield stand, maar dat kwam omdat hij alleen zijn eigen gewicht droeg.

"Goed," zei Reggie. "Ik ga voorop. Luka, jij zit in het midden. Blijf uit de weg en maak geen lawaai."

Het trio ging terug in de richting waar ze vandaan kwamen. Ben wist dat ze zich sneller konden voortbewegen nu ze de stappen die ze al hadden afgelegd weer oppakten, en hij vroeg zich af of ze in minder dan tien minuten naar het verblijf van de bewakers en terug konden komen.

Trouwens, hoe ver kan Mia zijn gegaan?

BEN VOLGDE REGGIE EN LUKA ROND HET PAD DAT HET GROTE ATRIUM NADERDE, liep over de plek waar hij had gestaan toen de Russen van hoog boven hem hadden geschoten. Hij volgde het gebied met zijn ogen, probeerde alles eruit te pikken wat niet paste.

Tot nu toe had hij geen Russische soldaten gezien, noch enig teken van Mia of ander menselijk leven. Hij vroeg zich af waar de Russen waren gebleven - hadden ze zich door de ruimte verspreid, of waren de twee die ze al waren tegengekomen de enigen die op dit moment op patrouille waren? Hij moest zich voorstellen dat de grotere groep Russen die op hen had geschoten nog ergens hier was, op jacht naar hen.

Reggie sloeg rechtsaf, terug in de richting van de bewakersver-blijven, maar Ben sloeg linksaf en kwam bij de steile rand van de val. Het was zeker driehonderd meter recht naar beneden, op de kleine ronde rotsbodem die ze eerder hadden gezien. Het licht was nog steeds zwak, het scheen van boven hen naar beneden, maar het was net genoeg om een beetje van de wervelende, onregelmatige stenen te laten zien die de vloer vormden, evenals -

Ben trok zich terug, niet zeker of zijn ogen hem de waarheid vertelden. Hij kroop nog een stap naar voren en probeerde opnieuw te kijken, gefocust op de plek waar hij dacht het gezien te hebben.

Een schaduw, maar waarvan? Kleiner dan de stenen daar op de vloer, maar geen deel van de vloer of de structuur eromheen.

En toen, onmogelijk, *bewoog* het.

Ben hijgde. Het was niet zomaar een schaduw. Niet zomaar een levenloze vorm.

Het was Mia.

Ze was op de een of andere manier over de rand gevallen, helemaal op de ronde vloer van het kurkentrekkerachtige binnenatrium.

Ben kneep zijn ogen dicht en keek nog eens. Het was haar arm, licht gebogen en in een vreemde hoek, maar hij bewoog. Er was geen twijfel mogelijk.

"Reggie," zei hij. Hij wilde schreeuwen, naar Reggie en de anderen en naar Mia, om te zien of ze in orde was. Maar dat was ze duidelijk niet, en hij kon natuurlijk niet zomaar gaan schreeuwen - dat zou te veel ongewenste aandacht trekken.

"Zo, wat is er?" keerde Reggie's stem terug. Ben draaide zich niet om - hij wilde zijn ogen op haar gericht houden, om er zeker van te zijn dat hij haar niet zou verliezen in de drijvende schaduwen van de steen ver beneden.

"Ik - ik heb haar gevonden," zei hij.

"Je wat? Echt? Waar is..." Reggie's stem stokte. Hij moet gezien hebben waar Ben was, waar hij naar keek. "Shit, meen je dat? Hoe is ze gevallen? Ik bedoel, ze was daar bij ons met die twee soldaten, toch? In een van die kleine stenen hokjes?"

Ben knikte. "Ik weet het niet. Kom hier, zorg ervoor dat ik niet gek word."

Hij hoorde voetstappen, toen Reggie's stem weer. "Hé, waar is..."

Zijn stem viel weer weg toen hij een klap hoorde. Een holle *plof*, als het geluid van -

Ben draaide zich om. "Wat krijgen we nou?"

Er was een schimmige bal van ledematen en ledematen die naar hem toe rolde. Hij merkte Reggie's grotere, langere lichaam op, en...

Luka?

"Hé!" schreeuwde Ben, zijn stem op de twee mannen richtend. "Hé - hou daar mee op. Wat krijgen we nou?"

Reggie trok zich terug om Luka een klap in het gezicht te geven, maar die ging naast. Luka profiteerde en kneep de man uit de weg. Beiden gleden dichter naar Ben, en hij bereidde zich voor om de kleinere wetenschapper van Reggie af te trekken als het nodig was.

Wat is er in godsnaam mis met hem? dacht hij. *Waarom zou hij* -

Luka trok zich terug uit de vechtpartij en draaide zich naar Ben, en Ben's keel verstrakte. Hij had plotseling alle antwoorden die hij nodig had over deze man.

Zelfs in het zwakke licht, was het duidelijk. De Rus had geacteerd, hem bespeeld. Daar was geen twijfel over mogelijk. Luka's gezicht had pokdalige plekken, vol littekens, en nu was het teruggetrokken in een strakke, boze grijns.

Hij fluisterde iets in het Russisch. *Gorod.* Ben wist niet wat het betekende. Betekende het dat hij Mia had vermoord? Had hij haar van deze klif gegooid? Waarom? Hij schudde zijn hoofd, probeerde het allemaal weg te duwen; het was te ongelooflijk.

Reggie had zich ook van het gevecht losgemaakt en deed een stap achteruit. Ben wist wat er zou komen. Reggie zou naar voren springen, zijn hele lichaam op de man afwerpen, en hem knock-out slaan.

Reggie hurkte en bereidde zich voor op de aanval. Luka keek naar Ben, maar Ben kon zien dat zijn ogen op Reggie gericht waren. *Was hij aan het wachten? Bereidde hij zich voor?*

Ben wist dat hij iets moest doen. Hij stapte opzij, klaar om naar voren te springen als Reggie's eigen aanval mislukte.

Reggie ging op Luka af, veerde op in een vlaag van snelheid, richtte recht op Luka's middelpunt van de massa.

Toen, juist op het laatste moment, stapte Luka *naar* Ben *toe*, liet een been opzij vallen en liet Reggie struikelen, die tegen de stenen muur achter de Rus zeilde.

Shit.

Maar dat was niet alles - Luka's aanval was nog niet klaar. Met hetzelfde been dat hij gebruikte om Reggie's benen te vegen, gebruikte hij het momentum en zwaaide het omhoog en rond zijn lichaam.

Naar Ben.

Ben zag het aankomen, maar hij was hulpeloos. De laars kwam snel omhoog, en er was niets wat Ben kon doen om het te stoppen. Hij hield zijn onderarmen omhoog, in ieder geval om de directe klap tegen te houden.

Het zou goed hebben gewerkt, als Ben op vaste grond had gestaan. Maar Ben stond niet op vaste grond.

De schop kwam aan - harder en sterker dan Ben zich had voorgesteld. Het was duidelijk dat Luka ervaring en training had in een gevecht van man tegen man. Ben maakte een notitie om mevrouw E te smeken hem en het team een beetje te trainen in haar favoriete vechtstijl, Krav Maga.

Maar daar was nu geen tijd voor. Ben verdedigde zich zo goed als hij kon, hij ving de klap op met zijn onderarmen en duwde tegen de laars om het momentum te pareren. De fysica was niet in zijn voordeel - hij voelde zijn bovenlichaam achterover vallen, kielend over de rand.

Nee, nee. Hij voelde de gewichtloosheid toen hij Reggie op zich af zag komen.

"Ben!" riep Reggie.

Bens armen zwaaiden nu wild heen en weer, naar niets anders dan lucht, niets dat hem stabiel kon houden. Niets dat hem in leven kon houden.

Hij voelde de absolute terreur van wat er stond te gebeuren over zich heen komen, maar toch, hij vocht ertegen. *Nee,* zei hij nog eens tegen zichzelf. *Nee, ik zal niet -*

Reggie was daar, reikte naar zijn armen. Ben kon ze niet tegenhouden, kon zich niet vastgrijpen aan Reggie's handen. Hij schreeuwde, de gedachte dat dit zijn laatste kans op overleven was, werd hem teveel.

Luka was nu weg, verdwenen in de donkere schaduwen.

Reggie probeerde het nog eens, maar Ben zat al aan zijn middel en viel nog steeds. Zijn linkervoet verliet de rand, daarna zijn rechtervoet.

Reggie's ogen stonden wijd open, schreeuwend naar hem. Hem smekend om hem te grijpen.

Ben probeerde het, en hij kon het niet. Hij was nu evenwijdig met de vloer, en ook ongeveer even hoog. Zijn rug en onderlichaam trokken hem naar beneden, en zijn bovenlichaam en armen konden er niets aan doen.

Terwijl Reggie op hem neerkeek, zag Ben hem kleiner worden. Hij was aan het vallen.

Hij viel, en hij zou sterven.

Hij gilde opnieuw, en toen werd Reggie en alles om hem heen zwart toen het licht wegviel.

HET WAS TIEN MINUTEN GELEDEN, en terwijl het team geduldig wachtte op de terugkeer van Ben, Reggie en Luka, hopelijk samen met Mia, kon Julie niet anders dan zich zorgen maken. Ben was bekwaam, maar hij was gewond. Hij was gekwalificeerd, maar hij probeerde ook de beste beslissing te nemen voor de groep als geheel, niet alleen voor zichzelf.

Julie wist dat hij onbezonnen kon zijn, vooral als jongere man, dus hoopte ze dat hij een beetje egoïsme kon bewaren en zichzelf kon beschermen. Zij had hem meer nodig dan de anderen.

Ze zuchtte en keek om zich heen. De lichten waren nog aan, wat haar vertelde dat de Russen die hen achtervolgden ze net zo hard nodig hadden als zij. Dat was goed - als ze uit zouden gaan, zou het hier ongetwijfeld onmogelijk donker worden, en konden ze het net zo goed opgeven. Geen van hen had een zaklamp of zelfs maar een telefoon.

De twee overgebleven Russische wetenschappers, Evgeni en Tatiana, zaten ineengedoken tegenover haar in de kleine hal, bij een van de kleine hokjes die in de steen waren uitgehouwen. De twee dode Russische soldaten waren in het hokje naast Julie gepropt, maar ze wendde zich niet om naar hen te kijken. De ogen van één man waren nog steeds open, omhoog gericht en uit zijn graf, recht in haar richting.

Ze huiverde. De dood was niet iets waar ze ooit over had nagedacht, tenminste niet serieus. Ze had er genoeg van gezien - soms zelfs dood door haar hand - maar ze had nooit echt stilgestaan bij de finaliteit ervan. Het was absoluut, eindig. Iedereen sterft, en bijna iedereen die ooit geleefd had, was al gestorven. Zij en alle anderen hier zouden daar uiteindelijk deel van uitmaken.

Een nooit eindigende cyclus, een die - tot nu toe - de mens nog nooit had doorbroken. En hoewel ze geloofde dat er een reden achter dit alles zat, een hoger ontwerp dat haar had toegestaan hier tijdelijk te zijn, dacht ze ook dat er een reden hoorde te zijn *waarom*.

Een reden waarom ze hier was, op deze plaats en in deze tijd. Een reden waarom ze leefde.

Het was iets vreemds om rekening mee te houden, en pas onlangs was ze begonnen het vanuit dit perspectief te bekijken. Ze wilde weten wat haar doel was; waarom ze Ben en de CSO had gevonden en alles wat die tot stand had gebracht.

Zij wilde weten waarom *zij* hier op Antarctica was, in een oude stad, gebouwd door een al lang overleden beschaving, om te proberen de Russische soldaten ervan te weerhouden hen te doden.

Het leek allemaal zo vreemd en onnatuurlijk, en toch paste het op de een of andere manier. Alsof het vreemde voor haar natuurlijk *was*. Alsof ze hier was om dit werk te doen - wat het ook mag zijn.

Ze slaakte een zucht en stond op, in de hoop wat tijd te

kunnen doorbrengen met Evgeni en Sarah - in haar ogen de twee meest waarschijnlijke kandidaten om dit alles uit te zoeken. Ze leken allebei het Minoïsche probleem van verschillende kanten te benaderen, vanuit tegengestelde gezichtspunten, en toch konden ze met elkaar discussiëren en van elkaar leren.

Uiteindelijk wilde zij weten waarom de Russen hier waren - wat deze specifieke plaats bevatte dat de Russen belangrijk en interessant hadden geacht. Olie hadden ze al uitgesloten, maar zou er nog een andere natuurlijke hulpbron kunnen zijn, zo waardevol dat de natie een vertrouwd verdrag moest ondermijnen en hun plannen goed geheim moest houden, tot zelfs het neerschieten van een vliegtuig in de lucht toe?

Dr. Lindgren stond aan de zijkant, te praten met Gator en Freddie. Beide mannen leken volkomen onaangedaan door het feit dat ze zojuist twee jonge soldaten van het leven hadden beroofd en hen zonder pardon in een scheur in de muur hadden gepropt.

Toen ze naderde, gingen Gator en Freddie ervandoor en zetten hun gesprek voort in de gang.

"Hé," zei Julie tegen Sarah.

"Hey."

"Volhouden?"

Sarah keek om zich heen. "Ja... Ik denk dat ik wel oké ben, gezien de omstandigheden."

Julie lachte. "Hé, je zou nu toch moeten weten hoe het is om met ons allemaal om te gaan."

"Ja, ik denk dat dat waar is. Een paar dagen geleden was ik een lezing aan het voorbereiden en probeerde Reggie en Ben te weerhouden van het drinken van alle whisky in de staat."

Julie glimlachte. "Die weg heb ik al bewandeld - er is *veel* whisky in elke staat, en het blijkt dat er veel staten zijn."

Sarah knikte. "Is dat niet de waarheid. Nu zit ik hier te wachten tot mijn vriend terugkomt met een lang verloren gewaande Russische wetenschapper zodat we verder kunnen wandelen in een oud Minoïsch doolhof."

"Yep," zei Julie. "Klinkt als een CSO missie. Trouwens, ik wilde weten hoe jij dit allemaal ziet. Waar we zijn, *waarom* we hier zijn, dat soort dingen."

"Ik ben er nog steeds op aan het kauwen, echt," zei ze. "Je weet het meeste al."

Julie wierp een duim over haar schouder in de richting van waar Evgeni en Tatiana rustig zaten te babbelen. "Denk je dat hij nog iets anders weet?"

"Wie weet?" Zei Sarah. "Hij is slim, dat moet ik hem nageven. Maar hij is geen antropoloog, en hij heeft al toegegeven dat zijn kennis van de Minoïsche geschiedenis afkomstig is van Wikipedia en Google-zoekopdrachten."

"Juist."

"Trouwens, hij lijkt op dit moment te werken aan... *een ander* probleem."

Julie draaide zich om en volgde Sarah's blik. Evgeni leunde achterover tegen de stenen muur in de kubusvormige kamer, maar hij was iets opgeschoven, dichter bij Tatiana.

Julie's hoofd viel een beetje achterover. "Ah, ik begrijp het. Denk je dat onze kleine Russische vriend verliefd is?"

Sarah grijnsde. "Daar lijkt het wel op. Gedeelde trauma's zouden echt goed zijn voor compatibiliteit op lange termijn."

"Dat klinkt als het soort dingen die een psycholoog zou zeggen om hun trauma-slachtoffer patiënten zich beter te laten voelen over zichzelf."

Sarah haalde haar schouders op. "Hé, neem het of laat het. Ik ga gewoon af op wat het leerboek me vertelde."

"Je zei ook dat deze plek *niet* Minoïsch is. En net zei je dat het dat wel was."

"Nou, het is ingewikkeld. Ik bedoel, het is niet de Minoan waar ik over geleerd heb - de Minoan beschaving waar we allemaal van gehoord hebben. Maar die beschaving is waarschijnlijk niet zomaar uit het niets ontstaan. Ze was ergens op gebaseerd. Iets ouder, iets met andere taal- en schriftkenmerken, en waarschijnlijk uit een iets ander gebied. We kennen de Minoïers alleen van wat ze hebben achtergelaten."

"Dus er kan een nog *oudere* beschaving zijn waar we niets van weten?"

CHAPTER 41

SARAH

"HET IS EIGENLIJK WEL WAARSCHIJNLIJK," zei Sarah, terwijl ze haar keel schraapte en de docent in haar voelde ontwaken. "Mensen moeten ergens vandaan komen, helemaal terug vanaf het moment dat de Homo sapiens zich afsplitste en een eigen soort werd. Dat was waarschijnlijk ergens zo'n 70.000 jaar geleden."

Julie stond voor haar, maar beide vrouwen draaiden zich om en staarden naar de gang toen een vreemd geluid om hen heen galmde.

"Hoor je dat?" vroeg Julie. Sarah merkte dat de anderen ook belangstelling voor het geluid hadden gekregen, hoewel niemand een antwoord gaf op de vraag wat het was. Het klonk als een gedempte klap in slow motion, maar het was vaag. Als het niet zo was dat dit deel van de oude stad om te beginnen al ongelooflijk stil was, had Sarah het misschien helemaal niet opgemerkt.

"Zal ik gaan kijken?" vroeg Freddie.

Julie schudde haar hoofd. "Nee, laten we ze de rest van de afgesproken tijd geven. Zonder zeker te weten wat het is, kunnen we niet het risico lopen overvallen te worden terwijl jij weg bent om te controleren."

Hij knikte en viel weer terug in gesprek met Gator. Sarah zag dat beide mannen aan weerszijden in de gang stonden en regelmatig met hun ogen rondzwaaiden. *Op wacht staan*, dacht ze. *Ze kunnen het waarschijnlijk niet helpen en beseffen niet dat ze het doen.* Toch was ze blij voor hen - ze waren een enorme aanwinst voor het team, zelfs voor morele steun alleen.

En ook op het gebied van *fysieke* ondersteuning hadden ze hun nut bewezen.

"Hoe dan ook," ging ze verder, "nadat mensen mensen werden, was er waarschijnlijk een tijd dat we, in feite, nog steeds apen waren. Leven in grotten, rauw vlees eten, voedsel zoeken, dat soort dingen."

"Maar we hebben ons aangepast."

"Maar we hebben ons aangepast," bevestigde Sarah. "We werden - op een gegeven moment - moe van rauw vlees, leerden dat op één plek blijven een ander soort welvaart kon bieden, en beseften dat onze grotere hersenen en de intuïtiviteit van handgereedschap ons een voorsprong konden geven."

"En toen kregen we het internet."

Sarah lachte. "Precies! Ik bedoel, je maakt een grapje, maar als je er echt over nadenkt, weten we natuurlijk dat mensen in staat zijn om dat soort dingen te creëren, want we *hebben* ze. We weten ook waar we *vandaan komen*, dus het vullen van het gat wordt gewoon een kat-en-muisspel met een tijdlijn."

"Van wat ik me herinner, gaat het verhaal van de mensheid maar 10.000 jaar of zo terug, toch?

"Precies," zei Sarah. "Wat we *weten - althans*, wat we *denken* te weten - gaat maar zover terug. Maar na zo'n 4.000 of 5.000 jaar wordt het gevaarlijk. We hebben een ruwe schatting van wat we deden, waar we waren, dat soort dingen, maar er is niet veel meer om op af te gaan."

"Omdat het niet bleef duren?"

"Dat, en het feit dat het waarschijnlijk veel dieper begraven is dan ons onderzoek kan gaan."

"Hoe is dat mogelijk?"

"Wel, herinner je de Jongere Dryas waar Evgeni het over had?"

Evgeni verroerde zich bij het horen van zijn naam, maar hij stond niet op. Sarah zag dat zijn hand nu verdacht dicht bij die van Tatiana lag, en ze kon niet anders dan glimlachen. *Liefde vindt altijd een weg,* dacht ze. *Zelfs in een grot onder het ijs van Antarctica, met de dreiging van dreigend gevaar.*

Julie knikte. "Ja, de rampzalige gebeurtenis die een heleboel dieren uitroeide in Noord-Amerika?"

"Ja," zei Sarah. "Maar niet zomaar 'een hoopje spul' - het was zelfs groot genoeg dat het *beschavingen had kunnen wegvagen.* Zoals, volledig van de kaart geveegd. Hun bouwwerken, vooral als ze van hout of aarde waren gebouwd, zouden gewoon hebben opgehouden te bestaan, en dan zouden alle overgebleven materialen uiteen zijn gevallen. Mijn collega's geven het niet graag toe, maar we hebben geen idee wie er voor ons was.

Sarah had deze lezing al eerder gegeven, en ze vond het altijd fascinerend. Het feit dat de moderne archeologie gefascineerd was door het idee van een 'Clovis-beschaving' heeft haar altijd dwars gezeten. Zeker, het was zo goed als bewezen dat het niet klopte, maar de manier waarop haar collega's vasthielden aan lang gekoesterde overtuigingen was een bewijs van hun onzekerheid over hun carrière en het denken buiten de gebaande paden in plaats van bereid te zijn nieuwe ideeën uit te dagen en uit te proberen.

Freddie kwam aangelopen en onderbrak Sarah's gedachtegang. "Hé, uh, ik denk dat het bijna tijd is..." zijn stem stokte.

Sarah knikte en maakte zijn verklaring in haar hoofd af. *...wanneer ze terug hadden moeten zijn. Als ze dat niet zijn...*

Julie draaide zich naar hem toe. "Ze komen wel terug. Ik weet het zeker."

Sarah keek Julie vreemd aan, zich voor het eerst die dag realiserend dat ze geen aandacht had geschonken aan de emotionele toestand van deze vrouw. Was ze in orde? De eerste helft van de afwezigheid van Reggie en Ben had ze rustig alleen gezeten, en Sarah had aangenomen dat dat was om haar gedachten op een rijtje te zetten, om even op adem te komen.

Nu dacht ze dat het misschien door iets anders kwam - was er iets diep in Julie's ogen dat smeekte om erkenning? Probeerde ze zich groot te houden, terwijl ze van binnen gewoon een wrak was?

Sarah kende het gevoel - ze had het eerder gevoeld. Ze kende de fysieke beklemming in haar borst, de vreemde euforie gebaseerd op angst, een algemene kalme nervositeit. Voelde Julie dit nu ook?

Ze pakte Julies hand en kneep er toen in. Julies ogen dwaalden geschokt naar haar toe.

"Het is oké," zei Sarah. "Je hebt gelijk. Ze gaan naar..."

Er naderden voetstappen en Sarah draaide zich om, Julie en Freddie keken al in de richting van het einde van de gang. De twee soldatenpistolen hadden hun weg gevonden naar Freddie's en Gator's handen, en beide mannen stapten voorzichtig naar de rand van de gang, de wapens gereed houdend.

Sarah voelde zich gespannen, maar toen haalde ze diep adem. Reggie's lichaam verscheen om de hoek. Hij was aan het rennen, alleen nu vertragend.

En toen zag ze zijn gezicht, en de angst keerde terug.

Nee.

Julie rende naar voren. Gator was daar, greep Reggie's arm en hield hem omhoog. "Alles in orde, baas?" vroeg Gator hem.

"Ben," fluisterde Julie. "Ben - waar is Ben?"

Reggie hijgde, ademde zwaar, zijn ogen flikkerden in het rond. "- Klootzak. Waar - Luka?"

"Wat?"

Hij greep het wapen uit Gator's handen en zwaaide het in het rond, en richtte het plotseling weer op de rest van hen. Gator en Freddie deden een stap achteruit.

"*Waar is* Luka?" Vroeg Reggie weer. "Is hij hier?"

Sarah zag dat hij beefde. Zijn ogen waren wild, rood en wazig van - *tranen?*

Ze slikte. *Oh, mijn God. Nee, dit kan niet zijn -*

"*Reggie!*" gilde Julie. "Reggie, *waar is...*"

"Hij is *weg*, Jules!" zei Reggie, terwijl hij de woorden uitspuwde. "Hij is - Luka..."

Gator kauwde op zijn lip; Freddie's gezicht was een masker van verwarring en donkere energie. Evgeni en Tatiana stonden naast Sarah, beiden met grote ogen.

"Laat het me zien," zei Julie zacht.

Reggie keek naar de vloer. Hij schudde zijn hoofd. "Julie, ik..."

"*Laat het me zien.*"

Hij zuchtte en hief toen zijn hoofd op. Tranen liepen over zijn gezicht. Hij veegde ze niet weg, maar maakte zijn zicht vrij met duim en wijsvinger in zijn ogen. "Goed," zei hij. "Laten we gaan. We hebben minder dan een half uur voordat... oh, in hemelsnaam, het kan me niet eens schelen."

Hij draaide zich om en begon door de hal te lopen.

"IK WIL EEN UPDATE," *klonk* Mikhail's stem in Petrokov's oor.

"Ik - meneer?"

"Een update, Petrokov."

Petrokov kon het niet helpen. Hij raakte in paniek. Hij wist niet zeker waar zijn baas op hoopte; hij had al meer dan twee dagen niets meer gehoord van zijn contactpersoon in Antarctica, sinds ze elkaar voor het laatst aan de telefoon hadden gesproken.

Hij rolde zich om en vond het bed leeg. De vrouw die hij gisteravond voor de avond had ingehuurd, was blijkbaar in de loop van de nacht vertrokken. Hij voelde zich een beetje verraden, ook al wist hij hoe het werkte. Tegenwoordig draaide alles om apps en digitale valuta, niet om contant geld. Niet meer zoals vroeger.

Nu had een escort zijn creditcardnummer online en toegankelijk op het moment dat de 'pret' voorbij was, het moment dat ze voelde dat hun transactie voltooid was. Het was als de nieuwe ridesharing apps - de chauffeur hoefde niet eens met de berijder te praten; het werd allemaal magisch en geruisloos afgehandeld.

Hij zat recht, kreunend. Hij had veel gedronken gisteravond -

ze hadden veel gedronken. Eerst was er een hors d'oeuvre geweest in een tapasrestaurant in de buurt, daarna een diner in een vijf-sterrenrestaurant dat zijn broer had aanbevolen, en ten slotte een dessert op roomservice.

Zijn broer was weg nu, dood. Hij had z'n leven willen vieren, z'n bijdrage aan 't moederland, maar 't voelde meer als 'n goedkope truc. Petrokov was degene die van de avond had mogen genieten, niet zijn broer. Hij was degene die de vrouw meenam naar zijn hotelkamer om het feest voort te zetten lang nadat de lichten waren uitgegaan.

Hij snoof, kraakte zijn nek, en wreef in zijn ogen. "Het spijt me, meneer. Ik voel me niet goed vanochtend. Wilt u een update?"

"Dat zou ik doen, Petrokov. En hoe langer je wacht, hoe slechter het in je dossier komt te staan."

Hij slikte. "Oké, goed. Nou, het laatste contact dat ik had met -"

"Onzin, Petrokov," riep Mikhail's zeurderige stem. *"Ik weet al dat je met hem gesproken hebt; ik moet weten waarover."*

Petrokov fronste zijn wenkbrauwen. Hij had werkelijk geen idee waar Michail het over had; zijn laatste ontmoeting met Luka was twee dagen daarvoor geweest. *Was er iets gebeurd?*

Petrokov moest hier voor uit komen. Als ambassadeur van het project, de contactpersoon tussen de missieleider en het hoofd van defensie van de Russische regering, werd Petrokov verondersteld *alles te* weten. Erger nog, hij werd verondersteld in staat te zijn om de volgende stappen te voorspellen die elke partij zou vragen.

En hij wist van niets.

Er was iets gebeurd. Hij moest het weten, maar hij moest ervoor zorgen dat Mikhail niet *wist dat* hij het niet wist.

Hij liet een zucht. *Politiek.*

"Oké, ik zal het je vertellen," stamelde hij. "Ik heb gisteravond een bericht ontvangen van Luka -"

"*Geen telefoontje?*"

"Nee, niet via de gebruikelijke kanalen. Daarom heb ik het niet gemeld."

"*Waarover?*"

"De missie heeft een wending genomen," loog hij. "Luka leek verontrust. Daarom heb ik het niet via de officiële communicatie-kanalen ingediend."

"*Ik begrijp het,*" zei Mikhail.

"Dit is ongelukkig, ja?"

"*Ongelukkig? Denk je dat de Amerikanen die infiltreren in de hoofdinstallatie van Gorod 'ongelukkig' zijn?*"

Petrokov glimlachte. Zijn list had gewerkt - dit is waar Mikhail over belde.

"Ja, het is ongelukkig, Mik-"

"*Het is onvoorstelbaar, Petrokov. Ik wist dat Luka weten-schapper laten spelen en doen alsof hij deel uitmaakte van de Rezak-bemanning een domme, elementaire fout was. Iets dat moet worden verbannen naar het schoolplein, niet worden gebruikt op een missie van dit soort belang.*"

"Precies mijn gedachten, meneer," zei Petrokov. Hij wreef nog eens in zijn ogen en stond nu poedelnaakt voor de spiegel van de hotelkamer en bekeek zijn ouder wordende lichaam. Er was nog steeds een contour van een soldaat te zien, maar dat contour was verouderd, zwak geworden. Hij grinnikte bijna. Hij had de vrouw lang niet genoeg betaald.

"*Wat weet je nog meer?*"

"Ik ben bang dat dit alles is, meneer," zei Petrokov. "Zoals je je kunt voorstellen, het ontvangen van dit soort mededelingen, zo onverwacht, werden ze kort gehouden. Ik werd gealarmeerd dat de Amerikanen hun kwartieren waren ontvlucht, samen met de *Rezak* bemanning -"

"*Ongetwijfeld allemaal deel van Luka's list,*" onderbrak Mikhail. "*Een complot dat hij heeft bedacht om hen van zijn onschuld te overtuigen.*"

"Juist," zei Petrokov. "Ja, precies. Ze zijn de afgelopen dag de hoofdbasis van Gorod binnengedrongen."

"*Vreemd. Ik dacht dat het nog maar een paar uur geleden was.*"

Petrokov schraapte zijn keel. "Ja, nou, ik dacht niet in termen van het tijdsverschil. Het is moeilijk te zeggen. Meneer," zei hij, in een poging de aandacht te verleggen van de minder korrelige details naar die welke gemakkelijker te faken waren. "Wat zijn mijn volgende stappen?"

Er was een lange pauze. Hij wist dat zijn baas Petrokov er meer bij betrokken had willen hebben, zodat hij een deel van de schuld in zijn richting kon schuiven als de zaken harig werden, maar hij wist ook dat Michail hem op afstand moest houden, zodat Petrokov geen gevaar liep de glamour te stelen als de zaken goed gingen.

"*Ik wil dat je blijft zitten,*" zei hij uiteindelijk. "*Er zullen nu sneller updates komen.*"

"Ja, meneer." *Meer gratis tijd in dit mooie hotel in Washington, D.C.,* dacht hij. *Ik denk dat ik dat wel in mijn schema kan inpassen.*

Hij keek op zijn andere telefoon - zijn privé, persoonlijke mobieltje - en vroeg zich af of dezelfde vrouw twee nachten achter elkaar zou werken. Ze had het toch zeker wel leuk genoeg gehad met hem? Ze leek blij met hem te zijn geweest, en ze had zeker genoten van de gratis drank en het eten.

"*We moeten op de hoogte blijven van de veranderende situatie in Antarctica. De rest van mijn team verdedigt zich tegen de altijd indringende VN-beoordelaars, en ze krijgen vragen die veel op een verhoor lijken. Je kent Rusland, Petrokov. Ze houdt er niet van om ondervraagd te worden.*"

"Ja, inderdaad. Dat is prima, meneer. Ik zal alle verdere berichten die ik van Luka krijg doorsturen."

"*Heel goed.*"

Mikhail zei iets over een andere vergadering, maar Petrokov viel in. "Is er... is er een plan, voor het geval dat..."

"*In geval van nood?*"

"Ja."

"*Natuurlijk, Petrokov. Je weet hoe deze dingen gaan. Er is altijd een onvoorziene gebeurtenis.*"

"Is er iets wat ik kan doen om te helpen?"

Hij hoopte dat de vraag overkwam zoals hij bedoeld had - dat hij naar meer verlangde, om zijn superieuren een plezier te doen - niet als een manier om een antwoord te krijgen op zijn echte vraag: hij wilde weten wat er met Luka ging gebeuren.

Hij gaf niets om de wezelachtige man; de man was niets voor hem. Maar professioneel gezien, kon Luka's falen goed zijn voor Petrokov's eigen carrière. Als er een manier was om daar gebruik van te maken...

"*Dat komt nog, Petrokov,*" zei Michail. "*Dat zal inderdaad gebeuren. Maar we zijn nog in het beginstadium van de uitvoering van dat plan. Er is nog tijd voor Luka om te slagen, en het is van het grootste belang dat we hem de tijd gunnen om dat succes te vinden.*"

Petrokovs hart zonk. Hij hoopte op iets meer definitiefs.

"*We zijn echter bezig om een expeditietroep naar Antarctica te sturen. Een klein extractieteam, dat we zullen gebruiken om de*

Gorod faciliteit binnen te dringen en elke laatste bedreiging van de Amerikanen te verwijderen, inclusief hun eigen team."

"Ik begrijp het," zei Petrokov. Hij kon de opwinding in zijn stem niet verbergen. "En... mag ik vragen - hoe zit het met Luka en zijn team?"

"De missie is de overwinning, Petrokov. De spelers op het bord zijn gewoon dat - spelers. Als de missie volbracht is, wissen we alle spelers van het bord. Niemand mag weten wat daar gebeurd is."

Petrokov kon het niet helpen. Hij balde zijn gebalde vuist. *Dit is goed,* dacht hij.

Hij vond het nooit leuk dat zijn landgenoten werden gedood, vooral niet door hun eigen regering. Maar in dit geval, stond hij zichzelf een beetje speelruimte toe. Dit zou mooi staan op zijn CV. Hij zou overleven en gedijen, en hij zou Luka's werk op Antarctica gebruiken als het zijne.

Dit is heel goed.

Hij hing op met zijn baas en keek meteen naar de app die hij de vorige avond had gebruikt. *Ik geloof dat er nog een feestje op zijn plaats is.*

CHAPTER 43

BEN

PIJN WAS EEN GEVOEL WAARVAN HIJ AANNAM DAT DE MEESTE MENSEN HET NOOIT HADDEN ERVAREN. De meeste mensen wisten hoe een snee aanvoelde, net als een brandwond of uitslag. Misschien kenden ze ook de pijn van een snee of een brandwond die diep genoeg was om blijvende schade aan te richten - een litteken.

En de meeste mensen begrijpen het levenslange gevoel van verlies, van iemand te verliezen die hen dierbaar genoeg is, dat de fysieke sensatie van een verschroeiend mes dat steeds weer in hun hart wordt gedraaid voor de rest van de tijd slechts een kleine opluchting was van de mentale en emotionele toestand.

Maar hij veronderstelde dat niet velen in de wereld - althans niet degenen die nu leven, met alle luxe, uitrustingen en eenvoud van het leven - *beide* hadden gevoeld.

Hij, op dat moment, voelde beide.

De pijn van het verlies werd nog verergerd door het feit dat hij, in alle wereldse opzichten, ernstige lichamelijke pijn had.

En dat was allemaal vreemd, want hij kon zich niet herinneren dat hij ooit de wereldse staat had verlaten. Van wat hij zich kon herinneren, was hij nog steeds op aarde.

Toch wist Ben dat er iets onwerelds was aan zijn specifieke locatie. Hij reisde door een universum van heldere pijnreceptoren, zowel emotioneel als fysiek, en er was geen teken dat hij langzamer ging.

Hij glimlachte - of deed tenminste een poging tot de beste virtuele versie ervan - en dreef steeds verder omhoog, in de richting van dat ding dat ze allemaal 'het licht' noemden. Het was ongelooflijk. Ironisch, zelfs. Hij had nooit gedacht dat het zo zou zijn - pijn de hele weg naar huis. Pijn vanaf het begin, pijn tot het einde.

Misschien was dat het spel? Misschien was in het ontwerp van zijn leven de zeer menselijke waarheid opgenomen dat *pijn* hem zou leiden, zelfs door de parelachtige poorten. Hij was niet bijzonder religieus, maar hij had overtuigingen. Geen van die overtuigingen had hem hierop voorbereid.

De pijn was extreem, zelfs toen hij dichter kwam bij dat ding dat hij 'het licht aan het eind van de tunnel' had genoemd. "Het einde. Het doel van zijn levenswerk; de bestemming aan het eind van zijn reizen.

Hij twijfelde er niet aan dat dit het einde van zijn aardse leven was, maar hij was verbaasd dat het begin van zijn hemelse leven zo verdomd pijnlijk was. In zijn dromen, in de vluchtige momenten tussen helderheid en ondoorzichtigheid, wanneer zijn geest zich probeerde te oriënteren tegen de werkelijkheid, had hij overwogen dat de dood een veel zwaardere last zou kunnen zijn om te dragen dan gewoon 'loslaten'.

In feite had hij dit fenomeen aan den lijve ondervonden bij het overlijden van zijn eigen moeder. Haar laatste woorden aan hem waren verward en verward geweest, haar eigen werkelijkheid uit de hand gelopen terwijl ze vocht met de angst om te verliezen wat ze wist en de erkenning van de angst voor wat ze niet wist. Ben had, op dat moment, gewoon toegekeken in afschuwelijke verwondering.

Nu zat hij op de eerste rij. De dood mag dan pas het begin zijn, maar het was een begin waarvan hij niet zeker was of het de moeite waard was.

De wond aan zijn zij schreeuwde het uit met een beverig, kreunend gekraak, alsof zijn torso een boomstam was die bijna was gespleten door de bijl van een doorgewinterde houthakker. Hij werd in twee helften gespleten - getrokken zelfs - door de druk tussen zijn linker- en rechterzijde, en zijn verwonding had het zwaar te verduren.

Maar het was niet het enige dat om zijn aandacht schreeuwde. Zijn geest raasde, probeerde de individuele klachten van vele delen van zijn lichaam te verlichten. Zijn benen voelden gevoelloos, hulpeloos, op die ergerlijk gewone spelden-en-naalden-manier, maar met een verheven doel - elke speld en naald waren nu verbonden met een elektrische stroom van een miljoen volt.

Zijn armen waren boter, maar pas nadat ze tussen twee maalplaten waren verpletterd, gekarnd tot louter vloeibare vaste stoffen, niet in staat hem enige hulp te bieden.

En zijn borstkas - de luchtvoorraad van zijn hele lichaam - was doorboord of samengedrukt of beperkt of iets wat hij niet eens kon begrijpen. De zuurstof kon zijn longen gewoon niet bereiken. Hij wilde hijgen, hard schreeuwen, om hulp roepen, maar zijn borst had de controle over zijn hele wezen overgenomen en leidde hem nu rechtstreeks naar dat vervloekte licht.

Zelfs terwijl hij zonk - zoals het gevoel over het algemeen een gevoel van zinken was, besefte hij - bad hij. Hij bad voor zijn eigen redding als een bijzaak, en richtte zijn bewustzijn en aandacht op Julie en Reggie en de andere leden van het team - *zijn* team - en degenen die hij zich niet eens kon herinneren, maar waarvan hij wist dat hij ze had ontmoet en voor wie hij het beste wilde. Er waren veel mensen die hij moest noemen, toch? Tal van mensen die hij bij naam moest noemen, of dit - wat het ook was - zou niet werken.

Zelfs terwijl hij zonk, veranderde het gebed in een smekende snik van besef dat zijn tijd op deze planeet ten einde liep, en dat besef leidde tot een ander besef dat hem iets heel anders deed beseffen: dat zijn tijd hier op de een of andere manier nog *niet voltooid was.*

Hij was niet *dood.*

Hij was stervende, maar niet dood.

Het einde was nabij, maar hij had het overgangspunt tussen *het einde* en het *nieuwe begin nog* niet bereikt.

De bestaansvlakken waarin hij geloofde waren niet zo gescheiden als hij zich had voorgesteld, en dat was iets waar hij zich aan vast kon houden.

Hij wist niet hoe, maar hij begreep het. Hij reikte uit, visueel, mentaal, emotioneel, virtueel - hoe dan ook - en greep het. Hij greep dat vliegtuig, het vliegtuig waar hij vandaan kwam, en stond zijn gebroken geest een laatste poging toe om dit alles te begrijpen. Hij stond het toe een laatste puzzel op te lossen, een laatste erken-ning dat het, in feite, een doel had op dit vlak.

En die puzzel werd duidelijker. De stukjes waren op elkaar afgestemd, de pieken en dalen van elk perfect in lijn met elkaar, wat een beetje duidelijkheid verschafte.

De foto was wazig, maar de randen van de stukjes niet.

Hij wist nu dat er een sprankje hoop was. Hij was niet dood - nog niet. Zijn hachelijke situatie was echt, zijn strijd pas begonnen, maar hij kon vechten.

Hij kon vechten voor het een of het ander - dood of leven. Of, echt, *leven* of leven, welke versie ervan - welk *vlak* ervan - hij ook wilde. Leven *hier* of leven *daar*. Beide met aantrekkelijke potentiële uitkomsten, beide met aantrekkelijke variabelen.

Hij moest beslissen. *Leven of leven.* Er was geen andere optie.

De dood op het ene vlak betekende leven op het andere, of het leven op het ene vlak betekende de dood - of het uitstel daarvan - van een ander.

Hij wist welke hij zou kiezen voordat het in zijn hoofd was gestold als een levensvatbare optie. Zijn glimlach werd breder.

Ja. Dit is de manier.

Hij keek omhoog, het licht boven schemeriger dan het licht beneden. Het was waanzin, het gevoel van euforie en verwarring en chaos en angst en woede en opgetogenheid alles in één - maar het was *zijn* waanzin.

Het was *zijn* beslissing, althans voor nu, en hij wist welke versie van de werkelijkheid hij moest accepteren.

Hij negeerde het felle licht beneden hem en zwom naar boven.

Naar het zwakke licht. Naar angst. Naar chaos.

Op weg naar de dood.

CHAPTER 44

JULIE

JULIE VOLGDE BLINDELINGS. Ze keek zonder te zien, luisterde zonder te horen. Alles wat ze wist stond op zijn kop, wervelde rond in de dikke soep die haar geest was. Ze probeerde het beetje emotionele stabiliteit dat ze nog had bij elkaar te houden.

Het zou niet blijven duren.

Ze reikte naar de stenen muur, hopend op zijn koele stijfheid als middel om zich op te richten. In plaats daarvan vond ze Sarah. Haar hand viel op de schouder van de langere vrouw, maar Sarah was standvastig. Ze sprak niet, en beide vrouwen liepen zij aan zij achter Reggie aan, Julie's hand op Sarah's schouder.

Freddie volgde achter hen, en de Russische wetenschappers achter hem, geflankeerd door Gator. Geen van hen sprak.

Iedereen was in een roes, een stroom van ongeloof en shock vloeide door hen heen. Ze liepen terug naar de gang waar ze het geschrift hadden gevonden, en toen weer terug naar de brede, ronde opening. Bij de eerste gang waar ze zich bevonden na het verlaten van de bewakersvertrekken, stopte Reggie. Hij stond vlak bij de rand van de kloof.

Julie liet haar hand vallen en liep naar hem toe.

"Hier?" vroeg ze.

Reggie snoof. "Hier."

Ze keek naar beneden. Het was donker, de bodem van de kloof aan het zicht onttrokken.

"Hoe?"

Reggie sprak niet. Hij slikte, een kleine stotterende hap ontsnapte aan zijn lippen tussen twee ademhalingen. Uiteindelijk schudde hij zijn hoofd. "Ik - ik weet het niet zeker. Het was Luka, en we waren aan het vechten. Worstelen. Ben stond... hij stond..."

Reggie zakte in elkaar. Hij stootte zijn knieën zo hard dat Julie bang was dat de barst zijn knieschijven zou breken of op zijn minst de Russische soldaten zou alarmeren, maar die leken voorlopig elders te zijn.

Ze legde een arm op zijn schouder. Ze kneep er niet in. Ze was nog niet klaar om hem te steunen. Ze was nog niet eens klaar om *te accepteren* dat Ben...

Ze kon die gedachte niet eens afmaken. Ze keek nog eens naar beneden, om te zien of er beweging was, een teken van leven.

Maar er was er geen. Het was toch te donker.

"Ik had kunnen - als ik gewoon zou hebben -"

"Stop," zei Sarah. "Reggie, dat kon je niet doen. Het - het was een bizar ongeluk. "

Het leek alsof Reggie op het punt stond dit te aanvaarden toen hij plotseling opsprong en zich omdraaide. Hij trilde nu oncontroleerbaar, en Julie probeerde te begrijpen wat het doelwit van zijn woede zou zijn toen ze hen vlakbij zag staan.

Tussen Gator en Freddie, de twee kleine Russische wetenschappers, Evgeni en Tatiana.

"*Jij...*" Reggie gromde. Zijn stem was paard, diep en scherp. "*Jij bastaard Russische moeder-*"

"Reggie, nee!" Zei Sarah. Ze probeerde te onderscheppen, maar Julie wist dat ze er niet op tijd zou zijn.

Zeker genoeg, Reggie sloot de afstand met twee enorme sprongen en was vlak voor Evgeni in twee seconden. Zijn hand ging omhoog, zijn palm opende zich.

Hij wikkelde het rond Evgeni's nek. Tatiana hijgde en viel opzij. Reggie ging door met tillen en trok Evgeni's lichaam *volledig* van de grond en tot Reggie's ooghoogte.

Hij duwde hem tegen de stenen muur en drukte hard tegen de halsslagader van de man. "*Jij* hebt dit gedaan. *Jij* hebt ons erin geluisd. Waarvoor? Om ons te pakken, een voor een..."

"*Reggie!*" zei Sarah, luider deze keer.

Hij pauzeerde, maar liet zijn greep niet los.

"Reggie, het is *niet* zijn schuld."

Evgeni's mond bewoog, zijn lippen werkten aan een woord dat er niet uit wilde komen. Reggie gaf niet toe.

Julie keek toe, niet in staat zich om te draaien. Het kon haar niet eens schelen. Reggie kon de man doden - hem in de cirkelvormige afgrond gooien - en ze zou er niets van voelen. Ze kon toekijken hoe ze allemaal, inclusief zijzelf, in de put sprongen, en ze zou geen oog dichtdoen.

Het deed er niet meer toe. Er was een missie, maar dat was niet haar probleem. Er was een CSO, maar ze was niet langer geïnteresseerd om er deel van uit te maken.

Sarah smeekte en schreeuwde naar Reggie, en Gator en Freddie probeerden te beslissen wat te doen. Tenslotte bevrijdden de soldaten de kleine man uit Reggie's greep, en hij liet hem op de grond vallen. Evgeni hoestte, hijgde, en ging op handen en knieën om bij te komen.

Hij zoog diep adem in terwijl Tatiana vlakbij zat te snikken. "Ik - ik heb..." Evgeni's stem kraakte. "Ik heb niets... dergelijks gedaan."

"Je *liegt!*" schreeuwde Reggie.

"Ik weet het *niet!* Ik ben niet... Ik wist niet..."

"Luka is een plant, klootzak. In je eigen team. Wil je me vertellen dat je dat niet *wist?* Dat je *niet* samenwerkt met al die andere Russen die ons willen vermoorden?"

Evgeni knikte, schudde toen zijn hoofd. "Ik - ik kan niet - het spijt me, Reggie, maar ik -"

Links van hem sprak Tatiana. "Hij spreekt de waarheid," jammerde ze. "Ik kan u verzekeren. Het is geen leugen. We wisten niet dat Luka hiertoe in staat was. We dachten... we wisten dat hij deel uitmaakte van ons team, met een goede reputatie."

"Ik zou zeggen dat teamgenoten van de rand van kliffen afgooien niet echt een 'goede reputatie' heeft," mompelde Freddie.

"Laat hem praten," zei Sarah. Ze hielp Evgeni overeind.

"Ik kan... Ik kan mijn verdriet over uw verlies niet uitdrukken," begon hij. "Maar alstublieft, begrijp. Wij - Mia, Tatiana, ik - wij zijn slechts wetenschappers, zoals we hebben uitgelegd. Luka, wij dachten ook dat hij er een was. We hadden geen reden om te geloven dat hij dat niet was."

"Hoe ben je hier terecht gekomen?" vroeg Sarah. "In Antarctica. Je bent hierheen gestuurd om monsters te verzamelen? Steekproeven?"

Evgeni knikte uitbundig. "Ja, ja. Dat is de waarheid, dat verzeker ik je."

"En hoe ben je aan dit project gekomen?" vroeg Freddie. "Of heeft het *jou* op een of andere manier gevonden?"

Evgeni slikte, en zijn ogen vielen neer toen hij de waarheid inzag. Hij sprak vele seconden niet, maar Tatiana deed het eindelijk. "We werden hierheen geroepen door een organisatie waar we nog nooit van hadden gehoord. Ze beweerden geïnteresseerd te zijn in onderzoek naar oude kernmonsters, en we zouden rijkelijk worden gecompenseerd."

"Ik begrijp het," zei Sarah. "En deze organisatie had geen connectie met de Russische soldaten die hier rondlopen?"

Haar ogen verwijdden zich, en Julie keek ongeïnteresseerd toe.

"Nee, natuurlijk niet," zei Tatiana. "Als er een verband was, wisten we daar niets van. Het was niet aan ons onthuld."

"Ik weet zeker dat dat met opzet was."

Ze knikte. Evgeni ademde traag, probeerde zijn kalmte terug te vinden. Reggie stond over hem heen, het subcompact pistool naast zijn voeten op de stenen vloer.

"En wie bracht jou op het project?"

Zowel Evgeni als Tatiana keken op naar Sarah.

Langzaam, zwakjes, liet Evgeni een zucht horen. "Ik werd eerder dan de anderen gevraagd om deel te nemen. Ik nodigde Mia en Tatiana uit in het team, omdat zij naaste collega's waren waar ik al eerder mee had samengewerkt. Mij werd verteld dat ik het project zou leiden, en dat de onderzoeksresultaten in vier delen zouden worden verdeeld - tussen mij, Tatiana en Mia, en de persoon die mij aan boord heeft gehaald."

Julie hoefde het niet te horen, maar hij zei het toch.

"Door Luka."

BEN REIKTE OMHOOG EN NAAR HET ZWAKKE LICHT. Elke spier deed pijn van de inspanning, maar hij ging toch door. Hij wist niet zeker waarom; het voelde veel beter om het licht te negeren en verder weg te drijven in de warmte van bewusteloosheid.

Hij realiseerde zich dat hij zwom, langzaam omhoog ging. Toch was het geen water of zelfs pure vloeistof waar hij doorheen zwom - het was iets dichters, iets bijna vast. Het voelde alsof hij in een vat met ketchup was gevallen.

Gedumpt.

Hij herinnerde het zich nu. Hij herinnerde zich het gevoel van gewichtloosheid, het gevoel alle controle te verliezen, het gevoel van...

Verraad.

Luka, de Russische wetenschapper, had hem van de richel getrapt. Hij was door de lucht gevallen in de weidse uitgestrektheid van het atrium van de grote stad, het kurkentrekkerige ontwerp van de gangen en paden kronkelde om hem heen tot hij landde.

Maar hij *was* geland, en hij *was* in leven gebleven. Maar toen was hij meegezogen door de viskeuze vloeistof die dit was, naar beneden getrokken in een onmogelijk vacuüm van druk en bewusteloosheid en niets.

En hij had nu zijn positie. Hij duwde zich terug omhoog, terug door de dikke muur van halfvloeibare massa die hem omringde. Het had geen smaak, geen geur, of zijn zintuigen werkten niet genoeg om hem te waarschuwen. Het was halfdoorzichtig, helder genoeg om door te kijken, om zijn bestemming te zien.

Hij wilde net door het oppervlak breken en naar lucht happen toen zijn hand ergens tegenaan stootte. Het was koud, stijf, maar niet helemaal hard. Hij schopte nog eens omhoog en kroop in de echte lucht en besefte toen pas wat hij geraakt had.

Mia.

Haar levenloze lichaam bungelde daar, waar hij het eerder had gezien, halverwege boven en halverwege onder het oppervlak. Haar onderste helft zat vast in de smurrie, maar haar gezicht en een van haar handen zweefden vrij. Ze was naar de zijkant gegleden, uit het zicht en bij de stenen muur. Hij keek omhoog en merkte dat iemand die op hen neerkeek, hen vanuit deze hoek niet zou kunnen zien.

Ben vroeg zich af of ze hier gestorven was, vastzittend op een angstaanjagende, onbekende plek. Of de val haar gedood had of dat iets anders - of *iemand* anders - dat gedaan had. Hij dacht aan Luka, de bastaard die had geprobeerd hem te vermoorden. Misschien had hij hetzelfde met Mia gedaan en was het hem gelukt?

Zelfs als hij dat niet had gedaan, zelfs als Mia per ongeluk was gestruikeld en over de rand was gestruikeld in de duisternis, het deed er niet toe. Ben zou ervoor zorgen dat Luka zou boeten voor haar dood. Het was geen 'oog om oog' situatie.

Voor Ben was het veel eenvoudiger: Luka had geprobeerd hem te vermoorden. Dat betekende dat de man zou sterven.

Hopelijk kon hij dat laten gebeuren voor hij terug was bij de anderen. Als Luka op een of andere manier Reggie ook had ingehaald, zou niets Luka ervan weerhouden mokkend terug te keren naar de groep en te doen alsof de Russische soldaten zich ermee hadden bemoeid. Van daaruit kon hij rond manoeuvreren en ze een voor een uitschakelen.

Ben moest eruit zien te komen, maar het probleem was dat de wanden van het stenen vat te ver boven zijn hoofd uitstaken. Hij wist niet zeker of hij zich wel uit de zware vloeistof kon trekken, maar dan zou het onmogelijk zijn om de steile wanden te beklimmen en op het eerste niveau te komen.

Tenzij...

Hij keek naar Mia's levenloze lichaam, half in en half uit de goop. Haar ogen waren gesloten, een vredige uitdrukking op haar gezicht. Dat was er tenminste nog. Vanuit zijn perspectief leek het erop dat ze gewoon in haar slaap was gestorven. Hij nam aan dat Luka haar verwond had of neergeschoten, maar als dat zo was, was de wond onder het oppervlak, aan het zicht onttrokken. De val alleen zou haar niet gedood moeten hebben, maar wat het ook was geweest was nog steeds onbekend.

Hij hield niet van het idee om haar lijk te gebruiken voor zijn gewin, maar hij kon gewoon geen betere oplossing bedenken. Hij kende haar niet goed, maar hij dacht dat ze misschien wilde dat hij wegging, om haar dood te wreken en te proberen haar vrienden te redden.

Hij zuchtte en haalde diep adem. *Sorry hiervoor, Mia. Je was een goed mens. Ik haat het dat het zo moet eindigen.*

Ben troostte zich een beetje met de wetenschap dat ze in ieder geval onder de oppervlakte zou worden geduwd, aan het zicht onttrokken. Het was niet veel - zeker geen echte begrafenis - maar het was beter dan niets. Het zou moeten volstaan.

Hij greep haar arm, trok haar zo goed mogelijk naar zich toe en probeerde haar benen en onderlichaam ook omhoog te trekken. Hij probeerde zich haar voor te stellen als een mens, niet alleen als een werktuig dat hij moest gebruiken. Haar lichaam was stijf, zo hard als een plank, en de dikte in combinatie met de onhandige hoek maakte het moeilijk om iets te bewegen.

Na tien minuten werken aan het lichaam, elke minuut een paar stappen vooruit en een paar achteruit, was het eindelijk zo goed als het kon worden.

Hij kwam overeind, trok zijn lichaam zachtjes naar het hare, en zorgde ervoor niet te snel te bewegen. Hoe harder hij probeerde, hoe harder de smurrie hem terug zou trekken. Het was net drijfzand, maar het bewoog alleen als hij dat deed. Alsof het leefde, lachte om zijn vooruitgang en een tegengestelde reactie gaf op elk van zijn acties.

Maar hij had de overhand, en uiteindelijk bevond hij zich grotendeels uit de smurrie, dikke brokken die van zijn lichaam afdruipten en op het oppervlak of op Mia's lichaam spatten. Hij schudde zijn hoofd, hoopte dat hij het bij het rechte eind had wat betreft de fysica die hier een rol speelde, en probeerde toen op te staan.

Mia's lichaam werd naar beneden gezogen in de smurrie toen hij zijn volle gewicht op haar borst zette. Hij balanceerde, zijn voeten en benen trilden terwijl hij zich omhoog uitstrekte. De rand van het eerste niveau was recht boven hem. Zijn handen grepen naar de muur. De gladde stenen veranderden in vette stukken zeep zodra de smurrie ze aanraakte.

Hij kon het doen - hij *moest wel.* Er was geen andere optie. Geen ander alternatief. Hij was dood geweest, herrezen door een vreemde speling van het lot. Of het God was of geluk of iets heel anders, maakte hem niet uit. Hij *leefde nog,* en dat zou hij niet verspillen. Hij had een vliegtuigongeluk overleefd en was hier terechtgekomen, weer dood.

Twee keer in evenveel dagen. Het was onmogelijk voor te stellen, maar toch was hij hier.

En toch kon hij geen greep krijgen op de rand van de muur. Hij kon onmogelijk in zijn eentje opstaan en over de rand klimmen. Hij krabde en pelde de smurrie er in grote stukken af, de glibberige vloeistof liet een olieachtig residu achter dat alles alleen maar moeilijker maakte. Zijn handpalmen sloegen tegen de muur, duwden hem omhoog en overeind, maar konden hem geen steun bieden.

Hij duwde en trok en rekte zich uit voor nog eens tien minuten.

En, door dit alles, zakte Mia's lichaam langzaam weg. Waar hij vroeger een paar knokkels over de rand kon krijgen, kon hij er nu alleen nog met zijn vingertoppen bij. Hij was de strijd aan het verliezen, en iedere keer als hij probeerde zich uit te strekken en op haar lichaam te springen, zakte het lijk alleen maar verder weg.

Het was een ziek, wreed spel, en hij was het aan het verliezen.

Hij zag de bovenkant van zijn kooi wegdrijven, hoger zweven met elke voorbijgaande seconde.

En toen verscheen er een hand aan de rand.

Zijn hart maakte een sprongetje. Hij glimlachte. *Ja. God, dank U. Ja.* Hij zou vrij komen.

De hand werd gevolgd door een andere, en toen nog twee.

Hij fronste zijn wenkbrauwen. Deze handen waren verbonden met armen met mouwen, een donkere kleur die bijna zwart was. Bijna zoals...

Shit.

Hij hoorde stemmen. Russische. Ze spraken met elkaar en met hem. Hij slikte, wachtte. De handen vonden hem, begonnen hem vast te grijpen. Trokken hem omhoog.

Hij zag hun gezichten. Ruwe littekens die zigzaggend over een van hen liepen, en gezwollen brandvlekken op de ander. Dit waren niet de gezichten van zijn team, noch de gezichten van de Russische wetenschappers.

Ze *waren* echter Russisch en hij wist onmiddellijk dat het de gezichten van soldaten waren.

Een van de mannen mompelde iets zachts, iets wat Ben niet verstond. De andere man grijnsde een kwaadaardige grijns, en lachte toen.

Dit is niet goed, dacht Ben. *Helemaal niet goed.*

Ze trokken hem op en over de rand, lieten hem naar lucht happen en bijkomen terwijl zij de wapens pakten die ze opzij hadden gegooid. Ze tilden ze op, sloegen de riemen over hun schouders, en richtten toen de uiteinden op hem.

De man die had gesproken sprak Ben aan in gebroken Engels. "Jij bent Amerikaan," zei hij. "En je hebt mijn mannen gedood. Je zult je voor hun dood verantwoorden."

DR. SARAH LINDGREN KEEK NAAR DE VLOER TOEN ZE DE GANG RONDGINGEN. Dat was voor haar de betrouwbaarste manier om te bepalen of er iemand om de volgende hoek op hen wachtte - hun schaduwen verraadden hen vaak, zelfs als ze niet bewogen.

Wat ze echter niet had verwacht, was dat de eerste aanval van achteren zou komen.

Ze draaide zich om toen ze het gedempte gegrom hoorde van Gator die neerging, zag de lichtflits in zijn grote ogen toen het mes in zijn nek stak, voelde de koude terreur van dopamine in haar lichaam toen ze zich realiseerde dat de Russische soldaten hen al die tijd stilletjes hadden gevolgd.

En net als dat, was Gator dood.

"Nee!" hoorde ze Freddie brullen. Hij liep vlak achter haar en Reggie, die naast Julie stond, maar hij blies snel Evgeni en Tatiana voorbij om achteraan te komen. De twee Russen die Gator hadden beslopen en hem hadden uitgeschakeld, waren klaar.

Freddie lanceerde zijn enorme lichaam op de eerste van de

Russen, die probeerde het mes uit Gator's nek te halen en zich voor te bereiden op de volgende aanval. Freddie versloeg hem, en samen stortten beide mannen neer op de stenen vloer en begonnen rond te rollen, waarbij ieder probeerde grip te krijgen op de ander.

De tweede Russische soldaat negeerde het gevecht voor het moment en richtte zijn aandacht op Reggie, die zijn machinepistool naar de achterkant van de rij had gedraaid. Sarah wist dat hij pas zou vuren als het overduidelijk was dat ze allemaal uit de weg waren, dus trok ze zich terug en drukte zich tegen de zijmuur.

Evgeni en Tatiana, van hun kant, sloegen op de grond en doken uit de weg. Julie keek toe met een afstandelijke uitdrukking op haar gezicht. Als de Rus dacht dat ze een bedreiging vormde, liet hij dat niet merken. Hij sprintte de gang op in de richting van de opening in het atrium op dat niveau waar ze naar op weg waren geweest, met zijn vizier op Reggie gericht.

De twee soldaten botsten in de lucht, geen van beide probeerde een schijnbeweging te maken. Ze *botsten* gewoon tegen elkaar op, alleen een grom van de Russische man vertelde Sarah dat ze menselijk genoeg waren om het te voelen.

Ze wist hoe Reggie zich voelde - hij had nauwelijks een woord tegen haar gezegd en aan zijn snelle pas door het doolhof van gangen in deze plaats te zien, wist ze dat hij op bloed uit was. Ze had het zelf gevoeld toen ze dacht dat haar vader dood was. Hij was uiteindelijk levend en wel geworden, maar dat veranderde niets aan de dagen van wanhoop en onrust in het onbekende. Voor Reggie, echter, was er geen onbekende - hij had zijn beste vriend uit de eerste hand zien sterven. Hij had het de groep in eenvoudige, botte bewoordingen uitgelegd, en hun alleen genoeg informatie gegeven om te begrijpen wat de benarde situatie van hun reis was en wat die betekende voor hun overleving.

Luka werkte samen met de Russische soldaten.

Alle Russische soldaten wilden hen dood.

Ze zaten nog steeds gevangen in een oude stad, onder het ijs in Antarctica.

Het was een onmogelijke situatie die Sarah zelf niet eens kon geloven, maar toch stond ze hier, tegen een stenen muur aangesmakt, toe te kijken hoe twee bovenmenselijke soldaten voor hun leven vochten.

Reggie sloeg de Rus met de kolf van zijn geweer, maar de Rus voelde het niet eens. Hij richtte zijn hoofd op, wierp een paar tanden uit met een brutale, bloederige sliert speeksel, en gaf toen iets terug met een enorme, vlezige vuist.

Pas toen realiseerde Sarah zich dat het de bewaker was die hen eerder in de gaten had gehouden. Degene die haar vanuit zijn ooghoeken in de gaten had gehouden en zelfs had geprobeerd haar te betasten kort na hun aankomst.

Ze wilde dat Reggie het gevecht won, maar nu wilde ze *meedoen.* Ze gilde van woede en lanceerde zichzelf in de richting van de twee mannen in de gang. Toch keek Julie toe, haar gezicht een masker van leegte.

Sarah landde boven op het hoofd van de Russische soldaat en greep meteen naar zijn haar. Ze trok het er in stukken uit. De man schreeuwde iets obsceens in het Russisch maar bleef Reggie onder druk zetten. Reggie sloeg hem in de zij, buik en lies, maar geen van de slagen leek veel kwaad te doen.

Sarah verdubbelde haar inspanningen, trok zich hoger op en stak toen haar duimen zo ver mogelijk in de ogen van de man. Ze voelde hoe het vlees scheurde, hoe de waterige pezen van de huid in de oogkassen van de man loslieten en zich vermengden met het bloed, dat eruit was gedruppeld en langs zijn gezicht naar beneden liep.

Dat deed de truc. De Rus jammerde en viel op zijn knieën. Het was gruwelijk, en ze walgde zelfs bij de gedachte eraan, maar ze was dankbaar dat het schemerige licht van de verbindingsgang het moeilijk maakte om het te zien.

Reggie maakte van het moment gebruik en stak een elleboog omhoog en naar achteren, en ramde die *door* de neus van de man. Bloed spoot omhoog en kwam op Sarah's gezicht terecht, en ze greep verwoed door het slijm om haar duim op zijn plaats te houden.

Hij stopte met voorwaarts bewegen toen hij zijn knieën had geraakt, en de Rus wiegde nu zachtjes, heen en weer. Sarah vond houvast en oefende meer druk uit, voelde meer kneedbare dingen in zijn hoofd opkomen.

Ze kon niet geloven dat ze dit deed, maar ze kon zichzelf niet tegenhouden. Ze herinnerde zich zijn tastende blikken, zijn koude zware klauw op haar achterste, de walgelijke grijns toen hij haar zag blozen...

Ze perste opnieuw en kreunde van de inspanning, en hij kreunde onder haar toen hij het begaf en voorover viel. Toch hield ze vol.

"Sarah..."

Reggie's stem drong eerst niet door.

"Sarah, hey -"

"Nee," zei ze. "Ik heb het *gehad*. Deze klootzak, deze *moeder*..."

"*Sarah*," zei Reggie weer. Zijn arm was daar, zijn hand bewoog. Ze keek op, zag zijn gezicht. De bezorgde uitdrukking erop. Hij reikte naar beneden en trok haar omhoog, zijn vaste greep verlichtte haar beven.

Ze stond zichzelf toe de dode Rus los te laten, eindelijk. Ze stond op en merkte toen pas wat Reggie zo bezorgd had gemaakt.

Zij was het niet - het was niet de weerzinwekkende moord die ze net had gepleegd.

Nee, het was iets anders.

Ze waren niet alleen.

De twee Russen die hen aanvielen en Gator doodden waren niet langer met z'n tweeën. Nu waren het er meer.

Nog veel meer.

Ze wachten allemaal geduldig op de aandacht van de Amerikanen.

Allemaal met wapens en op haar gericht.

BENS LICHAAM DROOP NOG STEEDS VAN DE SMURRIE, en zijn voeten gleden bij elke trede naar beneden. Toch vertraagden zijn Russische gijzelnemers niet - ze hielden hem in beweging en leidden hem omhoog rond de kurkentrekker van het eerste niveau naar het tweede. Hier waren grotere spelonken uit de steen geboord, elk ter grootte van een pakhuis. De muren waren verlicht met verlengsnoeren en op de vloer stonden klaptafeltjes in rijen opgesteld.

Mannen - geen soldaten, maar zo te zien burgers - werkten achter laptops, zittend aan de tafels op klapstoelen. Een paar soldaten liepen er rond, hun wapens over hun schouders. Hij meende er een te herkennen, een bewaker van de plaats waar ze eerder hadden vastgezeten, een man die hem en Reggie had ondervraagd. Niemand wierp hem meer dan een vluchtige blik toen hij binnenkwam, ze waren allemaal bezig met andere geheime belangrijke taken.

Het was een grote operatie, wat het ook was, en Ben was onder de indruk en verrast door de omvang ervan.

"Wat is dit?" vroeg hij. Het was geen verrassing dat geen van de soldaten die hem binnengebracht hadden antwoordde. In plaats daarvan duwden ze hem bruusk naar een tafel aan de zijkant van de kamer, gaven hem een klapstoel, en gingen toen achter hem staan. Hij stond met zijn gezicht naar de muur, de hele operatie van Russen en hun computers en machinepistolen achter hem. Hij haatte het om met zijn rug naar dat alles te staan, maar ze hadden hem geen keus gelaten.

Hij wist dat het een machtsspel was, bedoeld om hem uit balans te houden, en het werkte. Hij kreeg het koud, omdat hij bedekt was met een dikke, glibberige substantie.

Ben wachtte daar een paar minuten met de bewakers, totdat een andere man door een spleet in de steen rechts van hem de grote ruimte binnenliep en Ben recht aankeek.

Ben voelde zijn maag naar zijn keel stijgen.

Luka.

"Jij bastaard," mompelde hij door tanden te knarsen. "Jij vermoordde..."

"Mia?" zei hij, terwijl hij naar hem toe liep en tegenover hem ging zitten. Zijn Engels was onberispelijk, het gebroken stotteren van daarnet duidelijk een act. "Ja, dat heb ik gedaan. En ik zal elk van de andere wetenschappers ook doden, omdat ze hun nut verliezen. Daarna, je eigen team. Hoe noemde je het ook alweer? CSO?"

Ben verschoof in zijn stoel maar antwoordde niet. Hij staarde naar de kleinere man.

"Ik moest weten wie je was, Harvey Bennett," zei Luka. "Mijn excuses voor de dramatische onthulling, maar er is echt geen betere manier om je missie te controleren dan er zelf deel van uit te maken."

"De anderen - Evgeni - ze denken allemaal dat je een wetenschapper bent."

"Ik *ben* een wetenschapper, Ben," zei Luka. "Een verdomd goede, eigenlijk. Gestudeerd in Amerika, geloof het of niet, maar mijn werk is altijd voor het grotere goed van mijn thuisland geweest."

"En welk 'groter goed' is dat?"

"Alles op zijn tijd, Ben. Ik ben bang dat je geen tijd hebt."

"Waarom ben ik dan hier?"

"Ik zei het je - ik moet weten wat je weet. Twee jaar geleden heb ik Evgeni ingehuurd om een team samen te stellen om hier wat ijskernmonsters te nemen, ter voorbereiding op wat je nu ziet, maar ik wilde hem in de gaten houden, dus ben ik zelf bij het team gegaan. Ik had u en uw groep niet verwacht, hoewel we wel wat Amerikaanse interesse in het project verwachtten."

Ben dacht terug aan de eerste ontmoeting met de Russische soldaten in de oude stad. Er was op hen geschoten, maar geen van de schoten was geland, hoewel hun aanvallers hoger gelegen waren, in groten getale aanwezig waren en wapens hadden met meer dan voldoende reikwijdte.

Hij herinnerde zich ook Luka's uitdrukkingsloze gezicht toen ze werden aangevallen. *Hij had het al die tijd geweten. Hij had het waarschijnlijk bevolen.* Ben moest toegeven dat hoe ziek het ook was om een aanval op zijn eigen team, op zichzelf te bevelen, het een goede manier was om alle anderen ervan te overtuigen dat je aan hun kant stond.

Maar met welk doel? Dacht hij. *Waarom al die moeite doen?*

"Ik kan je verzekeren, niemand van ons heeft enig idee wat je hier in godsnaam doet. Of wat deze plek zelfs is."

"Ik weet niet zeker of je me dat *kunt* verzekeren," zei Luka. "Ik heb onderzoek naar jullie gedaan - jullie allemaal. Jullie zijn bekwaam, slim en snel. Jullie hebben genoeg successen opgestapeld, die jullie zakken vullen. Je neemt zaken waarvan je denkt dat ze in het beste belang zijn van je eigen versie van het 'grotere goed,' nietwaar? Het is leuk. Het is allemaal erg nederig, erg toepasselijk. Heel Amerikaans."

Ben sprak niet, wachtend op Luka om tot zijn punt te komen.

"Maar als die missie de missie van de grootste natie op aarde in de weg staat, moet daar iets aan gedaan worden. Hij leunde voorover in zijn stoel, zijn ellebogen op tafel, zijn ogen onderzoekend die van Ben. "Ik *moet* weten wat jij weet. Wat je - als je kon - aan je superieuren thuis zou vertellen."

"Heb jij ons vliegtuig neergeschoten?" vroeg Ben.

Luka knipperde met zijn ogen, maar leek verder helemaal niet geschrokken van de vraag. "Ja. Het testen van een nieuw raketafweersysteem - een kleinschalig grond-lucht lanceerapparaat dat ik door het leger heb laten overbrengen. Ik zou zeggen dat het goed werkt, vind je niet?"

"We verloren een goede jongen daardoor. En piloten. Ze waren onschuldig."

Luka sloeg op de tafel. "Ze hebben je hierheen gevlogen om ons *tegen te houden*, nietwaar? Is dat onschuldig? Ze waren niets anders dan chauffeurs, die je rondleidden in de omgeving?"

"Goed," zei Ben. "We kwamen hier om te zien wat je van plan was."

"Om te spioneren."

"Zie ik eruit als een spion?"

"Dit is Hollywood niet, Ben," snauwde Luka. "*Geen* spion ziet eruit als een spion."

"Het zal wel. Ik ben geen spion."

"Maar je bent hierheen gestuurd om te spioneren."

"We *kwamen* hier om te zien wat je aan het doen was. Dat is alles. En, voor de goede orde, ik weet het nog steeds niet."

"Ik vind het leuk dat je je meerderen beschermt, zelfs als het zinloos is. Wie heeft je gestuurd?"

Ben haalde zijn schouders op. "Ik dacht dat we het gebied zouden verkennen, zoals je zei. Noem het maar toeval dat we je vonden."

Luka grinnikte. "We hebben manieren om..."

"Me laten praten? Echt?"

"Het werkt. Zonder mankeren, echt. Het is gewoon een kwestie van tijd met de sterkere. Ik vermoed dat je later zou breken, maar je zou breken, dat verzeker ik je."

"Ik zei het je al - we weten niets over je plannen hier. Wat is deze plek eigenlijk? Je hebt het duidelijk gevonden, maar van wie was het vroeger? Is het echt Minoïsch?"

Luka schudde zijn hoofd. "Ouder. We hebben het schip gevonden, en hoewel het in perfecte staat is, is het moeilijk te classificeren door welke beschaving het gebouwd is. Het komt sterk overeen met de Minoïsche of Kretenzische regio, maar we denken dat het nog ouder is dan dat."

"Dat is ongelooflijk."

"Het is echt zo," zei Luka. "Bijna net zo ongelooflijk als deze plek. Gebouwd door dezelfde handen die het schip maakten, in de loop van vele tientallen jaren, waarschijnlijk."

"Waarom? Waarom woon je hier?"

"We weten niet zeker of ze dat ooit gedaan hebben, behalve toen ze het bouwden. We hebben geen tekenen gezien dat ze hier veel tijd doorbrachten. We weten niet helemaal zeker waarom."

"Weet je het niet zeker, of wil je het me gewoon niet vertellen?"

"Een beetje van beide. Maar nee, we hebben hier niet alle antwoorden. Dat is waarom je team nog leeft. We hoopten dat er een soort van... hoe zou je het zeggen? Kameraadschap?"

"Dacht je dat we je hier zouden *helpen*?" vroeg Ben.

"We hoopten dat je geïnteresseerd genoeg zou zijn in het vinden van de antwoorden om ons te helpen."

"Daarom bleef je bij onze groep," zei Ben. "Je probeerde informatie van ons te krijgen. Van Dr. Lindgren."

"Ze is een intelligente onderzoeker, voor een vrouw."

"Voor een vrouw? Weet je, jullie zijn allemaal een stelletje achterlijke ouderwetse seksisten. Ik bedoel, echt - vrouwen kunnen geen soldaten zijn in Rusland?"

Luka grijnsde. "Ja, natuurlijk kunnen ze dat. Maar dit is mijn project. Hoewel ik voor mijn vaderland werk, ben ik het niet eens met al hun gemoderniseerde regels."

Ben kauwde op zijn lip. "Hmm, ja. Ik heb wat kerels gekend die niet echt op vrouwen vielen. Ik heb geen probleem met -"

"Ik ben niet -" Luka hield zichzelf tegen, en Ben glimlachte. Hij drong eindelijk tot de man door; hij had duidelijk een gevoelige plek gevonden.

"Wat is er met hen? Hun uiterlijk? Krijg je geen werk gedaan als er vrouwen bij zijn? Of geloof je echt dat ze minderwaardig zijn en kun je het niet verkroppen dat er een iets weet wat jij niet weet?

Luka keek alsof hij op het punt stond op de tafel te slaan of hem om te gooien, maar hij bleef uiterlijk kalm. "Dat - dat is genoeg."

"Of is het dat -"

Voordat hij nog iets kon verzinnen, werd Ben onderbroken door het geluid van voetstappen die achter hem naderden.

De soldaat verscheen in Bens gezichtsveld en boog zich voorover, waarna hij in Luka's oor sprak. Na een paar seconden zag Ben dat Luka zich ontspande en in zijn stoel verschoof. Hij bedankte de man in het Russisch en keerde zich weer naar Ben.

"Het lijkt erop dat mijn team hun werk bewonderenswaardig hebben gedaan," begon hij. "En *uw* team zal zich spoedig bij ons voegen."

BEN KEEK VOL AFSCHUW TOE HOE ZIJN HELE TEAM DE KAMER IN WERD GEMARCHEERD. Hij zag Reggie als eerste, de man had zijn hoofd laag en keek naar de stenen vloer. Hij was ongewapend, en zijn armen werden stevig vastgehouden door twee Russische soldaten. Julie was de volgende, en ze keek Ben recht aan.

Het duurde even, maar ze hield haar hoofd opzij, met ongeloof op haar gezicht. Uiteindelijk opende ze haar mond, sloot hem weer, en toen viel haar kaak.

"B - Ben?"

Hij grijnsde en stond op van de stoel. Hij keek naar Luka, die knikte. Blijkbaar probeerde Luka de rol van gracieuze gastheer te spelen, door zijn gevangenen te laten omhelzen en te vergeten dat ze nog steeds op het punt stonden te sterven.

Ben trok het zich niet aan. Hij rende naar Julie toe en tilde haar van de grond. Elk bot in zijn lichaam deed pijn, en zijn zij herinnerde hem eraan dat hij daar nog steeds een open wond had, maar hij negeerde het en kuste haar.

"Hoe ben je in leven?" vroeg ze. "En wat zit er allemaal op je lichaam?"

"Magische goop."

"Magie wat? En nogmaals, hoe ben je in leven?"

"Magische goop - het is wat er over me heen zit, en het is hoe ik leef. Ik viel in... een vat of zoiets. Het zit vol met een ketchup-dikke half-ondoorzichtige vloeistof."

"Dat is walgelijk."

Hij haalde zijn schouders op, en grijnsde toen. "Ik leef tenminste nog."

Reggie was er ook, en hij greep Ben om zijn middel en pakte *zowel* hem als Julie op. Ben kreunde van de pijn en hijgde bijna van de pijn voordat Reggie hem eindelijk losliet.

Hij lachte toen hij bij Ben vandaan stapte. "En ja, ze heeft gelijk - wat er ook in dat gat zat waar je in viel, het zit helemaal over je heen."

"Was me niet bewust," zei Ben. "Bedankt voor de waar-schuwing."

"Gewoon behulpzaam," zei Reggie. "Goed je weer te zien, maat."

"Jij ook. Oh, en bedankt dat je me daar hebt laten zitten."

Reggie keek geschokt. "Jou verlaten - wat? Je hing aan niets anders dan *lucht*, broer. Zelfs ik kon je reet daar niet van redden. Hoe heb je het er zelfs vanaf gebracht?"

"Magische goop," zei Julie. "Het spul dat overal op hem zit. Zou wel eens willen zien wat dat allemaal is."

"Geloof me, dat doe je niet."

Ben keek achterom naar de deur en zag daar Freddie staan met Sarah en de twee Russische wetenschappers. Ze zagen er allemaal uitgeput uit, plechtig. Hij maakte oogcontact met Freddie, die alleen maar zijn hoofd schudde.

In een flits kwam het allemaal terug. Ben herinnerde zich wat Luka had gedaan; hij herinnerde zich het vliegtuigongeluk en de verwondingen en de dood. Hij herinnerde zich zijn gelofte.

Hij draaide zich terug naar Luka en sprak hem luid genoeg toe zodat de anderen het konden horen. "Oké, tijd dat we allemaal bijpraten, zou je niet zeggen?"

Luka spreidde zijn armen wijd voor hij antwoordde. "Inderdaad," zei hij. Hij stond tegenover Evgeni en Tatiana. "Ik verontschuldig mij voor mijn geheimhouding, maar het was de enige manier om vast te stellen of de volledige opdracht van het project geheim bleef."

Evgeni zag eruit alsof hij wilde huilen, maar Tatiana stond daar, vastberaden en resoluut. Geen van beiden sprak.

"Als jullie me willen volgen, wil ik jullie iets laten zien."

Hij draaide zich om en liep naar de kleine deuropening waar Ben hem uit had zien komen. Ben wist niet zeker wat te doen, maar Sarah en Reggie aarzelden niet. Ze volgden Luka. De Russische soldaten die hen hadden binnengebracht werden op sleeptouw genomen, hun geweren op de grond gericht maar slechts een seconde verwijderd van het klaar zijn om in hun rug te schieten.

Freddie kwam naar Ben toe. "Hé man," zei hij.

"Hey. Sorry over -"

"Het is al goed. Luister, we hebben bijna geen tijd meer."

Ben probeerde het te begrijpen. "We weten niet eens waar dat over gaat, weet je nog? En Luka was degene die het afluisterde, en nu komen we erachter dat hij degene is die achter dit alles zit?"

"Toch denk ik dat er iets is dat we niet weten."

"Er is veel dat we niet weten."

"Ik bedoel..." zijn stem stierf weg terwijl ze liepen. Julie pakte Ben's hand en liep naast hen.

"Wat probeer je te zeggen, Freddie?" vroeg Ben. "Spuug het er maar uit. Denk je dat er nog een wedstrijdklok staat? Gebeurt er binnenkort iets?"

"Het is gewoon... Ik weet het niet. Iets voelt niet goed."

Ben keek recht voor zich uit, probeerde het te begrijpen. Luka ging hen iets laten zien. Of hen vermoorden. Ben wist niet zeker wat - mogelijk allebei. Toch had hij hen tot nu toe in leven gehouden. Waarom? Wat had het voor zin als hij wist dat hij ze toch ging vermoorden?

Nadat ze door de deuropening waren gegaan, kwamen ze een hoek om en Ben zag een andere kamer, even groot als de grote die ze zojuist hadden verlaten. In deze kamer stonden echter machines.

Veel machines.

Ben had geen idee wat een van hen deed, maar ze waren absoluut massief. Ze stonden elk op een rails, zoals een militaire tank, maar in plaats van in een bepaalde richting parallel aan de grond te wijzen, stonden ze verticaal. Een stevige buis schoot omhoog uit de top van elke machine, ongeveer een voet in diameter en lanceerde in de lucht ongeveer acht meter boven de grond.

"Wat de..."

"Dit is het hart van ons project hier," zei Luka, terwijl hij hen rond twee van de massieve mechanische beesten leidde en in het midden stopte. De acht machines stonden in een halve cirkel rond Luka opgesteld, met hun gezicht naar de zijmuur. "We hebben nog drie kamers precies zoals deze. Allemaal gloednieuwe machines, gebouwd ter vervanging van de stenen versies die we hier beneden vonden. Deze zullen veel efficiënter zijn."

"Tweeëndertig van deze slechte jongens," zei Reggie. Hij floot. "En wat zijn het precies?"

Luka glimlachte. "Het zijn in wezen drilboren. Maar in plaats van op de *grond* te slaan, creëren ze een enorme drukgolf, herhaaldelijk, in hun onder druk staande buizen. Die worden versterkt in elk van de holle lichamen van de romp, die dan de golf door de ruimte laat weerkaatsen. Elk van hen is afgestemd op een bepaalde frequentie die we hebben ontdekt als de optimale bewegingsafstand."

Ben kneep de brug van zijn neus dicht. *Hebben ze hier beneden een oude versie van deze gevonden?* Dacht hij. *Oude lawaaimakers? Waarom?*

"Optimale beweging pitch - wat de hel?" vroeg Reggie. "Al die geheimdoenerij, rondsluipen alsof je een onschuldige Russische wetenschapper bent, vliegtuigen uit de lucht blazen? Waarom? Alleen maar om je super rare mechanische orkest te verbergen?"

"Dat vind ik leuk," zei Luka lachend. "Mechanisch orkest. Dat mag ik gebruiken." Hij pauzeerde, en richtte zich toen rechtstreeks tot Reggie. "En nee, het is niet alleen voor muzikaal plezier. Er is een heel bijzondere reden waarom ze op deze manier zijn opgesteld. En het is allemaal voor iets *veel* belangrijkers voor het moederland."

"Ik weet zeker dat het zo is," zei Ben. "Maar dat kan me nu niet echt schelen. Op dit moment wil ik hier gewoon weg. Het punt is dat je iets zei over 'ons toch allemaal vermoorden,' en ik ben *echt benieuwd* waarom je dat nog niet gedaan hebt."

Luka slikte en kwam toen naar Ben toe. Hij stopte op een meter afstand, en Ben voelde hoe Julies hand zich om de zijne sloot. "Ja," zei Luka. "Het is betreurenswaardig dat jullie allemaal hierheen zijn gekomen om te sterven. Helaas kunnen we daar niets aan doen. Ik heb jullie eerder gezegd dat ieder van jullie een doel kan dienen voor deze missie voordat jullie verwijderd worden, of jullie kunnen ervoor kiezen om ongewild naar je graf te gaan."

"Niet zeker of je de medewerking krijgt die je zoekt, Luka," zei Reggie.

"Eigenlijk, weet ik dat wel zeker."

Een van de Russische soldaten ging achter Tatiana staan en hief zijn geweer. Hij richtte het op de achterkant van haar hoofd en vuurde.

Luka draaide zich niet eens om.

TATIANA'S HOOFD HIELD OP TE BESTAAN, en de rest van haar verfrommelde in zichzelf en viel op de grond.

Evgeni legde zijn handen over zijn oren en schreeuwde in stilte terwijl hij reageerde op het oorverdovende geweerschot dat op nog geen meter van zijn hoofd was afgegaan toen hij zich realiseerde wat er zojuist was gebeurd.

"Nee!" schreeuwde hij. "Nee, nee - wat - wat heb je -" hij viel op zijn knieën en trok aan Tatiana's levenloze arm. Bloed sijpelde over zijn handen en plonsde rond zijn knieën.

Ben voelde de adrenaline weer in zijn systeem terugkomen en verbaasde zich erover dat hij nog meer te geven had. Hij sprong naar voren en stond op het punt Luka te slaan toen hij een zware hand voelde die hem tegen de grond duwde. Hij viel, en voelde toen een *klap* op zijn achterhoofd.

Hij was niet bewusteloos, maar hij was onmiddellijk gedesoriënteerd en versuft. Hij keek op en zag twee gedaanten van Julie over hem heen staan, alsmede twee bijpassende Russische soldaten, die beiden hun wapen terugtrokken uit de achterkant van zijn hoofd.

Hij draaide zich om, rolde zich op zijn rug, en zag twee Lukas. De man leek bezorgd, alsof hij net een baby uit zijn nest had zien vallen.

"Nu, laten we verder gaan," hoorde hij Luka zeggen.

Julie bukte en probeerde hem overeind te helpen. Hij kwam tot een zittende positie voor hij zich realiseerde dat hij nog een paar minuten op de grond nodig had. Hij haalde langzaam en rustig adem.

"Ik hoop dat u begrijpt dat ik het niet *graag op* deze manier doe,' zei hij. "Maar ik wil dat u begrijpt hoezeer ik eraan hecht dat dit project *op tijd en* zonder inmenging wordt afgerond. Wij zijn ervan overtuigd dat we precies *op die inmenging zullen stuiten*, en ik ben ervan overtuigd dat *u* - iemand hier, zo niet u allen - van die inmenging op de hoogte bent."

"Waar heeft hij het in godsnaam over?" vroeg Ben. Julie schudde haar hoofd. Hij keek om zich heen. Reggie leek net zo in de war. Evgeni was aan het huilen, de man lag op de grond naast Tatiana's lichaam. Sarah stond naast Freddie, maar haar gezicht was emotieloos.

Luka wachtte een paar seconden. "Laten we verder gaan," zei hij. "De volgende."

De Russische soldaat die Tatiana had gedood schoof opzij en richtte zijn wapen op Evgeni. Evgeni leek het niet te merken, maar Reggie wel.

"Wacht!" zei hij. "Wacht even, wacht even."

Luka glimlachte. "Daar gaan we. Meneer Reggie, ja. Ik ben niet verbaasd. Wat wilt u ons vertellen?"

Reggie slikte, en Ben keek naar zijn beste vriend. Had hij iets voor hem achtergehouden? Wist hij iets dat niemand anders wist?

"Ik, uh, denk dat je een fout maakt."

Luka knikte en dacht even na. "Dat is teleurstellend, Reggie. Ik dacht dat je me echt iets *nuttigs* ging vertellen." Luka draaide zich om en richtte zich tot Ben. "Dit is precies waar ik het over had, Harvey. Je team bewijst zijn *nutteloosheid*, één lid per keer."

Hij gebaarde de Russische soldaat achter Reggie op te staan, en de man hief zijn pistool en plaatste het achter Reggie's hoofd.

Ben voelde zijn maag ineenzakken. Hij had niets te bieden, niets te geven. Hij had geen plan, geen manier om een kamer vol gewapende Russische soldaten af te weren.

Hij keek naar zijn vriend, die Luka recht aankeek. Hij zag de vinger van de Rus over de trekker glijden en hem met zijn vingertop weer naar zich toe trekken.

Reggie's hoofd viel. Sarah schreeuwde.

"Wacht!"

De Russische soldaat pauzeerde, de trekker half overgehaald. Ben haalde diep adem en keek naar Freddie.

"Wacht," zei Freddie weer. "Ik - ik weet wat je moet weten."

Luka keek hem vreemd aan en sprak hem toen toe. "Ik zal je een laatste kans geven. Bewijs dat je nuttig voor me bent, Mr Freddie, of we zijn klaar hier."

Freddie knikte, en knarste met zijn tanden. "Ik weet wat er gaat gebeuren. Ik weet van die 'storing' waar je je zorgen over maakt."

"Is dat zo? En waarom is dat?"

"Ik weet ervan omdat mijn oom de man is die het doorgeeft. Ik heb een hele specifieke set instructies gekregen."

Ben stak zijn hoofd naar Freddie. *Nee,* dacht hij. *Wat het ook is, vertel het hem niet.* Hij vroeg zich af of Freddie nog steeds probeerde Luka te bespelen, om tijd te rekken, of dat er in feite iets was dat hij wist.

"Je hebt het gehoord in de kamers waar je ons vasthield," zei Freddie. "Daarom denk je dat het snel zal gebeuren."

"Over zevenendertig minuten, geloof ik," zei Luka.

"Eigenlijk staat het gepland voor over 23 minuten."

Ben's hart zonk. *Dus het is waar.*

"En wat is het *precies?* En hoe weet je ervan?"

Freddie slikte. "Ik weet ervan omdat het mijn oom was die het heeft opgezet. Ik ben de enige die het kan annuleren, en ik ben de enige die het weet. Hij gaf me een zeer specifieke set instructies. Een bevel om te bellen en hem te waarschuwen dat de missie hier volbracht is."

"En als de missie *niet* volbracht wordt?" vroeg Luka. "Bijvoorbeeld als jullie allemaal onder schot worden gehouden in deze kamer en geen andere optie hebben, geen manier om het aan jullie oom te vertellen?"

Freddie knikte. "Goed, in dat geval zijn we allemaal dood. Jij bent dood, wij zijn dood, je marionet soldaten - allemaal dood. "

Luka's wenkbrauwen rezen. "Ik begrijp het - dat is een zeer interessante theorie, mijn vriend."

"Geen theorie," antwoordde Freddie, terwijl hij zijn hoofd schudde. "Kijk, mijn oom is niet zomaar een gewone kerel. Hij is een belangrijke man voor de Amerikaanse regering, en op dit moment cirkelt er een vliegtuig boven ons hoofd. Een vliegtuig dat voor honderd procent onder zijn bevel staat, en een vliegtuig met een payload."

Bens hoofd viel naar beneden en hij staarde naar de vloer. Ook al had hij dit niet eerder gehoord, hij wist dat Freddie niet loog.

"En het is klaar om het op ons te laten vallen zodra de tijd om is."

DRIEËNTWINTIG MINUTEN.

Julie keek en luisterde met afschuw toe. Ze was het afgelopen uur niet goed bij haar hoofd geweest na het horen van Bens dood en toen ze met haar eigen ogen zijn wederopstanding had gezien. Ze wist dat de man veerkrachtig was, maar dit was iets wat er bovenuit stak.

En toch waren ze nog niet uit de problemen. Niet eens in de buurt. Freddie had informatie voor hen achtergehouden, informatie die het spel had veranderd. De gebeurtenis waar ze allemaal op hadden gewacht had niets te maken met de Russen; het had niets te maken met wat Luka hier van plan was.

Nee, het was de generaal. Freddie's eigen oom zat op een noodknop, een laatste-kans protocol dat het gebied zou decimeren en hen allemaal zou doden.

Ze wilde van streek zijn, maar ze kon het niet. Het was niet Freddie's fout. Hij volgde gewoon orders op, handelde volgens zijn training. En hij *was* een professional. Hij had zichzelf keer op keer bewezen, zelfs door zijn goede vrienden te verliezen. Er was niets aan de man dat Julie zei dat hij in staat was tot sabotage.

Maar het was gekmakend dat ze zo dichtbij waren gekomen - *zij* was zo dichtbij gekomen. Ben leefde, eindelijk. En ze waren weer samen. Alleen om erachter te komen dat de gek die hen allemaal kon doden, niet eens de gek was die hen allemaal *zou* doden.

"Kun je het stoppen?" Vroeg Reggie plotseling.

Zij stonden nog steeds in de grote ruimte vol tankachtige machines, elk van de massieve dingen rustig wachtend op hun moment om tot leven te komen en geluid in de ruimte te pompen. Om welke reden dan ook, hadden ze nog niet bepaald.

Julie probeerde het te begrijpen - waarom Luka's mannen er zo op gebrand waren om een hoop *lawaai* te maken. Waarom ze de kloof daarbuiten met geluidsgolven moesten vullen.

Het was allemaal verwarrend en vreemd, en meer dan een beetje zenuwslopend.

Freddie's antwoord bracht haar terug naar het heden. "Nee," zei hij.

Ben lag op de grond naast haar, hij ademde en probeerde zijn hartslag te reguleren na de klap op zijn hoofd. Gelukkig leek hij in orde, maar ze wilde dat hij zo veel mogelijk rustte.

"Er is niets dat we kunnen doen - niets dat *iemand* van ons kan doen," zei hij opnieuw, deze keer richtte hij zijn woorden op Luka.

Luka grinnikte. "De Amerikaanse manier. Ik hou ervan. Neem de leiding, en als je niet de leiding kunt nemen, neem het. En als je het niet aankunt, blaas je het gewoon op."

"Er moet *iets* zijn wat we kunnen doen," smeekte Sarah. "Kunnen we hem bellen? Hem laten weten dat we in orde zijn?"

"Ik moet het zijn," antwoordde Freddie, "en het moet mijn stem zijn. Leven. Er is een validatie vraag waar alleen ik het antwoord op heb."

"Wat als je was omgekomen in het vliegtuigongeluk?" vroeg Reggie. "Zouden we hier dan voor niets zijn - wachtend om naar de hel te worden geblazen?"

Freddie keek gepijnigd. "Kijk, man, ik heb niet ... je weet hoe dit gaat, toch? Ik had geen keus."

"We hebben altijd een keuze, zoon."

"Noem me geen '*zoon*'," antwoordde Freddie.

Julie voelde de spanning in de kamer oplopen, maar was verbaasd te zien dat Luka gewoon glimlachte.

"Je lijkt niet bezorgd, Luka," zei Ben, die haar de woorden uit de mond nam. "Heb je iets te delen?"

"Zeker niet," zei hij. "Wat ik *wel* heb is mijn antwoord. Mr. Freddie hier heeft zich heel nuttig gemaakt - jullie allemaal, niet zo veel."

Hij stak een hand in de lucht en zwaaide ermee, en Julie huiverde. *Dit is het,* dacht ze. *Hij gaat ons allemaal vermoorden.*

In plaats daarvan begonnen de soldaten rond de kamer te lopen en naderden elk van de machines. Een paar van hen legden hun wapens opzij en begonnen te prutsen aan de knoppen op een naar buiten gericht paneel op de machines. Twee van de soldaten verlieten de kamer en kwamen snel terug met een groep in burger geklede mannen uit de andere kamer.

"Je gaat ons toch niet vermoorden?"

"Ik zal er geen tijd aan verspillen, nee," zei Luka. "Maar je *zult* sterven, dat is zeker. Ik wou dat ik hier kon zijn om het te zien, maar - zoals je al zei - nog twaalf minuten. Dat moet net genoeg tijd zijn om weg te komen van dit geschenk van hogerhand dat je oom zal overhandigen."

"Dat zal het niet zijn," zei Freddie. "Het zal je van de aard-bodem blazen -"

"Des te meer reden om een voorsprong te nemen, mijn vriend," zei Luka. "Ik wens je het allerbeste. Dit is heel plezierig geweest."

Hij wilde weggaan, maar Julie stond op en draaide zich om. "Luka!" schreeuwde ze. Hij draaide zich om, met een ongeduldige blik op zijn gezicht. "Dit alles - je werk hier, deze machines, waar je ook naartoe hebt gewerkt - het zal weg zijn. Vernietigd. En jij vindt... dat goed?"

Hij overwoog de vraag een ogenblik en begon toen te lachen. Het begon langzaam, steeg toen een beetje tot hij het afkapte. "Het zal u verbazen dat uw vriend hier, Mr Freddie, mijn werk nog *gemakkelijker* heeft gemaakt. Dit zal heel goed in mijn plannen passen, vermoed ik."

Zonder verdere uitleg draaide hij zich weer om en verliet de kamer, snel bewegend en geflankeerd door twee Russische soldaten.

Julie draaide zich om, alles in zich opnemend. De overge-bleven soldaten werkten aan de machines, enkelen stonden er nog bij met getrokken wapens, hun ogen op haar en de groep gericht. Evgeni lag snikkend op de grond, heen en weer schommelend. Sarah en Reggie zaten hand in hand, net als zij en Ben, en Freddie leek in een shock.

"Oké," zei Reggie uiteindelijk. "Nog twintig minuten tot het einde van de wereld. Er zal hier straks veel water zijn - wat zeg je ervan als we, uh, uitzoeken hoe we dat kunnen *voorkomen?*"

Freddie zag eruit als een kind dat net gepest was. "Het is onmogelijk," zei hij. "We kunnen niet op tijd een computer hacken of zelfs maar een verbinding op afstand tot stand brengen op een open computer. De validatie alleen al kost me dertig seconden, en dan..."

Ben trok zich op met Julie's hulp en wendde zich toen tot Freddie. "We doen niets met de hulp van je oom, eigenlijk. Het is niet mogelijk, dus het is geen optie om tijd aan te verspillen."

"Heb jij een beter idee?"

"Nope," zei Ben. "Maar ik heb een paar van die 'geen idee wat we in godsnaam moeten doen'-situaties meegemaakt, en het antwoord lijkt altijd naar ons te schreeuwen, en ons recht in het gezicht te staren."

"Dus... wat doen we eerst?" vroeg Freddie.

Ben glimlachte en wees toen naar Evgeni. "Eerst moeten we deze man wat meer vragen over iets wat hij ons eerder vertelde."

BEN SCHRAAPTE ZIJN KEEL TOEN EVGENI EN DE ANDEREN NAAR HEM KEKEN. "Maar laten we eerst wandelen en praten."

"Denk je dat ze ons laten gaan?" vroeg Reggie.

"Er is maar één manier om daar achter te komen." Ben deed een stap in de richting van de uitgang, weg van de machines. De bewakers die wapens vasthielden verschoven, maar bewogen niet naar hem toe. Geen van de anderen in de kamer leek het te merken.

"Ze hebben het te druk met die machines," zei Reggie. "Wat voor magisch geluid ze ook proberen te maken met deze dingen, ze zijn nogal vastbesloten om het af te maken."

"Waarom zou een geluid zo belangrijk zijn?" vroeg Julie toen ze de kamer verlieten. In de kamer ernaast, de grootste, zaten mannen achter hun computerschermen, snel tikkend en zich op niets anders concentrerend dan de tekst recht voor hun ogen.

Ben vroeg zich af of ze wel wisten wat hun lot over twintig minuten zou zijn. Of Luka hen had ingelicht, of dat hij te druk bezig was zijn eigen hachje te redden. En het waren allemaal mannen, wat Ben vreemd vond. Hij wist dat Luka er iets over gezegd had, maar hij vroeg zich af of het een soort sekte was, een groep die zo bereid was blindelings bevelen op te volgen en naar een gemeenschappelijk doel toe te werken dat ze zich niet eens bekommerden om hun naderende dood.

"Moet een mooi geluid zijn," zei Reggie.

Zonder waarschuwing klonk er een enorme *krak* door de kamer. Een paar mannen achter computers keken om zich heen, maar niemand kwam uit zijn stoel.

Ben en Julie hadden hun handen over hun oren, terwijl Reggie met zijn kaak bezig was, om die van hem te laten knappen.

Freddie sprak, maar zijn stem was veel luider dan normaal, ongetwijfeld een nawerking van het lawaai. "Wat was *dat* in hemelsnaam?"

Een andere *knal* deed de muren schudden, en wat stof begon van hoog boven neer te vallen. Een derde krakend geluid galmde door de kamer.

"Ik geloof dat dat het prachtige geluid is dat we zo graag wilden horen," zei Reggie.

Er weerklonken nog drie knallen, elk luider, en elk afkomstig uit de kamer naast de hunne. De vierde knal leek overal vandaan te komen en vulde de ruimte met kakofonie.

"Ze starten de machines in alle kamers," zei Ben. "Ze staan op een gesynchroniseerd schema. Eén elke vijf seconden of zo."

"Geweldig," zei Reggie. "Klinkt alsof onze laatste twintig minuten op aarde een echte hoofdpijn gaan worden."

Freddie hield nu zijn handen voor zijn oren en schreeuwde om gehoord te worden. "Maak je altijd zulke grapjes tijdens een missie?"

Reggie haalde zijn schouders op. "Ik heb er nooit goed aan gedaan om in de rij te staan en orders aan te nemen van een ringdinger die je kan neerschieten."

"Laten we geconcentreerd blijven," zei Julie. "We moeten weten wat het *nut* van dit alles is, toch?"

Ben keek naar Evgeni, die zijn handen niet meer over zijn oren had, maar nog steeds voorover gebogen zat, een beetje ineengedoken. Hij leek gebroken, verslagen. "We moeten met hem praten. Hij zei eerder iets, iets dat ons kan helpen."

"Verschuiving van de aardkorst," zei Sarah. "Het is een geologische theorie, maar het is halfbakken en de meeste basisprincipes zijn weerlegd."

"De mogelijkheid van het bouwen van een stenen stad op Antarctica duizenden jaren geleden werd ook weerlegd," zei Reggie.

"Eerlijk genoeg," zei ze. "Evgeni? Wil je ons er meer over vertellen?"

Hij keek naar links en rechts en huiverde toen het dreunende geluid nog luider werd.

"Shit," zei Reggie. "Ik kan mezelf niet eens horen *denken*. Kunnen we ergens anders heen gaan waar het wat rustiger *is?* "

Ben knikte. "We moeten toch verder gaan. Alles om verder weg te komen van die mafkezen en hun gekke lawaaimakers."

Ze liepen naar de uitgang van deze kamer, de uitgang die uitkwam op het kurkentrekkervormige atrium dat alle paden en gangen verbond met de centrale slagader, en vonden het lawaai daar nog harder. Bens kaak klapperde, zijn oren stonden op ontploffen. De druk om de vijf seconden leek te groot te zijn, opbouwend en opbouwend tot hij uiteindelijk losliet en zich terugtrok. Nog langer, en hij was bang dat hij een trommelvlies zou breken, of erger.

Hij leidde de groep naar een gang die een bocht maakte vanaf het lagere niveau waar ze waren, en onmiddellijk nam het lawaai af. Het was nog steeds duidelijk hoorbaar, en de muren van de stad schudden en rammelden nog steeds bij elke trommelslag, maar het was veel beter dan waar ze geweest waren.

"Oké," zei Ben, terwijl hij op zijn horloge keek. "Hoeveel tijd hebben we nog? Misschien vijftien minuten?"

"Ik zou zeggen veertien," zei Freddie.

"Goed," antwoordde Ben. "We zullen zorgen dat het werkt. Maar eerst moeten we weten waar dit allemaal over gaat. Er is geen voertuig op de planeet dat snel genoeg is om ons ver genoeg weg te krijgen als die bom afgaat, dus -"

"Dus we zijn de pineut," zei Reggie. "We blijven hier zitten, wat er ook gebeurt."

"Zo ongeveer," zei Ben. "Dat betekent dat als er een manier is om ons te redden, het hier moet zijn."

"In een onmogelijke stad die hier onmogelijk kan zijn en onmogelijk Minoïsch kan zijn."

Ben boog zijn hoofd zijwaarts en keek Evgeni aan. "Eigenlijk denk ik dat deze plek Minoïsch *is*, of wie ze daarvoor ook waren. We waren op het juiste spoor, en ik denk dat Evgeni en Sarah ons kunnen inlichten over de details."

"MAAR DIT IS ONMOGELIJK," zei Julie. "Toch? Het is niet bekend dat de Minoërs - of wie ze ook waren - ooit zo ver gereisd hebben."

"Maar het was bekend dat ze *reisden*," zei Sarah. "Ons onderzoek van toen we op het eiland Santorini waren, bewees dat de Kretenzers in staat waren om per schip veel verder te reizen dan wat we eerder dachten. Het haalt de bekende geschiedenis van de beschaving volledig overhoop."

Evgeni verroerde zich en richtte zich op. Het leek erop dat zijn wetenschappelijke aard de overhand had gekregen, en hij kon niet anders dan zich in het gesprek mengen. "En ons onderzoek bevestigt dat," zei Evgeni. "Het is niet volledig en het is zeker niet grondig, maar als we de geschiedenis van de bekende Minoïsche beschaving bestuderen en weten dat zij op de een of andere manier in staat waren om een boot helemaal hierheen te krijgen, lijkt het steeds waarschijnlijker te worden."

Julie knikte, terwijl ze alles in zich opnam. Ze kon haar ogen nog steeds niet geloven. Wat het ook was, wie het ook gebouwd had, het was verbazingwekkend. "Maar het is *steen*, geen ijs. Dat betekent dat ze alles hierheen hebben moeten brengen, toch?"

Er was een pauze, en toen nam Evgeni het woord. "Niet noodzakelijk," zei hij. "Dat is waar Ben op doelde. Het is een theorie die ik neig te geloven, hoewel ik in de minderheid ben in mijn gemeenschap."

"Wat is er?" vroeg Julie.

"Mijn team heeft ijskernen bestudeerd. In het algemeen kennen we de geologische geschiedenis van dit gebied en een groot deel van het continent. Vanuit het oogpunt van het tijdperk veronderstellen mijn team en ik dat Antarctica veel te maken heeft gehad met recente ijstijdachtige gebeurtenissen."

"Wat betekent wat precies?" vroeg Ben.

"Het betekent dat Antarctica, net als elk ander continent, is geduwd en getrokken door veranderende temperaturen. Door zijn huidige ligging op de aardbol lijken die temperaturen constant *laag te* zijn, duidelijk onder het vriespunt gedurende het hele jaar."

"Wat betekent *dat*?" Vroeg Ben.

"En wat bedoel je met *'huidige* locatie?" voegde Reggie eraan toe.

Evgeni knikte snel. "Ja, ja, daar kom ik nog wel op, dat verzeker ik je. Maar eerst. Bedenk dat het einde van de laatste ijstijd, toen de aarde langzaam begon op te warmen - een fase waarin we ons nu nog bevinden - ergens in de buurt van 8-12.000 jaar geleden een volledige pauze nam. Het wordt de "Jongere Dryas"-periode genoemd. Het was een tijd van *snelle* afkoeling, als een terugkeer naar ijstijd-niveaus in een tijdsbestek van *decennia* in plaats van millennia. Ik heb deze periode specifiek bestudeerd tijdens mijn afstudeeronderzoek, dus ik ben bijzonder goed toegerust om over de waarheidsgetrouwheid ervan te debatteren."

Hij keek om zich heen alsof hij wachtte op iemand die met hem in discussie zou gaan, maar niemand deed dat. Zelfs Sarah leek tevreden met zijn mini-college tot nu toe.

Evgeni vervolgde door zijn keel te schrapen. "Juist. Wel. Die tijdlijn komt overeen met het *veronderstelde* einde van de Minoïsche beschaving, ja?"

Julie knikte, en merkte dat Sarah weer mee knikte, instemmend.

"En deze plek is gebouwd in steen op een plaats waarvan bekend is dat er weinig van dat winterharde aardse materiaal is." Hij grinnikte om zijn eigen grapje, maar blijkbaar begreep niemand anders het. "Heel weinig, maar niet *niets*."

Julie's ogen verwijdden zich. "Oh, mijn God," zei ze. "Ik begrijp het. Ik begrijp waar je naar toe wilt. Antarctica is niet *alleen maar* ijs, toch?

Evgeni's ogen twinkelden.

"Het is een *ijskap*, die een landmassa bedekt."

"Twee of meer grote landmassa's, eigenlijk."

"Dat klopt," voegde Reggie eraan toe. "Er stroomt een rivier tussen hen in, toch?"

"Het is eigenlijk gewoon de oceaan, vernauwd tot een zeestraat tussen de twee belangrijkste Antarctische landmassa's, waardoor ze beide als enorme eilanden van elkaar verschillen. Er is een lager gelegen eiland met minder bergen, en een hoger, meer bergachtig eiland. Nu bedekt het ijs *beide* eilanden in hun geheel en vormt zo het veel grotere Antarctica zoals we het nu kennen."

"Bedoel je dat de Minoïers hier kwamen en deze stad bouwden van steen die *op* Antarctica werd gevonden?" vroeg Reggie.

"Ik denk niet dat het anders kan," zei Sarah. "Het is wat ik heb overwogen - dat deze plaats eigenlijk van oude steen is die *hier* bestond, in Antarctica."

"Juist," voegde Evgeni eraan toe. "De Minoërs moeten hier gekomen zijn, hun stad gebouwd hebben, er gewoond hebben of zich voorbereid hebben om er te gaan wonen, voordat dit alles bedekt was met ijs."

Ben kauwde even op zijn lip en stelde toen de vraag die Julie wist dat ze allemaal dachten. "Hoe is dat zelfs maar mogelijk? Je zei dat de ijstijd *eindigde* toen de Minoërs het gedaan zouden hebben, dus waarom zou Antarctica onbedekt zijn, en *daarna* met ijs bedekt zijn toen de ijstijd voorbij was?"

Evgeni stak een vinger in de lucht. "Ah, ja. Dat is de ultieme vraag, inderdaad."

"Een waar je een antwoord op hebt, hoop ik?" vroeg Sarah. "We hebben nog steeds niet veel tijd meer, weet je."

Evgeni keek haar zijdelings aan. "Dat is waarvoor we hier gebracht zijn om uit te zoeken. De missie, zo je wilt, van mijn team. Het is wat Luka wilde dat we zouden vinden. We waren op de *Rezak* om ijskernbemonsteringen te doen die ons, hopelijk, zouden vertellen waar Antarctica zich bevond tijdens de Jonge Dryas periode, en daarvoor."

"Waar het *zich bevond*?" vroeg Reggie. "Doe me een lol. Wil je zeggen dat we op een continent staan dat in de oceaan heeft rond-gedobberd? Ik dacht dat het al op dezelfde plek lag sinds... ik weet het niet, de dinosaurussen of zo. Hoe werkt dat?

"Het is net als dat Panera ding," voegde Freddie eraan toe.

Iedereen stopte en staarde naar de kolossale man. Uiteindelijk, na vele seconden van verbijsterde verwarring, barstte Sarah in lachen uit. "Bedoel je *Pangea?*"

Freddie knipte met zijn vingers en wees naar haar. "Ah, yep. Dat is hem. Ik wist dat het raar klonk."

"Pangea, inderdaad," zei Evgeni. "Goede observatie, meneer Freddie. Ja, de machinaties van Pangea, echter, waren een iets andere geologische technologie. Wat ik geloof - wat wij hier kwamen bewijzen - is dat er in de loop van millennia een ander soort machinatie aan het werk is geweest. Een die een plek als het Amazonebekken verandert in een die op de Sahara lijkt. Of een die een weelderig, bewoonbaar continent verandert in een desolate, bevroren woestenij."

"Zoals Antarctica."

"En *als* deze machinaties werkelijk plaatsvonden," vervolgde Evgeni, "zou het betekenen dat een beschaving als de Minoïers, bekend om hun intelligentie, intuïtiviteit en algemene technologische bekwaamheid, het niet zou uitsluiten dat hun samenleving deze geologische aftelklok zou hebben ontdekt, bij wijze van spreken."

Ben nam de draad weer op. "Ze hebben de tikkende tijdbom van de aarde ontdekt, de volgende voorspeld en zijn naar Antarctica gegaan om een infrastructuur op te bouwen om hun beschaving in leven te houden.

"Misschien," zei Evgeni. "Maar ze hebben verkeerd gerekend, vrees ik. Te oordelen naar deze ongelooflijke vondst hebben de Minoërs hun toekomst gebouwd op een plaats die altijd al gedoemd was om met ijs bedekt te worden."

"Maar waarom?" vroeg Sarah. "Als ze slim genoeg waren om deze 'machinatie', of wat het ook is, uit te vogelen, en dan slim genoeg om de volgende daadwerkelijk *te berekenen*, waar zijn ze dan de fout ingegaan? Welke fout hebben ze gemaakt waardoor ze hun thuis-eiland *en* hier beneden zijn kwijtgeraakt?"

"Wel, we hebben daar een werkhypothese voor," zei Evgeni. "Het kan nuttig zijn om de theorie een beetje meer te begrijpen."

"Zeker," zei ze. "Het ziet er niet naar uit dat we ergens anders heen kunnen, maar mag ik u eraan herinneren...

"De tijd raakt op," zei Ben. "We hebben minder dan tien minuten. Het probleem is dat ik niet weet waar we heen kunnen om van deze bom weg te komen."

"Neer," zei Reggie plotseling. "Naar beneden, naar beneden, naar beneden."

"ZOALS JE AL EERDER ZEI," antwoordde Reggie. "Lopen en praten. We moeten naar beneden."

"Waarom naar beneden?" vroeg Ben. Hij volgde beide mannen terwijl ze zich naar beneden haastten, naar het tweede niveau, waar de Russische vergaderzaal en machinekamers waren ingericht. Het gebonk en het ritmische pulserende geluid van de machines nam in volume toe, en Ben vroeg zich af of ze wel de juiste beslissing namen.

Terwijl hij wachtte op een antwoord op zijn vraag, deed een ander geluid - nieuw voor zijn oren - zijn intrede. Een hoge pieptoon, alsof er een drone in de buurt vloog, galmde door de kamer. Het werd de volgende minuut steeds luider.

"Wacht eens even. Hoorde iemand anders dat ook?" vroeg Ben.

"Het is alsof de machines trillen," zei Julie. "Het klinkt als een stofzuigermotor of zoiets."

"Geweldig," zei Ben. "We dalen af *naar* de vreemde machines die nu onbestuurbaar aan het zoemen zijn."

Freddie stapte naar Ben en Reggie. "Ja, waarom beneden?" vroeg hij. "We weten niet wat voor soort -"

"We kunnen aannemen," antwoordde Reggie. "We *moeten* aannemen."

"Wat aannemen?" Vroeg Ben,

"Veronderstel dat de generaal geen bunker-buster gebruikt,' zei hij. "Het laadvermogen is tweeledig: of de ontploffing vernietigt een groot geografisch gebied aan de *oppervlakte*, of het is een kleiner, meer chirurgisch explosief dat zich een beetje kan ingraven en na de inslag tot ontploffing kan worden gebracht."

"En waarom neem je aan dat het het eerste type is?" vroeg Julie.

"Nou, ten eerste, we zijn in Antarctica. Alle leuke dingen gebeuren aan de oppervlakte. Er is niet echt een 'ondergrondse', voor zover het dit continent betreft."

"En toch zijn we hier," zei Sarah.

"Dus," vroeg Julie, "denk je dat we door zo diep mogelijk in deze plek te gaan, *veiliger* zijn voor de explosie?"

Reggie haalde zijn schouders op. "Nou, dat is het idee. Maar..."

Ben keek naar Reggie, toen naar Julie, en tenslotte naar Freddie, die zijn hoofd schudde. "Ja, dat is ook waar ik me zorgen over maak," zei de grote man.

"Bezorgd over wat?" Vroeg Ben. "Serieus, jongens - vertel ons alles. Waar hebben we hier mee te maken?"

"O, het is hetzelfde als voorheen," antwoordde Reggie. "Gigantische bom die op ons hoofd gaat vallen en zo. Maar het is niet echt de *explosie* die me zorgen baart. Ik neem aan dat de explosie aan de oppervlakte zal zijn, wat betekent dat we hier beneden veilig zijn."

"Maar elke explosie *daar zal hier* beneden instabiliteit veroorzaken."

Ben keek naar Julie, wier ogen wijd open stonden. Sarah leek buiten zichzelf van angst te zijn en greep Reggie's arm vast voor steun. Evgeni, van zijn kant, leek zich er helemaal niets van aan te trekken. Ben wist dat hij in de war moest zijn en nog een beetje van slag door Tatiana's dood, dus hij was niet echt verbaasd.

"Dus," begon Ben. "Laat me dit even op een rijtje zetten: bom gaat af daarboven. We sterven als we in de buurt zijn. Of, de bom gaat daar af. We sterven omdat deze hele plaats in zichzelf instort."

"Ja, zo ongeveer," zei Freddie. "Of een aardverschuiving sluit ons op en we sterven door verstikking door gebrek aan zuurstof, of het is de dood door gebrek aan voedsel of water.

"Of we gaan gewoon dood omdat er een enorme steen op ons hoofd valt."

Reggie en Freddie knikten.

"Oké," zei Ben. "Waarom gaan we dan nog *naar beneden*? Als het hoe dan ook voor ons voorbij is, waarom doen we het dan niet snel? Waarom denken we dat we aan de explosie kunnen ontsnappen? Ik bedoel, wat er ook gaat gebeuren, deze massieve machines gaan alleen maar toevoegen aan de -"

Ben hield zichzelf tegen. Hij kon niet geloven dat hij daar tot nu toe niet aan gedacht had. *Ja, dat moest het zijn,* dacht hij.

De anderen konden zien dat hij iets nieuws overwoog. "Wat is het?" vroeg Julie. "Is alles in orde?"

Ben knikte. "Ik heb het nog niet allemaal op een rijtje," zei hij, "maar ik realiseerde me net iets. De manier waarop Luka hier wegvluchtte en probeerde zo ver mogelijk van deze plek weg te komen, terwijl hij ons volkomen negeerde, het leek allemaal een beetje... vreemd."

"Nou, om eerlijk te zijn, die man *was* een beetje vreemd," zei Reggie. "En trouwens, hij vertelde ons dat hij denkt dat we toch allemaal dood zullen zijn. Door de bom."

Ben schudde zijn hoofd. "Nee, *niet* vanwege de bom - dat is het juist. Ik was ook in die veronderstelling, tot daarnet. Weet je nog hoe hij reageerde? Toen hij hoorde van Freddie's oom's plan, leek hij bijna aangenaam verrast. Hij leek het feit te waarderen dat er een bom op ons hoofd zou vallen. Waarom is dat? Deze machines gaan af, allemaal in volgorde, allemaal ritmisch gespreid zodat het effect één groot *lawaai* is door de hele stad, met vijf seconden tussenruimte."

Julie's ogen werden wijder. "Het is omdat de bom, als niets anders, hen zal *helpen*."

"Wie helpen?" vroeg Freddie.

"Help de machines," zei Ben. "Die bom gaat een enorme drukgolf uitzenden. Een *geluidsgolf*. Net als die deze machines naar buiten pulseren. De bom zal alleen helpen af te maken wat deze machines proberen te starten."

"Dat is... angstaanjagend," zei Reggie. "Waarom is er in godsnaam zoveel lawaai nodig? Wat probeert hij te doen? Een instorting veroorzaken?"

Evgeni stopte in het midden van het pad, waardoor Reggie tegen hem opbotste. "Hé man, wat is er?" vroeg Reggie.

Evgeni draaide zich langzaam om en keek op naar Reggie. "Dat is... *precies* wat hij probeert te doen. Ik kan het niet geloven, maar het moet de waarheid zijn."

"Oké, hij probeert een instorting te veroorzaken?"

"Bijna. In wezen, maar op een gecontroleerde manier. Heb je ooit gehoord van akoestische levitatie?"

Ben draaide zich om en keek naar de mensen achter hem.

"Evgeni, ik heb de afgelopen dagen al genoeg rare en geheimzinnige wetenschappelijke theorieën naar mijn hoofd geslingerd gekregen. Ik zit onder een smurrie die bij elke stap opdroogt, en nee, het is niet comfortabel. Dus als je me gaat vertellen dat je denkt dat Luka en zijn Russische volgelingen hier beneden waren om een wonderbaarlijk ding te bouwen dat sterk genoeg is om gigantische rotsen te laten zweven of zoiets, dan wil ik het niet horen."

"Nou," zei Evgeni. "Dat denk ik niet."

"Goed."

"Ik geloof dat de *Minoans* dat wel deden."

ZE HADDEN HET LAAGSTE NIVEAU VAN DE STAD BEREIKT; het niveau dat Ben had bereikt door in het vat met smurrie te vallen. Hij stond nu vlak bij de rand van datzelfde vat, de ronde ruimte direct links van hem.

De spelonkachtige kurkentrekkervormige stad boven hem, met de kom vloeistof naast hem, wekte de indruk dat hij in een oude Maya cenote in Mexico stond. Een dak ver boven zijn hoofd, te zwak om te zien, en een uitgeholde zwemput eronder die zich uitstrekte tot onvoorstelbare dieptes. Hij herinnerde zich het onderzoek dat hij er naar had gedaan - de oude Maya beschaving, die geloofde dat de cenotes ingangen naar de onderwereld waren, gebruikte ze voor van alles, van gewone zwembaden tot meer ceremoniële dingen, zoals het gooien van kinderen in hun open muil als een wreed offer.

Ben wist dat hij niet genoten had van het zwemmen in deze cenote, en hij had er zeker niet van genoten Luka's offerlam te zijn. Hij vroeg zich af of er meer lichamen dan die van Mia in de dikke smurrie lagen. Hij was geneigd over de rand te kijken om te zien of haar lijk nog steeds stil lag net onder het oppervlak of dat het was gaan zinken.

"Oké," zei hij, terwijl hij het ritmische gebonk van de machines voelde terwijl hij over de rand tuurde. "Laten we eens kijken of er iets -"

Hij stopte.

"Wat?"

Hij had verwacht Mia's lichaam te zien nadat hij over de opening had gekeken, maar het oppervlak van de smurrie bewoog. Vibrerend, kloppend aan de zijkanten van zijn stenen tank. Elke puls van de nabijgelegen machines leek de golven hoger te duwen.

"Dat is... vreemd," zei Reggie.

"Het is *echt* vreemd," zei Ben. "Trippy. Het geluid van de machines laat het trillen."

Evgeni schraapte zijn keel. "En de vibratie ervan - wat het ook is - veroorzaakt het hoge geluid dat we horen."

Iedereen draaide zich om om naar Evgeni te kijken. "Het 'akoestische levitatie' ding?" vroeg Freddie.

"Ja," zei hij. "Ik weet niet of ze iets proberen te laten zweven, maar ze gebruiken de machines zeer zeker om een drukgolf te creëren die *dit* materiaal perfect in trilling brengt, waardoor het ook een geluid voortbrengt."

"Dat is geweldig, Evgeni," zei Reggie. "En wat is het punt?"

"Wel - en dit is waar Ben op doelde - dit is een oude techniek die in mythe en legende is gewikkeld. En zoals alle mythen en legenden, is het uitgegroeid tot iets dat buiten het bereik van de werkelijkheid ligt. Maar er is een feitelijke, bewijsbare weten- schappelijke waarheid in het onderliggende idee: dat geluid, uitge- zonden op een sterk genoeg decibel niveau op de juiste frequentie, of toonhoogte, daadwerkelijk een groot object kan *verplaatsen*."

"En de frequentie die we horen," zei Julie, "is de juiste frequentie om wat te doen, precies? Niet zweven, neem ik aan?"

"Nee," zei Evgeni. "Ik dacht niet dat het mogelijk kon zijn, maar nu... nu weet ik niet meer *wat* mogelijk is. De dingen die ik de laatste dagen gezien heb, te beginnen met het schip, en -"

"Evgeni," zei Ben. "Alsjeblieft, we moeten opschieten. We moeten weten of we hier veilig zullen zijn. Wat denk je dat Luka's uiteindelijke doel is?"

Op dat moment viel de grond onder Ben's voeten weg.

Hij struikelde, voelde hoe de stenen omhoog kwamen en zijn benen halverwege ontmoetten, waardoor zijn knieën kraakten. Hij kreunde van de pijn, maar merkte dat iedereen om hem heen hetzelfde had meegemaakt.

"En wat was *dat in godsnaam?*" vroeg Reggie, terwijl hij zichzelf van de grond opraapte. Sarah had het gered door te blijven staan, maar ze trilde. Ze hield Reggie's schouder vast en probeerde haar evenwicht te hervinden.

Het gebeurde nog een keer, deze keer met een diepere, hardere schok.

"Stront aan de knikker," zei Freddie, "de hele boel stort in."

Ben wilde niet in de buurt van dit centrale atrium zijn als dat zou gebeuren. Het vat trillende smurrie, de kurkentrekkervormige vorm, het feit dat het midden in de stad lag - alles bij elkaar gaf hem de overtuiging dat, waar het ook voor ontworpen was, het op het punt stond ground zero te worden.

En de machines, op een cirkelvormige manier opgesteld, allemaal naar deze ruimte gericht.

"Vooruit," zei hij. "Nu! Probeer te vluchten, ga een kamer binnen en zo ver mogelijk weg van hier."

"Ben -"

"Nee, we maken er geen ruzie over. Doe het, nu. Wat er ook staat te gebeuren, deze plek is het epicentrum."

Niemand scheen die beoordeling te willen tegenspreken. Ze renden, om de kleinere gangen heen en gooiden een paar open kamers door die niet waren afgesloten door metalen deuren die door de Russen waren toegevoegd. De grond bleef schommelen; de trillingen veranderden telkens van grootte, soms beheersbaar, soms dwongen ze de groep te stoppen en zich aan een muur vast te houden voor steun.

Ben en Julie liepen zij aan zij, elk snel genoeg om weg te komen van het centrale gebied, maar langzaam genoeg om elkaar overeind te houden. Het was zwaar, maar te doen. De aardbevingsachtige schokken waren sporadisch en onvoorspelbaar, volledig los van de perfect ritmische timing van de machines.

"Wat hij ook aan het doen is, het maakt deze plek wakker!" schreeuwde Reggie.

"Ik weet niet of dat wel zo goed is."

"Oh, het is zeker geen goede zaak."

"Laten we er zo ver mogelijk vandaan gaan," zei Ben. "Dan kunnen we uitzoeken wat het voor ons betekent." Hij hoopte dat zijn woorden als aanmoediging overkwamen, in plaats van hoe ze in zijn hoofd klonken. Iets wat meer leek op angst, ongeloof, berusting.

Julie was eerder bij de rand van de muur dan Ben, hun onuitgesproken bestemming. Ben was er een seconde later, sloeg zijn handen ertegen alsof hij een race gewonnen had, draaide zich toen om en keek toe hoe zijn trillende, struikelende team en Evgeni de kamer in vielen.

Het beviel hem niet waar ze terecht waren gekomen - volgens zijn berekening waren ze nog steeds te dicht bij het centrale atrium en de machines een niveau hoger, maar ze konden nergens anders heen. Deze muur zou een structurele buitenmuur moeten zijn, maar nogmaals, hij was geen architect. En hij was zeker geen *Minoïsche*. Hij had geen idee of deze kamer eerst zou instorten of helemaal niet.

Maar het gaf hen tijd, voor het moment, om te ademen. Om hun volgende stappen uit te zoeken.

Hij keek op zijn horloge, maar hij hoefde het niet af te lezen. Freddie en Reggie waren klaar met hun update. "De tijd is bijna om," zei Reggie. "Ik denk acht minuten, misschien minder."

"Ik heb zeven minuten en negen seconden," zei Freddie. "Mijn oom zal ook wel op tijd zijn. Helaas."

"Dat was ook iets wat ik nooit leuk vond in het leger," zei Reggie, lachend. "Altijd zo opgebrand om op tijd te zijn."

"Het heeft zijn voordelen," zei Freddie.

"Is een bom op Antarctica droppen die je eigen neefje en al zijn vrienden doodt er één van?"

Ben wendde zich tot Evgeni, in de hoop het onderwerp nog een laatste keer te veranderen. "Evgeni, je stond op het punt ons te vertellen wat je denkt dat hier gebeurt. Weet jij het?"

Het nerveuze, gebroken uiterlijk van de man was verhard tot een koud, leeg omhulsel. Hij was kalm, keek rond naar elke persoon als ze spraken, alles in zich opnemend. Toen hij sprak, waren zijn woorden gelijkmatig, berekend. "Ik weet het," zei hij. "En ik ben er nu zeker van. Alles - alles waar we over hebben gepraat, over hebben gespeculeerd. Het is allemaal waar, en het is allemaal gerelateerd."

"Verwant hoe?"

"Het heeft allemaal te maken met de theorie van de verplaatsing van de aardkorst. Dat de aardkorst een soort sinaasappelschil is, verbonden met de aardmantel maar alleen door zwakke structuren. Het drijft er in wezen bovenop. "

"En het kan bewegen?" vroeg Sarah. "Dat is het uitgangspunt, toch?"

"Ja, precies. Zoals we eerder hebben besproken. Het idee is dat de korst over de aardmantel kan schuiven, tijdens cataclysmische verschuivingen."

"Wat voor cataclysmische verschuivingen?" vroeg Reggie.

"De polen," zei Evgeni, zonder een slag te missen. "De aarde is magnetisch - het heeft polen. Noord en Zuid. Maar ze zijn niet altijd op dezelfde plaats."

"Zijn ze dat niet?"

"Nee," zei hij. "Dat zijn ze zeer zeker niet. We hebben bewijs hiervan gezien op zowat elk wetenschappelijk gebied, maar het feit is dat de polen van de aarde bewegen."

"Dat klinkt niet goed," zei Reggie. "Klinkt behoorlijk smerig."

"Het kan heel verwoestend zijn," zei Evgeni. "En ik geloof dat dat precies is wat er nu gebeurt."

"ZE BEWEGEN, veranderen van positie in een hemels tijdsbestek. Soms zijn die verschuivingen enorm en verplaatsen ze hele continenten."

Evgeni sprak als een grammofoonspeler, alleen maar informatie opdreunend zonder er werkelijk een mening over te hebben op de een of andere manier. Voor hem was het een feit, maar hij kon er ook om een andere reden niet op reageren.

Hij voelde zich dood van binnen. De emotionele kracht die hij had opgebouwd was weggesleten, en uiteindelijk vernietigd door Tatiana's dood. Ze had gewoon opgehouden te bestaan, en een deel van hem was met haar meegegaan. Hij voelde nu niets meer, en het was eenvoudig genoeg om te blijven praten, om zich een weg te banen door wat hij dacht dat er gebeurde.

"U vroeg me eerder, meneer Reggie, waarom ik geloof dat Antarctica is verplaatst."

"Ja, ik herinner het me."

"Wel, dit is de reden: verschuiving van de aardkorst. Ik geloof dat het continent, de twee belangrijkste landmassa's die uit de plaat steken, vroeger op een heel andere plaats lagen. Ze lagen noordelijker - *veel* noordelijker."

"En een poolverschuiving zorgde ervoor dat ze wegdreven?"

"In zekere zin, ja," zei Evgeni. "Het was ingewikkelder dan dat, en het gebeurde waarschijnlijk in de loop van duizend jaar, maar bedenk dat duizend jaar, in geologische termen, een knip van de vingers is."

Sarah viel in. "En als dat zo is, dan zijn die duizend jaar *enorm actief geweest op het gebied* van geologie. Vulkanen, verschuivende platen die krachtige aardbevingen veroorzaken, overal overstromingen...

"Overal waar menselijk leven was, ja," zei Evgeni. "Of een 'Grote Zondvloed. '"

"Van bijbelse proporties," zei Sarah. "We hebben dit onderzocht in Egypte en Santorini. De oorzaak van de overstroming die oude beschavingen trof."

"Ja, maar we weten ook dat die beschavingen misschien niet *vroeg waren*. Misschien waren ze meer zoals de 'midden' beschavingen. Samenlevingen en volkeren die lang geleden zijn ontstaan, maar nog lang na hun voorgangers."

"Dus," zei Ben, "je zegt dat de mensen die deze plek gebouwd hebben - de Minoërs, of hun voorgangers - hierheen kwamen en deze stad op het continent bouwden, maar dat het *continent zelf* hier niet op de bodem van de aarde lag?"

"Ja, dat is precies wat ik zeg."

Reggie's wenkbrauwen gingen omhoog, en Evgeni stopte om hem aan te kijken. "We hebben minder dan vijf minuten over, mensen. Nog een laatste woord?"

Er was een ongemakkelijke stilte, en uiteindelijk, Ben sprak. "Ik, uh, ik denk dat dit het is, dan. Als we dood zijn, zijn we dood."

"'Als we dood zijn, zijn we dood?" Julie spotte. "Is *dat* jouw idee van 'laatste woorden'?"

"Nou, ik weet het niet -"

"Wat dacht je van, 'het was leuk,'" zei Reggie.

Evgeni keek rond naar het CSO-team, dat op de een of andere manier grapjes maakte over het einde van de wereld.

"Was het leuk?" Ben schoot terug. "Alles wat we hebben meegemaakt - is het echt leuk geweest?"

Er was nog een pauze, en toen grinnikte Reggie. Evgeni en Freddie keken hem vreemd aan, maar toen lachte Ben ook.

Julie deed mee, en tenslotte Sarah. Alle CSO leden *lachten*.

"Wa - wat gebeurt er?" Vroeg Evgeni. "Is dit een of andere zieke grap?"

Ben schudde zijn hoofd en sprak door tranen heen. "Nee, ik ben bang van niet, Evgeni. Geen grapje. We zijn gewoon... het allemaal aan het verwerken, denk ik. Lijkt me een passende manier om te gaan, weet je? Lachend?"

"Maar we konden allemaal -"

"Zeg het niet," zei Reggie, nog steeds bulderend van het lachen. "Zeg het woord niet eens. Je zal het vervloeken."

"Ik zal wat?"

"We kunnen nu niets meer doen - we kunnen net zo goed nog even lachen, als dat het laatste is wat we doen."

Om wat voor reden dan ook leken de anderen deze woorden van Reggie bijzonder grappig te vinden, en Evgeni keek van de ene persoon naar de andere in een poging te beslissen wat te doen.

"Wacht even," zei hij.

Niemand luisterde. Hij draaide zich om, strompelde naar de deur door nog een aardbeving van beweging.

"Hey -" riep Reggie, nog steeds proberend het lachen in te houden. "Waar ga je heen?"

"Nog vijf minuten," mompelde hij.

"Vijf? Oh, ja, juist. Waarschijnlijk meer als vier."

"Vier minuten," zei Evgeni. "Ik moet..."

"Wat? Terug naar die machines?" vroeg Freddie. "Ben je gek?"

Maar Evgeni reageerde niet. Hij duwde tegen de muur, tegen de deuropening, en toen tegen de gang zelf. Hij volgde de lichten die de Russische soldaten, Luka's team, hadden opgehangen. De gang leidde naar een andere, en toen nog een, en hij was een minuut verder voor hij het wist. Eindelijk zag hij het iets fellere licht van het atrium. Het pad begon onmiddellijk steiler te worden, de steilere route ging in de richting van het centrale gebied.

Hij kon voelen dat iemand hem volgde. Een van de CSO leden. Maar hij was te gefocust, te gedreven, om zich om te draaien om uit te zoeken wie. Hij wist ook niet zeker of het evenwichtsorgaan van zijn lichaam hem die beweging zou toestaan, nu de wereld om hem heen zo hevig trilde.

Dus marcheerde hij, voorzichtig maar snel, naar het vat met halfvloeibare vloeistof in de centrale ruimte. Hij zag dat het overborrelde, kleine porties kwamen omhoog en spatten over de rand, op de loopbrug van het niveau.

Hij draaide zich om en bleef de stenen muren van het pad vasthouden terwijl het rond de gebogen loopbrug liep.

Hij bereikte het tweede niveau en ging de eerste van de enorme zalen binnen, zag de Russen achter hun computerschermen zitten. Hij merkte dat een paar van hen de bovenkanten van de laptops vasthielden en ze zo stijf hielden tegen de schuddende tafelbladen. Wat ze ook aan het doen waren, de aardbeving die ze veroorzaakten leek hen niet te deren.

Hij zag een paar soldaten, maar ze schonken geen aandacht aan hem. Twee zaten in stoelen aan de andere kant van de kamer, maar één hield zijn hoofd vast alsof hij migraine had. Evgeni zou niet verbaasd geweest zijn als dat het geval was - zijn eigen hoofd bonkte van buiten *en* van binnen.

Eindelijk, met nog drie minuten op zijn interne aftelklok, bereikte hij zijn bestemming.

De machines. Er waren hier geen soldaten of technici meer - ze waren allemaal naar de andere kamer of elders in het gebouw gegaan, in afwachting van de resultaten van deze macabere test. Niemand had hem zien binnenkomen, en nu was hij alleen in de kamer.

Hij probeerde zich te herinneren wat Luka had gezegd over deze machines. *Ze zijn allemaal op een zeer specifieke manier gerangschikt,* of zoiets. Met een reden.

Ze waren hier niet zomaar neergegooid - nee, ze waren in deze kamer in een halve cirkel geplaatst, en ook in de andere drie kamers.

Alles in een cirkelvormige opstelling.

Rond de centrale ruimte.

rond het vat met vloeistof dat nu een hoge toon uitstraalde.

"EVGENI, WAT IS ER?" vroeg Sarah. Hij keek op en zag dat zij degene was die hem hierheen was gevolgd.

Het geluid in de kamer was oorverdovend, maar gelukkig hadden ze alleen te maken met het hoge, jankende gedreun - het ritmische gedreun van de machines achter elkaar was nog steeds volgens een schema van vijf seconden. Genoeg tijd om te praten tussen het neerstorten van de massieve mechanische monsters.

Evgeni keek toe hoe ze gezelschap kreeg van de anderen, het hele CSO-team, en ze stonden nu achter hem. Hij draaide zich naar hen toe.

Er was geen lach te zien op hun gezichten.

"Heb je een manier om dit te stoppen?" vroeg Reggie.

Hij knikte, een enkele snelle zwaai van zijn hoofd.

"Goed," zei Ben, "want we hebben duidelijk geen ideeën meer, en we hebben amper nog drie minuten."

"Het zijn de machines," zei Evgeni. "Als we ze kunnen uitschakelen, kunnen we..."

"We kunnen het beuken stoppen," zei Reggie. "Juist, maar hoe komen we in de andere kamers? We kunnen ze niet allemaal afsluiten in..."

"Nee," zei Evgeni, nu zijn hoofd schuddend. "Nee, we hoeven ze niet *allemaal uit te schakelen*. In feite, moeten we dat niet proberen. Alleen *deze*." Hij stak zijn hand uit, net zoals Luka had gedaan toen hij ze liet zien.

"Waarom?"

Evgeni liep naar een van hen toe, op zoek naar knoppen of knoppen of een soort bediening. Hij wachtte tot de machine één keer neerklapte en dook toen naar wat leek op een bedieningspaneel. Hij probeerde op het scherm te drukken om het aan te zetten, maar het reageerde niet.

Nee, dit moet zijn -

"Evgeni, kijk uit!"

Ben schreeuwde naar hem, en hij dook weg net toen een enorme laars door de lucht vloog en op het scherm landde.

"Wat ben je aan het doen?" Evgeni schreeuwde.

De boot trok zich terug, en crashte toen weer. Het scherm kraakte, toen flikkerde er een lichtje uit. Freddie trok de boot weer terug en trapte nog een keer op het scherm. Deze keer lichtte het scherm volledig op, flikkerde en stierf toen.

En de machine stierf mee.

Evgeni's hart maakte een sprongetje. "Ja!" zei hij. "Ja, dat is het! Dat moeten we doen!"

Maar de anderen waren al in beweging. Ze verspreidden zich naar de zeven andere machines, en richtten zich op hun zwakke plek - het controle paneel. Freddie had het goed geraden: ze hoefden de machines niet uit te schakelen of de controle over te nemen.

Ze moesten ze *breken*.

Ze hadden geen interesse om ze later weer aan te zetten.

Het CSO team, met nauwelijks een minuut over, sloeg de controles op de machines, een voor een. Terwijl ze aan de laatste machine werkten, kwamen de twee soldaten binnen die Evgeni in de andere kamer had gezien. Ze leken onstabiel, de man met hoofdpijn dreef zowaar op zijn voeten.

Ze hieven hun wapens toen Reggie door het scherm van de laatste machine knalde.

Evgeni zag de scène voordat het zich ontvouwde in het echte leven. Hij wist wat er stond te gebeuren. Hij schreeuwde, maar de machine stortte op hetzelfde moment neer, het lawaai alleen al was luid genoeg om Evgeni's stem in de kamer te begraven.

Niemand hoorde hem. Ze keken allemaal naar Reggie. Allemaal met hun rug naar hem toe.

Niemand had de soldaten de kamer zien binnenkomen.

Ze hieven hun wapens - beide mannen tegelijk - toen Evgeni begon te rennen.

Hij richtte zich op de ruimte tussen de Russen en Reggie, juist toen Reggie's voet voor de derde keer op het bedieningspaneel van de machine neerkwam.

Nee, dacht Evgeni. *Niet op deze manier. Niet nu we zo dichtbij zijn.*

Hij verhoogde de snelheid, hopend dat het genoeg zou zijn. Reggie's voet raakte het scherm, het krakende geluid bereikte Evgeni's oren, de anderen juichten toen de machine sputterde en begon te sterven.

Het ratelende vuur van de kanonnen, die allebei tegelijk tot leven kwamen, was luider dan hij dacht dat het zou zijn. Maar hij kon het niet duidelijk horen, omdat zijn geest *een ander* geluid registreerde, dit van binnenuit.

Het schreeuwde naar hem, smeekte hem.

Hij was in de lucht, dook naar voren, probeerde de ruimte te bereiken, maar de schade was al aangericht.

Zijn geest vertelde hem dat hij geraakt was. Hij wist dat het waar was, maar zijn zenuwen hadden nog geen pijn geregistreerd.

Hij viel neer op de stenen vloer, zijn long was vernietigd en zijn andere long moest voor een inhaalslag zorgen om te kunnen blijven ademen. De val hielp niet, en hij zag een paar meter verderop een spatje bloed dat uit zijn mond was gekomen neerkomen.

Iemand was aan het rennen, zijn voeten bonkend, over hem heen springend. Gericht op de bewakers.

Ze waren een waas, een waas. Hij zag een schermutseling, een kort gevecht. Ze overmeesterden de bewakers, met z'n vijven haalden ze de Russen met weinig moeite neer. Hij kon hun stemmen horen, nauwelijks. Hij kon niet horen wat ze zeiden, maar ze klonken opgewonden, overstuur.

Hij hoorde het gebonk van de andere machines, die aan de andere kant van de stad in kamers als deze. Het was echter stiller, zwakker. De hoge toon haperde, dezelfde frequentie maar nu zwakker, alsof hij gehalveerd was.

Zijn ogen sloten en gingen weer open. Hij wilde blijven leven, om hen te helpen vechten. Maar het zouden nu slechts seconden zijn. Voor hem *en* voor hen als hij het mis had.

De kamer werd donkerder. Hij voelde iets, een diepere trilling dan wat de machines eruit pompten. Een vreselijk, onheilspellend gevoel. Was dat binnen in hem?

Alles begon te schudden, en de anderen vielen. Hij keek door de open deur naar de grotere kamer, waar de wetenschappers en technici nu goed opletten hoe de muren en de vloer schudden, de brokstukken vallen en op hun computerapparatuur terechtkomen.

De bom, hij wist het. *De bom was gevallen en tot ontploffing gebracht.*

Het was misschien ver boven hen, maar ze voelden absoluut de effecten hier beneden. Hij zweefde weer in en uit, opende uiteindelijk zijn ogen en zag de anderen om hem heen, zwevend. Ze hielden hun oren dicht en schreeuwden tegen een onbekende druk die hij niet kon voelen.

Of kon hij dat? Hij wist het niet meer zeker, maar er was overal pijn om hem heen. Dat wist hij in ieder geval. Hij voelde hoe zijn hart tekeer ging, klaar om uit zijn borstkas te exploderen, zag dingen vliegen. Het CSO-team viel opzij, nog steeds naar elkaar en naar hun oren grijpend, één van hen probeerde zich aan hem vast te grijpen maar miste.

Hij voelde het gevoel van glijden, van door een denkbeeldige kracht weggetrokken te worden van het centrale atrium, weg van het lawaai en de terreur van dit alles. De anderen waren daar ook, glijdend met hem.

Hij sloot zijn ogen weer, en deze keer voelde het goed. Het voelde *compleet*.

Hij was klaar met zijn werk hier, en hij wist dat het tijd was om te slapen.

Hij deed zijn best om een glimlach op te zetten. De anderen zouden hem hier vinden, daar was hij zeker van. Hij wilde niet dat ze dachten dat hij niet tevreden was met zijn laatste spel, zijn laatste bijdrage aan dit team waar hij zo graag deel van uitmaakte.

Hij viel in slaap terwijl hij gleed, denkend aan Tatiana en Luka en de anderen, denkend aan wat hij had gedaan.

Denkend aan thuis.

"HIJ HEEFT ONS GERED," zei Sarah. "Hij heeft ons allemaal gered."

Overal om hen heen vielen brokstukken, het stof van scheuren in de steen glibberde en gleed weg en begaf het uiteindelijk, enkele grotere kiezelstenen dreven ook naar beneden naar de vloer.

Het gerommel was gegroeid en teruggetrokken, en hoewel er nog een paar naschokken waren om de tien seconden of zo, was de schade van de bom die ver boven hun hoofden ontplofte, gedaan. Ze leefden nog.

"Wat is er gebeurd?" vroeg Reggie haar.

Ze schudde haar hoofd, nog steeds bezig alles op een rijtje te zetten. Ze zag een paar Russische wetenschappers of technici die met stomheid geslagen waren en probeerden te verwerken dat hun plannen verijdeld waren. Twee van hen waren opgewonden aan het praten, maar de anderen stonden bij hun tafels, geschokt en verward. Ze zag zelfs een paar lichamen, grotere stenen bij hen in de buurt.

Deze wetenschappers hadden het niet zo goed getroffen in de kakofonie van de bom en de laatste stuwkracht van de machines.

De Russische soldaten die op Evgeni hadden geschoten lagen ook dood op de grond, hun wapens lagen ongevaarlijk aan hun zijde. Freddie raapte er een op, bekeek het en controleerde het magazijn.

Ze voelde hoofdpijn opkomen en vond het ironisch dat die had gewacht tot *na* de waanzin voorbij was. Ze herinnerde zich de laatste momenten - de geluiden, het ritmische dreunen en crashen van de machines van elders in de stad, de geweerschoten, Evgeni die naar hen schreeuwde.

En nu lag ook hij levenloos op de stenen vloer van de oude stad. *Dood.*

Allemaal omdat hij hun levens wilde redden. Allemaal omdat hij wilde bewijzen dat hij niet was zoals Luka; dat hij in hun team zat.

"Hij sprong voor een kogel," zei Freddie.

"Vier kogels," voegde Julie eraan toe.

"En daarvoor dan?" vroeg Reggie. "De machines - rende hij hierheen om ze uit te zetten? Waarom? Hij wist dat hij ze niet allemaal zou kunnen bereiken."

"Dat hoefde hij niet," zei Sarah. "Ik begreep wat hij probeerde te doen en kijk - het werkte."

Ze wees naar een deel van de muur dat door de explosie volledig uit elkaar was gevallen, brokken steen verbrijzeld en in de grote zaal terechtgekomen. Daarachter waakte een andere ijzige muur, het eigenlijke Antarctische continent dat zich opmaakte om zijn territorium terug te winnen. Terwijl ze keek, voelde Sarah de koele lucht over haar huid stromen.

"Hij... schoot een gat in de muur?" vroeg Reggie.

"Hij *regisseerde* het. De gecombineerde drukgolf van de bom, plus alle machines, zou oorspronkelijk gericht zijn op het vat waar Ben in viel - wat het ook is - in het centrum van de basis. Al die druk verhitte letterlijk het vloeibare materiaal en liet het trillen, wat de oorzaak was van die hoge toon."

"Dus hij stopte het door deze machines te vernietigen?"

"Ja," zei Sarah. "Dat is precies wat er gebeurde. Door alleen *deze* machines te vernietigen, was hij in staat om in zekere zin die drukgolf *hierheen te* leiden - tegen deze stenen muur. Het hoogtepunt, de bom die boven onze hoofden viel, creëerde een enorme explosie die anders iets zou hebben veroorzaakt in het centrale gebied, met de vreemde vloeistof."

"En dat is?"

Ze haalde haar schouders op. "Ik heb geen idee."

"*Ik* wel," zei Ben. Hij stapte dichter naar Sarah toe. "Verplaatsing van de aardkorst."

Niemand sprak. Sarah keek om zich heen en schraapte haar keel. "Ben, wil je zeggen dat de Russen probeerden om... Ze kon de zin niet afmaken. Het was te gek. Te ongelooflijk.

"Dat moet het antwoord zijn," zei Ben. "Luka zei dat deze machines gebouwd zijn als moderne versies van wat hier eerder bestond, weet je nog? Dat de Minoërs, of wie ze ook waren, machines bouwden die hetzelfde probeerden te doen."

"En het vloeibare spul dat trilde?"

"Geen idee wat het is," zei Ben. "Een soort olie, of metaal dat vloeibaar is bij kamertemperatuur? Een deel ervan is nog opgedroogd, dus we kunnen het later eventueel laten testen. Maar daar gaat het niet om. Wat het ook is, het werkt op dezelfde manier als akoestische levitatie. De Egyptenaren gebruikten het misschien om de enorme stenen uit hun steengroeve honderden kilometers ver te verplaatsen. Door dit vloeibare spul onder een steen op een bepaalde toonhoogte te brengen, gaat de steen trillen, waardoor hij lichter wordt."

"En jij denkt dat de Russen dat hier aan het doen waren?"

"Ik denk niet dat er een andere mogelijkheid is die logischer is," zei Ben. "Denk er eens over na - we weten dat de Minoïers deze plek gebouwd hebben, en er was geen manier om al deze stenen over die hoeveelheid oceaan te brengen. Dus bouwden ze het met stenen die hier *al* lagen. Dat betekent dat deze plek is uitgehold uit Antarctica zelf."

"Maar Antarctica zelf was op een andere plaats," zei Reggie.

"Precies. Het is letterlijk verplaatst tijdens een polaire verschuiving. De korstplaat waar hij op zit gleed over de aardmantel en landde uiteindelijk hier."

"En door het aanzetten van deze... machine, of wat het ook is," voegde Julie eraan toe, "denken we dat ze het opnieuw probeerden te doen?"

"Ik weet het niet," zei Ben. "Het lijkt vergezocht, maar we hebben allemaal vreemdere dingen gezien."

"Ik weet het niet, man," voegde Reggie eraan toe. "Deze zou de taart kunnen nemen voor vreemd Aarde-gedoe."

Ben lachte. "We leven nog, voor nu. Die bom zou ons hier allemaal kunnen verzegeld hebben, dat wel. Laten we nadenken over een uitweg, dan kunnen we bespreken wat hier gebeurd is."

"Enig idee?" vroeg Julie.

Freddie schraapte zijn keel. Iedereen keek hem aan, en Ben trok zijn wenkbrauwen op. "Heb je nog een geheim, Freddie?"

Hij kauwde even op zijn lip. "Mijn oom houdt van opruimen," zei hij.

"Betekenis?"

"Dat betekent dat hij waarschijnlijk een team hierheen zal sturen om de schade te bekijken. Om er zeker van te zijn dat er geen regeringsgeheimen rondslingeren."

"Zoals wij?"

"Nou," zei Freddie. "Ik hoop dat we een vrijgeleide krijgen. Hij *wilde* tenslotte geen bom op ons laten vallen."

Ben snoof. "Ja, nou, dat deed hij. Ik waag het erop met zijn schoonmaakploeg, maar alleen omdat het onze enige optie is."

"Hoe zit het met die andere Russen? De wetenschappers en technici, en de rest van de soldaten die hier ergens moeten zijn?"

Ben schudde zijn hoofd. "Ik weet het niet. Ze zijn ons probleem niet. Ik wed dat er een paar met Luka zijn vertrokken, waar ze ook zijn. Misschien kan je oom ze ook onderscheppen. Ik heb een paar goede woorden voor die Russische klootzak."

"Jij en ik allebei, maatje," zei Reggie.

"Oké," zei Ben. "We zijn nog niet uit het onkruid. Laten we verder gaan. Tijd om *naar boven te* gaan, denk ik."

Sarah wachtte tot iemand een vraag zou stellen of ruzie zou maken, maar het leek erop dat de vijf het met elkaar eens waren. Ze zouden de kurkentrekkerpaden beginnen op te lopen tot ze de top van de basis bereikten, waar ze - *hopelijk* - een uitgang zouden vinden die niet vernietigd was.

Ze haalde diep adem, hield die even vast, en begon toen Reggie naar boven te volgen.

DE WANDELING VERLIEP ZONDER PROBLEMEN, waardoor Ben zich nog ongemakkelijker voelde. Niets sprong op hen af, niets probeerde hen aan te vallen, niets probeerde hen te doden.

Wat betekende dat er iets mis was.

Hij wist niet zeker wat het was, of dat hij alleen maar in zijn eigen hoofd zat, maar er was een duidelijk gevoel van rusteloosheid, een gevoel dat hun missie hier nog niet voorbij was.

Hij dacht aan wat ze net hadden gezien, wat ze net hadden meegemaakt. De dood van Evgeni drukte zwaarder op Bens gemoed dan hij had gedacht. De man had speciaal gekozen om te sterven, om zijn laatste wens te doen en mensen te redden die hij nauwelijks kende.

Waarom? Wat voor goeds zou daar uit voortkomen? Waarom waren zijn levens en die van zijn vrienden waardevoller dan die van Evgeni? Hij was dankbaar dat hij nog leefde en dankte Evgeni daarvoor, maar hij kon niet begrijpen waarom de man het had gedaan.

Er moest iets meer zijn. Er moest een *reden* zijn.

Ben liep in stilte, negeerde het gefluister van de anderen achter hem, die opgewonden praatten over wat ze zouden doen en wat ze zouden eten op het moment dat ze vrij zouden zijn van deze plek. Hij wilde daar nog niet aan denken - de waarheid was dat ze nog niet vrij waren. Op elk moment kon een groep -

Hij stak een hand op. Hij had iets om de hoek gehoord, en hij was er niet van overtuigd dat het alleen hun voetstappen waren die naar hem terug kaatsten.

"Hoor je iets, baas?" vroeg Freddie.

Ben knikte, en de grote man kwam naast hem staan met het subcompacte machinegeweer dat hij van de dode Russische soldaten had afgepakt. Ben verweet zichzelf dat hij niet nog een of twee wapens had gepakt toen ze de kans hadden gehad.

Freddie trok het wapen en richtte het op de gang.

"Hou je vast," fluisterde Ben. "We weten niet wie -"

Een vrouw kwam in beeld. Ze had een angstaanjagende frons op haar gezicht, een blik van algemene minachting. Ze werd geflankeerd door twee mannen, elk met een aanvalsgeweer, rechtstreeks op Ben en Freddie gericht. Ze hief een vuist en de mannen stopten als getrainde honden.

"Rustig," zei ze. Haar stem was zuidelijk, met een dikke trek. "We hebben een paar levende."

"Wie bent u?" vroeg Ben. "Met wie ben je?"

"De naam is Rogers," zei ze. "De rest is geheim."

"Je klinkt niet Russisch," zei Ben.

"Jij ook niet, grote jongen. Je hebt problemen met sommigen, hoor ik?"

"Ik denk dat dat betekent dat we geslaagd zijn voor de test?"

"Verre van dat. We zijn hier om jullie eruit te halen, maar denk niet dat we in hetzelfde team zitten. Wat mij betreft, zijn jullie allemaal vijandig."

Freddie grinnikte. "Ja, klinkt als mijn oom. 'Vertrouw maar controleer,' maar vertrouw dan maar een beetje en stop nooit met controleren."

"Je oom, huh?" Zei Rogers. Geen van de mannen naast haar sprak. Beiden bleven hun geweren naar voren richten, klaar om de trekker in een oogwenk over te halen.

"Oké, laten we er dan aan beginnen," zei Ben. "Ik sta al op scherp sinds we hier zijn."

"Waarom is dat?"

"Vliegtuig werd uit de lucht geschoten," zei hij zonder aarzeling. "Dat soort dingen kunnen je raken, weet je?"

"Ik weet het niet."

Ben wachtte, probeerde deze harde, frigide vrouw te lezen, maar kwam niets te weten. Het was duidelijk dat zij overal de leiding had, en aan de mannen naast haar te zien, hoefde zij haar rang niet te gebruiken om dat te bewijzen.

Uiteindelijk, schudde ze haar hoofd. "Lopen, snel. Blijf bewegen, blijf bij. De uitgang is ongeveer een halve mijl van hier, recht omhoog. We hebben een paar generatoren uitgeschakeld, maar we denken niet dat het licht nog lang blijft branden."

"Ik heb het," zei Ben.

"Gewonden?"

"Gewoon mijn trots," hoorde Ben Reggie mompelen.

Rogers reageerde niet. Ze draaide zich gewoon om, wachtte tot haar mannen voor haar uit waren geduwd en begon toen bruusk de schuine gang op te lopen.

Oké, dacht Ben. *Nu komen we ergens.*

Hij wilde net naar Freddie kijken en glimlachen toen hij een ander geluid hoorde. Deze keer waren het stemmen. De twee mannen voor hem waren langzamer gaan lopen en fluisterden nu tegen elkaar. Zij hadden het ook gehoord.

Zonder waarschuwing, ontplofte het hoofd van een man in een regen van bloed, en hij viel.

Rogers schreeuwde, dook naar voren, en haalde een pistool uit haar holster. Ze gebruikte het lichaam van de dode man als dekking, tilde het geweer op en richtte het op de gang. De tweede soldaat knielde en richtte zijn eigen geweer in de richting waar de schoten vandaan kwamen. Geen van beiden scheen te merken of zich erom te bekommeren dat hun man in koelen bloede was gedood, op enkele centimeters van hen vandaan.

Freddie sloop naar hem toe en stak zijn eigen wapen naar voren, maar Rogers draaide zich om en wierp hem een frons toe. "Nee," zei ze. "We hebben het."

Freddie wees naar de neergehaalde soldaat. "Ja, daar lijkt het op. Weiger geen gratis soldaat, dame."

Ze gromde iets, maar Ben kon het niet horen. Ze zaten allemaal op hun knieën, gehurkt in de gang, wachtend om te zien of er beweging was. Ben kon niets zien, en vijf seconden lang wachtten ze, met niets anders dan het geluid van hun adem, op en neer gaand uit hun longen.

Hij wilde net iets tegen Freddie fluisteren toen hij een lichtflits zag. Een klein, flitsend beeld van een rond voorwerp zweefde door de lucht. Hij wist niet zeker of iemand anders het zag.

"Hé, heb jij..."

Het object kletterde op de grond en rolde toen.

"Granaat!" Schreeuwde Rogers. Ze dook opzij en landde op de man rechts van haar. Freddie dook ook naar achteren en botste bijna tegen Ben op.

Het maakte niet uit - ze waren te laat. De granaat flitste intens oranje, en de hele ruimte in Ben's hoofd leek stil te staan. Het wit-hete verzengende licht deed hem vallen, maar toen explodeerde de wereld boven zijn hoofd in een miljoen kleuren.

Hij voelde hoe zijn lichaam werd opgetild, naar achteren werd geduwd, naar de kruising met de gang achter hen. Hij stootte zijn hoofd tegen de vloer en tuimelde over de grond.

Hij kon niet eens om hulp roepen of schreeuwen - het gebeurde allemaal te snel. Hij greep naar de lucht, voelde dezelfde nutteloze gewichtloosheid die hij eerder had gevoeld toen hij in het vat met vloeistof viel. Niets gaf hem houvast. Niets gaf hem enige hulp.

Uiteindelijk vond hij de achtermuur van het kruispunt. Eerst raakte hij zijn rug, toen zijn hoofd en achterste. Hij kreunde en probeerde toen zijn ogen te openen, net toen de vuurzee over zijn gezicht vloog.

Hij schreeuwde nu, luid en zo lang als zijn adem het toeliet, tot de vurige intensiteit afnam.

Maar tegen die tijd waren er geweerschoten.

Heel veel van hen.

En ze landden overal om hem heen. Hij hoorde er een iets zachts raken, iets anders dan steen. Hij kon niet zeggen of hij het was of iemand anders. Iemand schreeuwde iets recht in zijn oor, en hij voelde zijn lichaam weer bewegen. Hij werd gesleept.

Hij wist nu wat er gebeurde, en hij wist waarom.

"ZE VALLEN AAN," zei hij, terwijl hij een mondvol gal op het stenen pad spuwde. Rogers was er, samen met haar soldaat. De anderen waren er ook. Julie en Reggie hadden Ben uit de vuurlinie gesleept, en toen waren ze teruggegaan om Freddie te halen.

Ze verstopten zich momenteel allemaal om de hoek, maakten de balans op en bereidden zich voor op een nieuwe aanval. Rogers zei iets over het niet prettig vinden van een defensieve positie; dat ze liever het offensief zou kiezen, en Reggie was met haar in discussie.

Ben kon er maar een beetje van horen. De binnenkant van zijn hoofd stond nog steeds in brand, schreeuwde nog steeds en probeerde zijn aandacht te trekken. Hij kon het niet wegduwen.

"Ze vallen aan," zei hij weer.

"Dat weten we," zeiden Rogers en Freddie tegelijk. Rogers spotte en keerde terug naar haar argument. "Vertel me iets wat ik nog *niet* weet."

"Ik had het niet tegen jou," zei Ben. "Ik probeerde uit te zoeken waarom de Russen gewoon... weggingen. Nadat Luka, hun baas, hen gedumpt had, en toen hun wetenschappelijk experiment mislukte, begonnen ze gewoon te verdwijnen. Alle soldaten, weg. Alle wetenschappers, duidelijk bezig om hier weg te komen."

"En weet je waarom?" vroeg Julie. Ze had haar hand op Bens hoofd, om zijn temperatuur te voelen. Het zou niets uithalen - als hij koorts had, zou die verborgen zijn onder de al zinderende hitte van zijn voorhoofd.

"Ik denk het wel," zei Ben. "Ik probeerde het uit te vogelen op weg hierheen. We hoopten jullie te vinden - Rogers en je team - maar ik kon niet goed plaatsen waarom alles zo *stil* was."

"En?"

"En we werden bewaakt vanaf het moment dat we hier kwamen, toch?" Ben ging verder. "Nu niet meer. De enige verklaring is zoals Freddie zei: de regering wil er zeker van zijn dat er geen losse eindjes zijn."

"Ik had het over *onze* regering," zei Freddie. "Mijn oom."

"Zeker," antwoordde Ben, "maar ik durf te wedden dat de Russen hetzelfde denken. Iedereen eruit en dan de rest tot de grond toe afbranden. De bom van je oom heeft waarschijnlijk niet eens de oppervlakte geraakt - letterlijk. Dus sturen ze meer teams om het karwei af te maken."

"Dat doet er niet toe," zei Rogers. "Wat er nu toe doet is dat ik een dode sergeant heb en een handvol haveloze burgers, en ik zit vast in een verdomd Antarctisch... iets. Wat *is* dit voor een plek?

Reggie grijnsde. "Spreek voor jezelf, juffrouw. Wij zijn hier al wat langer dan u. We zouden graag de zon weer zien, ook al is het daarboven bevroren en bedekt met ijs."

"En," voegde Freddie eraan toe, "ik durf te wedden dat jullie daar ook coole voertuigen hebben. Met *verwarming*."

Rogers snoof.

Ben stak een hand uit. Na een paar seconden nam ze hem aan en schudde hem in een verpletterende greep. "Er is je waarschijnlijk verteld dat we gewoon burgers zijn. Dat is technisch gezien waar, maar er is iets meer aan de hand. Ik ben Harvey Bennett."

Haar frons werd dieper, haar ogen scanden die van Ben. Proberend de herkenning te plaatsen. Uiteindelijk grijnsde ze. "Jij bent *Harvey Bennett?* Die vent die rondrent en..."

"Redt de wereld?" Vroeg Reggie lachend.

"Ik wilde zeggen, 'brengt zichzelf in allerlei problemen,'" zei Rogers.

Ben grinnikte. "Weet je wat? Dat is waarschijnlijk nauwkeuriger."

"Oké, dus ik ben beneden op een stenen kerkhof met *de* Harvey Bennett," zei ze. "Hoe speciaal. Maar dat verandert niets aan het feit dat we nog steeds worden aangevallen, en als ze zijn zoals de Russen die ik ken, willen we ze niet kwaad maken. Heeft iemand een idee?

Reggie stak een hand op. "Het is een tijd geleden sinds ik op de schietbaan was, maar als je me een van die mooie geweren wilt geven, kan ik je helpen.

"Ben je er mee getraind?" vroeg Rogers.

"Ben je bang dat ik je in je rug zal slaan?"

Ze antwoordde niet.

"Zal ik de hele tijd voor je blijven staan?"

Uiteindelijk schudde ze haar hoofd. "Dit is belachelijk. Ik ben hierheen gestuurd om jullie eruit te halen, niet om grapjes te maken en jullie wapens te geven waarmee je een leger Russen kunt doorzeven."

Reggie haalde zijn schouders op. "We doen wat we kunnen."

Hij bewoog zich naar de rand van de gang en gluurde om de hoek waar de dode soldaat lag. Ben ging met hem mee, verwachtend dat hij zou pauzeren om een plan uit te werken dat Ben aan de anderen kon overbrengen. In plaats daarvan dook Reggie plotseling op handen en knieën naar de soldaat toe, kruipend.

"Reggie!" fluisterde Ben. "Wat krijgen we nou, man?"

Reggie keerde niet om. Hij kroop op ellebogen en knieën helemaal naar de soldaat, ongeveer halverwege de gang. Hij bereikte het wapen, tilde het op en over zijn schouder, en zocht toen op het lichaam van de soldaat naar extra magazijnen. Hij vond er drie, draaide zich om en wilde net terug kruipen toen Ben hem zag stoppen.

"Wat ben je aan het doen?" fluisterde hij. "Kom terug. Ik haal Rogers om je te dekken."

Reggie negeerde hem, gleed toen weer naar de zijde van de soldaat. Hij stak zijn hand uit en plukte iets van de man af, draaide zich toen om en liep terug naar Ben.

Toen hij de hoek omkwam, haalde Ben adem. Rogers was hem al aan het uitschelden, maar de anderen - inclusief Rogers' secondant - lachten.

Reggie hield het wapen omhoog, de magazijnen, en - met een zwaai - de granaat die hij van de dode man had genomen.

"Het spijt me van uw man, mevrouw," zei Reggie. "Het voelt nooit goed om een soldaat te verliezen. Maar ik dacht dat dit een kleine troostprijs kon zijn."

Hij legde de granaat neer en controleerde het geweer.

"Heb je een plan?" vroeg Rogers.

Reggie keek naar Ben, toen weer naar haar, en knikte toen. "Dat doe ik zeker. Ik denk dat we kunnen beginnen met een koekje van eigen deeg, daarna doe ik waar ik goed in ben."

"Welke is?"

Ben lachte. "Oh, je moet waarschijnlijk gewoon wachten en zien. Het is beter op die manier."

CHAPTER 60

PETROKOV

PETROKOV HAD ZICH IN LANGE TIJD NIET ZO GOED GEVOELD. De drugs hadden er waarschijnlijk veel mee te maken, maar als dat niet zo was, dan was de alcohol de truc. Hoe dan ook, hij kon het niet helpen te glimlachen. De vrouw was teruggekeerd, en hun avond was net zo fantastisch als die van de vorige avond.

Hij kon het niet helpen, maar vroeg zich af of ze misschien echt in hem geïnteresseerd was. Hij had al heel lang geen geliefde - metgezel - meer gehad. Hij dacht dat hij dat misschien nooit meer zou hebben. Nu was hij daar niet zo zeker van.

De gebeurtenissen die tot zijn huidige staat van euforie hadden geleid, verliepen eerst langzaam en werden daarna steeds opwindender. De missie was, uiteindelijk, mislukt. Daarom was hij begonnen met drinken. Elke mislukking van een Rus was voor hem een mislukking. Dat was een feit.

Maar toen had hij gehoord over het specifieke *soort* mislukking dat er het gevolg van was. Tot nu toe had geen enkel land van de Verenigde Naties enig vals spel op Antarctica vermoed, behalve dan de aanwezigheid van de Russen. Ze zouden een onderzoek instellen, maar Petrokov wist dat Michail's verdedigingsteam hen gemakkelijk van het eigenlijke pad naar de waarheid kon afhouden. Dat zou geen probleem zijn.

En het Gorod project was op de meest spectaculaire manier tot een einde gebracht. De Amerikanen waren, zoals altijd, met scherp geschut gekomen. Ze hadden de site zelfs *gebombardeerd.* Petrokov en Michail, en alle andere betrokkenen, konden niet gelukkiger zijn. De Amerikanen leken de agressors, en zij zouden voor een internationaal gerechtshof worden berecht voor hun daden.

Ze hadden ook Luka's rommel heel elegant opgeruimd. Het Gorod project en de faciliteit waren effectief afgesloten van nieuwsgierige ogen, en geen oog zou nog nieuwsgierig zijn, omdat geen oog vermoedde dat er nog iets was om in te wrikken. Niemand vermoedde dat de Gorod-faciliteit zich *onder* de grond bevond - dat was een geheim dat meegenomen zou worden in Luka's graf.

Niet dat Luka een graf zou krijgen. Toen Petrokov het lot van zijn snotterende kameraad vernam, had hij bijna een halve fles van de beste brandewijn die hij in de hotelbar kon vinden, leeggedronken. Hij had bijna een paar glazen op voordat hij een glas aan zijn metgezel aanbood.

Luka en de paar soldaten met wie hij was ontsnapt, werden aangeklampt door de Russische opruimingsploeg van speciale troepen, waar ze een snelle en plotselinge dood vonden. Hun lichamen werden in zee geworpen, waar ze waarschijnlijk zouden bevriezen of haaienvoer zouden worden ergens op hun lange tocht naar huis.

Een passend einde voor een arrogante, zelfverzekerde Rus.

Zijn team - het moederland - zou nog steeds winnen, en dat was het enige dat telde.

Ze zouden moeten pivoteren om op koers te blijven, maar hun uiteindelijke doel - de ultieme overwinning voor Rusland - was nog steeds in zicht. Het was nog steeds mogelijk, en Petrokov zou waarschijnlijk de promotie krijgen waar hij naar verlangde, die hem in staat zou stellen een klein deel van dat project te overzien.

En hij wist nu veel beter hoe hij het spel moest spelen. Hij was hier levend uitgekomen, wat alles betekende. Hij was een overlever, en als er iets was wat het Kremlin net zo waardeerde als loyaliteit, dan was het wel overlevingsdrang. Petrokov had het spel bewonderenswaardig gespeeld, en hij zou nu promoveren naar een hogere cirkel, opnieuw beginnen met een nieuw spel, het spel dat hij *echt* wilde spelen.

Ruslands tijd kwam er aan, en hij zou erbij zijn om het te zien.

Hij zou de grootheid bereiken die niemand in zijn land in meer dan vijftig jaar had gezien. Hij zou helpen een tijdperk van Russische dominantie in te luiden dat de wereld zou verrassen. *Als een storm,* om poëtisch te zijn.

Hij glimlachte en merkte nauwelijks op dat de vrouw haar kleren uittrok. Ze hadden zich weer in zijn kamer teruggetrokken, dit keer zonder beleefdheden en praatjes en meteen op weg naar hun fles brandewijn aan de bar.

Maar het kon hem bijna niet schelen. Daar was tijd voor - die was er altijd - als zijn creditcard ervoor betaalde. Nu wilde hij zich alleen maar koesteren in de overwinning.

De Amerikanen zouden dit een overwinning voor hun eigen land noemen, en dat was prima. De vreemde Amerikaanse burgers die Luka ervan hadden weerhouden zijn eigen overwinning te behalen, zouden zichzelf ook als overwinnaars beschouwen. En misschien waren ze dat ook wel.

Maar ze waren kortzichtig. Ze zagen dit hele spel niet voor wat het was. Ze wisten niet genoeg om te weten dat ze vanaf het begin bespeeld waren.

Petrokov wilde dat Luka faalde, maar op een heel bijzondere manier: hij wilde dat Luka faalde terwijl hij dacht dat hij slaagde. Door dicht bij succes te komen, maar niet helemaal.

Hij had Luka dood nodig, en hij had hem nodig om te denken dat het de schuld van de Amerikanen was.

Het was een beetje moeilijk, maar Petrokov was niet gek. Hij had zich uitstekend van zijn taak gekweten en zelfs Michail en de anderen uit de weg gehouden terwijl hij manoeuvreerde. De e-mails, de telefoontjes, de subtiele hints en weblinks - het was allemaal zijn werk.

De CSO had het gekocht, in bezit genomen en er hun eigen projectje van gemaakt, precies zoals hij het bedoeld had. Hij had het Amerikaanse leger erbij betrokken, net genoeg om het aannemelijk te maken dat zij de schuld van het resultaat konden krijgen. Maar de betrokkenheid van de CSO, dat vreemde compartiment van burgerlijke Amerikanen die vaak meer afbeet dan ze kon kauwen, had de kans aangegrepen om wereldpolitie te spelen, en uiteindelijk Luka als hun doelwit gekozen.

Precies zoals hij het ontworpen had. Precies zoals hij had gehoopt dat ze zouden doen.

Hem, Petrokov, volledig uit het zicht latend om zijn missie voort te zetten.

Om de missie *van Rusland voort te* zetten.

Zijn glimlach groeide toen hij het glas vloeistof - hij wist niet eens meer zeker wat het was - op het nachtkastje zette, opstond en de hand van de vrouw nam.

"Goedenavond, mijn liefste," begon hij, helemaal in het Russisch. Hij wist dat ze hem niet kon verstaan. "Het is tijd dat ik je de aandacht geef die je verdient."

"JE HEBT JE UIT EEN DOOLHOF MET RUSSISCHE SOLDATEN GEVOCHTEN, met vijf magazijnen, drie geweren en een granaat?

"Twee granaten, maar we hebben er maar één gebruikt," zei Reggie. Zijn grijns was bijna net zo belachelijk als het gesprek. Sarah had altijd de voorkeur gegeven aan de meer sentimentele versie van de man van wie ze hield boven de over-the-top, machismo, opgeblazen-borst versie die ze nu zag.

Dezelfde versie die zich door de laatste Russen in de Minoïsche stad had gevochten en als overwinnaar uit de top tevoorschijn was gekomen.

Ze waren per vliegtuig naar een schip voor de kust gebracht, kregen iets te eten en een warme douche, en nu waren ze aan het debriefen - of probeerden dat - in het privé-kantoor van de generaal.

Generaal Rollins schudde zijn hoofd, de blik op zijn gezicht vertelde iedereen in de kamer wat hij voelde. "Dat was roekeloos, en onnodig."

"Was dat zo?" Vroeg Reggie. "We leven nog."

"*De meesten* van jullie leven nog. En dat is aan de Amerikaanse kant. Er is niet eens een Rus die we voor de rechter kunnen brengen. Niemand om de schuld op af te schuiven. De Luka kerel die jullie onder vuur namen werd dood gevonden, drijvend op zijn gezicht voor de kust. Het was puur geluk dat een van de boten hem had gevonden. En Rogers' team - "

"Ze verloor haar man door een hinderlaag. Ik besloot *daarna* mijn plan te volgen, om eerlijk te zijn."

"Om *eerlijk* te zijn zou je voor de krijgsraad komen als je nog in mijn gelederen zat, soldaat,' zei Rollins.

"Dan is het maar goed dat ik dat niet ben."

Sarah stond op en probeerde het gesprek te redden. "Wat hij probeert te zeggen, meneer, is dat we vonden dat we al onze opties hadden uitgeput."

"Ik *gaf* je meer opties!" Zei Rollins. "Ik stuurde Rogers en haar team daarheen om u..."

Freddie stond op, met zijn hoofd bijna tegen het plafond, en torende boven de rest uit, de generaal inbegrepen. "U stuurde een *bom* daar beneden," zei hij. "Mag ik u eraan herinneren dat we niet eens verondersteld werden nog in leven te *zijn*? U stuurde Rogers als een manier om de rotzooi op te ruimen. Aannemelijke ontkenbaarheid, al die onzin.

"Het is geen onzin als het werkt, zoon. En het is nodig. Een noodzakelijk kwaad, maar niettemin noodzakelijk. Je faalde in de missie volgens de vooraf vastgestelde parameters. We gingen over op het alternatieve plan - ook iets waar we het over eens waren - en stuurden Rogers erheen om ervoor te zorgen dat *dat* deel geregeld werd. Jullie allemaal levend terugvinden was een mooie bonus."

"Een 'grote bonus'?" vroeg Freddie ongelovig. Sarah zag hoe

Ben Julies hand losliet en opstond, naar Freddie toe lopend. "Ik ben een *bonus*? Dat is wat een leven - een leven van je *familielid* - waard is voor jou?"

Rollins klemde en ontklemde zijn kaak. "Ik geef je het unieke voorrecht om zo tegen me te spreken *omdat* je familie bent."

"Ik wil je verdomde privilege niet, man," zei Freddie.

Ben kwam bij hem en legde een hand op zijn schouder. "Kijk, uh, Generaal Rollins. Het spijt me - we hebben een helse tijd gehad de laatste paar dagen. We zijn duidelijk moe, op het randje. We hebben een dutje nodig en dan kunnen we..."

"We hebben geen kraakpand nodig," zei Freddie. "*We* zijn klaar. *Ik* ben er klaar mee."

Alle ogen in de kamer draaiden, ook die van Rogers en de andere man bij haar, een man genaamd Abernathy. Niemand sprak. Rollins en Freddie staarden elkaar een lang moment aan voordat Freddie weer sprak.

"U bent mijn oom. Ik heb altijd tegen je opgekeken. Ik geloof dat wat je doet goed is, in het algemeen. Je vertegenwoordigt *het goede*, voor zover je dat kunt. Ik wilde zoals jij zijn, verdomme, ik wilde jou zijn. Als kind praatte ik alleen maar over jou."

Rollins slikte. "En nu?"

Freddie ademde diep in door zijn neus. "Nu? Ik weet het niet. Ik denk - ik denk dat ik denk dat de wereld anders is. Grenzen zijn niet meer zo sterk als vroeger, en ik denk dat daar ook wel iets goeds in zit."

"Wat zeg je, zoon? Spuug het gewoon uit. Ik ben een grote jongen."

"Ik denk dat ik klaar ben met het leger."

Sarah voelde de lucht uit de kamer ontsnappen. Het was alsof iemand stilletjes een ballon had laten knappen en meteen alle zuurstof had weggezogen, waardoor er een vacuüm ontstond. Ze zat nog steeds, maar ze verschoof en rechtte haar rug.

"*Klaar* met het leger?"

Freddie knikte.

"Dit is de padvinderij niet, Freddie. Je kunt er niet zomaar mee stoppen als het moeilijk wordt."

"Eigenlijk, kan ik dat wel. En ik heb geen plannen om het makkelijker te maken - ik *wil dat het er hard aan toe gaat*. Ik *wil* vechten voor de dingen waar ik in geloof. Ik denk alleen niet dat het leger nog de beste manier is om dat te doen."

"En wat is dat?"

Freddie wendde zich tot Ben, en legde een arm over de schouder van de man. "Nou, ik heb het niet echt veel met hen besproken, maar - misschien de CSO?"

De generaal spotte. "De Civilian Special - zoon, ben je gek? Er zal een ontslag komen, en het zal niet gunstig zijn. Het leger verlaten na je carrière? Na je staat van dienst? Om bij een civiele filantropische organisatie te gaan? Ze zullen je er niet makkelijk vanaf laten komen."

Freddie knikte. "Ik kan aan wat er komt. Maar het zou fijn zijn om een beetje back-up te hebben. Met zoiets kom je een heel eind."

De generaal zag eruit alsof hij ging knallen, en Sarah wilde wegkijken. Maar ze kon het niet helpen. Ze duimde voor Freddie; een man waarvan ze nu wist dat ze hem met haar leven kon vertrouwen. En de generaal - een man die zogenaamd familie van Freddie was, maar hem had verraden - stond op het punt een kopje kleiner gemaakt te worden. Het was het soort gerechtigheid waar ze altijd al op de eerste rij bij wilde zitten.

"Harvey," zei de generaal. "Wat denk je van dit alles?"

Ben snoof, keek dan naar de anderen en dan terug naar Rollins. "Nou, meneer, ik ben niet echt voor toespraken. Ik hou dingen graag kort en krachtig."

"Net als ik."

"Heel goed," zei Ben. "Freddie is een aanwinst voor welk team hij ook zit. Dat weet je al, anders had je hem niet meegestuurd. Ik begrijp wat je gedaan hebt, en waarom. Het maakt het niet minder erg, maar het is wat het is. Als hij daarom bij ons wil komen, mogen we blij zijn hem te hebben."

De generaal draaide zich om en liep terug rond zijn bureau. Hij gluurde naar buiten en keek door iedereen heen, door de deur en de romp van het schip en door het continent zelf, zo leek het. Sarah wachtte, anticiperend op iets waarvan ze niet zeker wist of ze er klaar voor was.

Eindelijk sprak hij. "Ik kwam erbij toen het leger synoniem was met 'de goeden'. We waren strijders, krijgers. Sommigen van ons zijn dat nog steeds. Maar de politiek veranderde. De bureaucratie kwam erbij, de pakken doken op, de boekhouders en machtswellustelingen en de bedrijfsevangelisten. Het is moeilijk om alles op een rijtje te houden, eerlijk gezegd, en dat is mijn werk.

"Ik zou niets liever willen dan het oude leger weer zien, maar ik ben bang dat het schip - vergeef me de woordspeling - is uitgevaren. Voor mij is het te laat; ik zit er al te diep in, en ik zal zo sterven. Maar voor jou - Freddie - is het nog niet te laat. Je kunt het leger niet maken wat je wilt, en je moet niet veranderen om het te laten passen bij wie je bent. Maar je *kunt* nog steeds een impact hebben."

"Wat zegt u, meneer?"

"Ik zeg dat als je je bij deze jongens wilt aansluiten, vecht voor wat je denkt dat goed is, hou je hoofd recht, je zult een balans vinden. Je zult wat gevechten vinden, maar je zult waarschijnlijk ook wat voldoening vinden in wat je doet. Dat is alles waard wat er is, want zo behouden we ons karakter. Onze integriteit."

Freddie grijnsde, en Sarah voelde tranen in haar ogen opwellen.

"Ik kan je misschien geen bedrijfsgroet brengen, maar ik kan je tenminste in een 'donkerdere' divisie plaatsen - een waar mensen geen vragen zullen stellen. Iedereen die onder de lagen kijkt, zal een man vinden die het soort dingen doet die we allemaal wilden doen, de reden waarom we allemaal in dienst zijn gegaan. Jij zult het doen, maar niet met het leger. Maar op papier ben je er nog steeds."

Freddie knikte. "Dank u."

"Ik meen het als ik zeg - je bent een goede man. Een goede soldaat, en je hebt een goed hart. Dat zijn de grondstoffen om groot te worden, maar je moet het verdienen. Ik denk dat je dat zult, maar als je weggaat, zal ik er niet zijn om je in de gaten te houden. Dat begrijp je toch wel?

Freddie dacht een paar seconden na en liep toen naar het bureau van zijn oom. "Ik wil. Ja, meneer." Freddie stak een hand uit.

Generaal Rollins' gezicht vertrok, de frons werd minder en er verscheen een glimlach op zijn gezicht. Hij stond op, reikte over het bureau en pakte Freddie bij zijn schouders, zijn hand negerend. Hij trok hem in een beer-omhelzing, de twee mannen drukten het bureau tussen hen in.

"Ik zou je zeggen dat je me trots moet maken, zoon," zei de generaal, "maar dat heb je al gedaan."

"DUS," zei Ben, terwijl hij een glas hief om te proosten, "op de CSO en haar nieuwste lid."

Freddie hield zijn bier omhoog, en ze klonken allemaal met hun glazen. Reggie en Ben deelden een klein flesje bourbon, dat Sarah van de barman had gekocht. Ze had het geopend en voor hen ingeschonken, en beide mannen gegeseld dat ze er niet zo'n groot probleem van hadden gemaakt als de vorige keer.

Ze hadden gelachen en beweerd dat het goed was gegaan en dat ze gewoon moest blijven gieten.

Zij en Julie deelden een fles wijn, een rode blend die er veelbelovend uitzag. Freddie had voet bij stuk gehouden en gekozen voor een koud glas met een limoen. De Argentijnse barman leek dat het meest te waarderen.

"Wil iemand een beetje verkennen terwijl we hier zijn?" vroeg Reggie. "De Amerikaanse dollar gaat *ver in Argentinië*."

"We hebben hier maar een dag voor we weer op het vliegtuig moeten zitten," zei Ben. "Niet echt veel tijd om iets te doen."

"Ik dacht dat jij hier de baas was, of zoiets," zei Freddie, nippend aan het schuim van zijn bier. "Zoals, jij zou moeten kunnen zeggen wanneer we naar huis gaan."

"Dat is wat *ik heb* gezegd!" riep Reggie uit. "Deze kerel begrijpt niet dat rust en recreatie een *cruciaal* onderdeel is van mijn ontwikkelingsregime."

"Je 'ontwikkelingsregime' verdween uit het raam op de dag dat je Sarah ontmoette,' zei Julie.

Reggie veinsde een gekwetste uitdrukking. "Kijk, alleen omdat ik de jackpot heb met hete dames en jij eindigde met deze lomperik betekent niet dat je het op mij moet afreageren."

"Is het niet?" Vroeg Ben. "Je weet dat je altijd een blik werpt op Jules' achterwerk wanneer je maar kan."

Julie's en Sarah's kaken vielen tegelijkertijd op elkaar, en Reggie's handen gingen omhoog. "Nee, wat? Ik? Kom op, dat was *één keer,* en dat was *lang* voordat ik jou ontmoette -" hij keek naar Sarah, maar Ben wist dat ze het niet pikte. "Kom op, *Dr.* Lindgren, ik zweer het -"

"Niet zo slijmen, Reggie," zei Sarah. "Je weet dat je daar niets mee bereikt."

Reggie legde zijn ellebogen op de tafel in de buitenzitkamer en stak zijn hoofd omlaag, zijn kin bijna tegen zijn borst. Hij sloeg zijn ogen neer, fronste zijn wenkbrauwen en keek toen op naar Sarah. "Deze 'verdrietige puppy' routine lijkt altijd te werken, dat wel."

Ze probeerde boos te kijken, maar barstte toen in lachen uit. Ben deed mee, de aanblik van het belachelijke gezicht van zijn vriend was te veel om in te houden. Ze toostten allemaal opnieuw, en toen schraapte Freddie zijn keel.

"Hey, uh, ik zat te denken. Deze hele missie, het gedoe in de stad. Het lijkt allemaal te mooi ingepakt."

"Was *dat* leuk?" Vroeg Reggie.

Freddie grinnikte. "Je weet wat ik bedoel. Waar zijn de VN-onderzoekers? Waar is de publieke verontwaardiging, die het Kremlin vraagt uit te leggen wat ze daar deden? En de VS dan - we hebben een *bom* op Antarctica gegooid."

"Ik weet het niet, man," zei Ben. "Het is politiek. Regeringszaken. Ver boven onze salarisschaal. De CSO heeft een bestuur dat bestaat uit militairen, en ze zijn vrij goed in het beschermen van ons tegen dat soort dingen."

"Toch... lijkt het vreemd. Ik heb het gevoel dat het allemaal te abrupt is geëindigd. Alsof het onder het tapijt is geschoven en dat is het, weet je?"

Reggie likte zijn lippen en staarde in zijn glas bourbon. "Ik voel dat."

"Ja?"

"Ja," zei hij. "Freddie, je hebt het niet verkeerd. Deze voelt *onafgewerkt aan.*"

"Waarom is dat?"

"Jouw gok is net zo goed als de mijne."

"Misschien is het dat niet," zei Ben.

Iedereen keek naar hem.

"Ja, ik bedoel, denk er eens over na. Waarom zouden de Russen om Antarctica geven? Er is daar niets. Ik bedoel, zeker, een stad en wat rare machines die *zogenaamd* 'crustal displacement' kunnen veroorzaken, en Antarctica ergens anders heen verplaatsen."

Julie glimlachte. "Dat lijkt wel iets wat je in handen zou willen krijgen als je een hebzuchtig land was."

"Ja, maar *waarom*? Ik bedoel, wat is het doel om dat te doen?"

"Heb je een idee?"

Ben haalde zijn schouders op en nam een slok bourbon. Het was hard, maar het was koud. Hij waardeerde het, maar hij waardeerde vooral het weer - het was in de hoge tachtig, de zon scheen, en er was geen sneeuw, ijs, of steen in zicht. "Misschien. Ik heb er op de terugweg veel aan gedacht. En toen weer in Rollins' kantoor. Waarom ze zich zo snel terugtrokken, en waarom ze Luka en de anderen doodden en hen gewoon vergaten."

"En?"

"Ik moest denken aan de geografische afstand - je kunt niet verder weg van Rusland gaan dan *Antarctica*. Ze hebben het grootste deel van de *Noordpool al*, maar Antarctica is het verste weg van het Kremlin."

"Tenzij je het verplaatst," zei Reggie met een opgetrokken wenkbrauw.

"Nee," zei Ben. "Zelfs dan, wat is het punt? Dan zijn het nog steeds een paar enorme landmassa's, die langzaam uit hun met ijs bedekte omhulsel komen, die je moet beschermen. Als ze meer land willen, waarom vallen ze dan niet een land in de buurt binnen?"

"En ze hebben al veel meer land dan één land nodig heeft."

"Precies," zei Ben. "Maar gisteren zag ik weer een nieuwsbericht over de opwarming van de aarde. Je kunt zeggen wat je wilt, of het nu door mensen veroorzaakt is of niet, het gebeurt. Ik ben geneigd te denken dat het gewoon een van de vele cycli van afkoeling en opwarming is die de aarde heeft doorgemaakt, maar dat ben ik maar."

"Wat is daarmee?"

"Nou, al dat land aan hun noordkust is bevroren. Dat is altijd al zo geweest, zolang als ze een land zijn, tenminste. Maar als je in staat zou zijn om iets groots te veroorzaken, zoals een enorme polaire verschuiving die het landschap van de aardkorst verandert, letterlijk een *continent* verplaatsen, dan..."

Julie nam de draad weer op. "Dan zou je waarschijnlijk veel van het ijs daarboven smelten, en wat er op Antarctica ligt, omdat het allemaal zal bewegen en verschuiven. Sommige plaatsen zullen bedekt zijn met ijs dat er nooit geweest is, en andere plaatsen die *altijd* koud waren, zouden dat niet meer zijn."

"Oh mijn God," zei Reggie. "Je hebt gelijk, man. Ja. Rusland zou een hele *kustlijn* van nieuwe zeehavens hebben. Ze zijn hun marine al decennia aan het versterken, maar ze zouden in principe onbelemmerde toegang hebben tot de wereldzeeën, omdat zeeroutes die *nooit bestaan hebben,* aan hun land zouden grenzen."

De tafel zweeg een ogenblik. Freddie dronk zijn bier op, en de anderen wachtten tot iemand zou spreken. Het was gek om te geloven, maar Ben wist niet of er een betere optie was.

Uiteindelijk sloeg Freddie zijn lege fles op tafel. "Is dit hoe het de hele tijd is voor jullie? Een probleem oplossen, en dan iets groters vinden?"

Reggie lachte. "Ja, zo'n beetje."

Freddie dacht erover na en knikte toen. "Oké, natuurlijk. Daar kan ik aan wennen." Hij tilde het bierflesje op en schudde het rond. "Maar eerst heb ik nog een paar van deze nodig."

AFTERWORD

Bedankt voor het lezen! Ik hoop dat je van deze thriller hebt genoten, en ik hoop dat je een eerlijke recensie achterlaat.

Als dank, bezoek nickthacker.com/dutch om een gratis thriller roman te downloaden!

OVER DE AUTEUR

Nick Thacker is een thrillerauteur uit Texas die in Hawaii en Colorado woont. In zijn vrije tijd leest hij graag in een hangmat op het strand, skiet hij, drinkt hij whisky en trekt hij op met zijn mooie vrouw, twee honden en twee dochters.

Voor meer informatie en een lijst van Nick's andere werk, bezoek Nick online: www.nickthacker.com